오류 극복의 글쓰기

저자 최 병 선

문학박사, 한양대 강의교수
한양대학교 및 동대학원 국어국문학과 졸업
東海大學校(일본) 특임교수, 대련외국어대학(중국) 초빙교수, 안양대학교 교양학부 교수, 한양여대 겸임
교수 등을 역임하였으며, 서울교대, 상명대, 한겨레신문 문예비평학교 등에서 강의하였다.
논문「이상화 시의 시어 연구」,「국어표기법과 발음교육」,「한국어 작문 능력의 향상 방안 연구」외 30
여 편
저서『말하기로 배우는 글쓰기』,『한글 정서법의 실제와 원리』,『중세국어의 음절과 모음 체계』,『동무
이제마』,『교양의 조건, 한글맞춤법』등

오류 극복의 글쓰기

초판1쇄 발행 2010년 10월 12일 | **개정판1쇄 발행** 2014년 8월 25일
지은이 최병선
펴낸이 이대현 | **편집** 이소희
펴낸곳 도서출판 역락 | **등록** 제303-2002-000014호(등록일 1999년 4월 19일)
주소 서울시 서초구 동광로 46길 6-6 문창빌딩 2층
전화 02-3409-2058(영업부), 2060(편집부) | **FAX** 02-3409-2059 | **이메일** youkrack@hanmail.net
ISBN 979-11-5686-083-9 03800

정가 15,000원

* 파본된 구입처에서 교환해 드립니다.

오류 극복의 글쓰기

최병선

역락

이 책은 정교한 글쓰기의 기초 단계에 속하는 내용을 담고 있다. 그래서 어떤 이유나 목적을 가지고 글쓰기에 정진하고자 하는 사람들에게 지금까지의 그릇된 습관이나 문제점들을 확인하고 본격적인 글쓰기로 나아가는 점검적 성격을 띤다.

이번에 손질할 기회를 마련해 주어서 원래의 책에서 문장을 다듬고 보충하는 정도의 작업과 새로운 편집을 통해 읽기에 좋게 고쳐 보았다. 새로운 모양으로 단장할 수 있도록 도와준 역락 출판사의 이대현 대표와 이소희 편집인께 감사드린다.

생각이 그대로 글이 될 수 있는 경지에 이르기 위해 노력하고 있는 독자들에게 섬돌이나마 될 수 있기를 바란다.

2014년 8월

최 병 선

초판 서문

여전히 글쓰기는 어렵다.

그러나 여전히 적어도 나만은 글을 잘 쓰는 사람이고 싶다.

곧 논술이라는 거대한 관문을 통과하는 대입 수험생만이 아니라 공문 하나를 알뜰하게 장식해서 여기저기 보내야 하는 유치원 교사, 취업을 앞두고 자기 소개서를 노려보고 있는 취업 준비생에 이르기까지 다양한 사람들이 오늘도 글과 씨름하고 있다.

글쓰기는 타고난 재질이 아니다.

문재를 타고난 사람이 따로 있는 듯이 여기지만 달리기의 선수들이 따로 있을 정도로 여겨질 뿐이다. 글에 대한 타고난 재질을 확인하기 위하여 세계 각국의 입시에서 글쓰기를 중요한 위치에 놓았다는 사실을 받아들일 수 있는 사람은 아무도 없다.

글이란 쓰는 이의 노력과 지성, 교양이 담긴 그릇이다.

가장 잘 아는 것을 가장 잘 표현하여 전달력을 높이는 과정에 글쓰기의 훈련이 필요할 뿐이다. 그러므로 자신이 유려한 글을 갖고 싶다면 누굴 찾아 사사받을 시간에 최소한 몇 줄이라도 빈칸을 채우는 의욕을 보이길 권한다.

노력에도 조언과 방법 제시는 필요할 것이라는 측면을 중시하여 다양성을 중심으로 글을 구성해 보았다.

일차적으로 글에 대해 갖는 선입견 없애기에 주목하였다.

무조건 글이 어렵다, 이래서 못 쓴다 등의 핑계에서 벗어나기 위해 스스로가 느끼는 글에 대한 한계는 어떤 것인지를 확인해 볼 수 있도록 하였다. 특히 관심이 많은 사람들을 대상으로 해당 내용을 확인하고 그 이유를 짧게나마 함께 분석해 본 결과를 토대로 삼았다. 스스로 약점을 점검해 보기 바란다.

둘째, 창의성을 강조하였다.

창의성이란 전혀 새로운 것을 요구하는 것이 아니며 소위 논리적 사고를 바탕으로 타당성의 범위를 넓혀가는 과정임을 강조하였다. 즉 엉뚱하고 황당한 내용이 아니라 비록 소수의 생각이라도 그 합리성이 크다는 것을 증명할 수 있는 끈기와 설득 의지를 바탕으로 문제를 푸는 것이 중요하다는 것이다.

셋째, 표현의 종합성을 중시하였다.

비록 차이는 있지만 말과 글은 표현이라는 점에서 일치한다. 그리고 이 둘은 상호연관성을 가지고 서로 도움이 될 수 있다. 3분 발표, 면접, 말하기의 격률 등 다양한 내용들을 글과 접맥시켜 활용할 수 있는 방안들을 제시해 보았다. 둘 사이의 차이점을 인식하는 것 역시 표현으로 성공하기 위한 기본임을 고려해야 하기 때문이다.

특히 곳곳에 글의 첫인상이 중요함을 내세워 서두 내용 쓰기와 맞춤법 등과 관련한 형식성의 보완 내용을 첨가해 두었다. 읽는 사람의 시선을 집중케 하는 글을 쓰기 위해선 서술의 참신성 등과 깔끔한 표현력이 필요함을 함께 이해하는 기회가 되었으면 한다.

올 여름의 더위는 참 유별난 것이었다. 더위를 잘 견디고 일을 마무리 지을 수 있도록 아낌없이 격려해준 나노미디어의 강찬석 사장께 감사의 마음을 전한다. 미비한 원고를 이리저리 손보아 책답게 모양을 갖추어준 편집자께 더운 날씨만큼 고마움을 전한다.

끊임없이 책의 완성에 관심을 가지고 곁을 지켜준 아내에게 고맙다. 옆에서 조막손을 내밀던 어린 딸이 어느새 자라서는 원고지에 글을 쓰고 있다. 유진이에게 이 책이 꼭 도움이 되길 바라는 마음이다.

2010년 8월

최 병 선

CONTENTS

제2부 글쓰기의 기초와 형식   59

제1부
글쓰기의 오류

글의 성격에 따라서 차이를 보이기는 하지만 대부분의 글에서는 첫인상이 중요하다. 서두의 몇 줄을 읽어 가는데 벌써 줄마다 맞춤법, 띄어쓰기의 오류가 발견되고 주어와 서술어가 호응하지 않아 문장의 뜻을 이해하기 어렵거나 심지어 한 단락이 한 문장으로 이루어져 있다면? 이런 글에 대해서는 당연히 선입견이 발동된다.

언어 교육의 세부 영역은 말하기, 쓰기의 표현 영역과 읽기, 듣기의 이해 영역이다. 표현이 발산하는 특성을 가지고 있다면 이해는 수용하는 특성을 가지고 있다. 이들 영역들은 얼핏 현저히 구분되어 있는 것 같지만 사실은 서로 불가분의 관계를 맺고 있다. 즉, 다양한 독서, 신중한 듣기에 익숙한 사람은 이를 바탕으로 말하기와 쓰기에 탁월한 능력을 발휘할 수 있다. 좋은 표현을 위해서는 우선 받아들이는 영역에 대한 투자가 절대적으로 필요하다는 것을 확인할 수 있는 예이다.

글쓰기는 사고의 과정이며 동시에 문제 해결의 과정이다. 현실적으로 글쓰기 교육 현장에서는 글을 쓴다는 것이 기능의 문제가 아니라 사고의 문제라는 것을 인정하고 있다. 강조하여 말하자면 글쓰기는 사고의 총화이며 집대성이라 할 수 있다. 평소 알고 있는 것과 생각하던 것을 일정 주제 아래로 모아 완성하는 과정이기 때문이다. 그러므로 내용에 대한 이해와 지식의 확장, 그리고 이를 표현하기 위한 문장 훈련까지도 모두 거친 후에야 비로소 완성된 글쓰기를 볼 수 있다.

실제 상황을 살펴보면, 글쓰기 강의에서 자유 주제로 한 단락의 글을 써 보라고 하면, 망설이면서 쉽게 쓰지 못한다. 주요한 이유로 지적되는 사항은 주제 설정에 미숙하며 혹 주제가 정해지더라도 기술할 만한 글감을 찾지 못한다는 점이다. 정확히 말하면 지식 기반이 얕아서 주제와 연관된 소재를 떠올릴 수 없다는 문제이다. 서적, 신문, 방송 뉴스, 인터넷 등을 통한 지식이나 정보 습득의 부족이 글감의 빈곤을 가져오기 때문이다. 결과적으로 사고 작용의 기반이 될 수 있는 지식 축적의 과정에 소홀했기 때문에 글쓰기의 시작도 어려운 상황들이 야기된다고 할 수 있다.

이러한 미비점들을 제대로 파악하고, 소위 글쓰기의 오류를 스스로 진단하고 해결 방법을 모색하는 것이 기본 단계에서 필요하다.

제1부에서는 글쓰기에서 나타나는 일반적인 약점들을 제시하고 이를 극복하는 방법에 대하여 기술하였다. 주로 글쓰기 교육 현장에서 발견할 수 있는 문제점들을 참고하여 제시하였는데 이는 자신의 문제가 무엇인지를 먼저 알고 난 후 수준 향상을 위한 방향을 설정하는 것이 옳다는 판단을 기반으로 한 것이다.

1. 글쓰기 오류 진단

많은 사람들이 글쓰기에 두려움을 가지고 있다. 두려움을 바탕으로 제목을 정한 글쓰기 책이 베스트셀러가 된 점만을 보더라도 글에 대한 두려움에 얼마나 많은 사람들이 공감하는지를 알 수 있다. 조목조목 인과관계를 따지기 전에 우리가 흔히 접할 수 있는 일상에서의 오류를 통해 확인해 보는 것이 좋을 듯싶다.

글쓰기에서 가장 기본적인 오류를 범할 때 듣게 되는 핀잔은 무엇일까?

> "아니, 자네는 아직 맞춤법도 모르나?"
> "이봐, 이건 무슨 말이야?"
> "이 문장, 끝은 어디야?"

위의 세 가지는 흔히들 형식성의 오류를 범했을 때 듣게 되는 핀잔이다. 글의 형식성이란 철자법의 정확성과 어휘 선정의 적절성 등을 포함하는 기본적인 형식의 문제와 문법적으로 적법한 문장 구성 및 문장의 간결성 등과 같은 문장 단위의 문제로 구분할 수 있다. 글이 만약 컴퓨터 등 전산기기로 작성된 것이 아니라 수기手記 형태라면 글씨 모양까지도 해당 사항에 포함된다.

글의 성격에 따라서 차이를 보이기는 하지만 대부분의 글에서는 첫인상이 중요하다. 서두의 몇 줄을 읽어 가는데 벌써 줄마다 맞춤법, 띄어쓰기의 오류가 발견되고 주어와 서술어가 호응하지 않아 문장의 뜻을 이해하기 어렵거나 심지어 한 단락이 한 문장으로 이루어져 있다면? 이런 글에 대해서는 당연히 선입견이 발동된다. 즉 형식성은 모든 글에서 가장 기본적인 평가 요건으로 작용한다. 그래서 이러한 사소한 오류들이 발견되는 순간마다 글 전체에 대한 모든 면에서의 불신이 싹트게 된다. 그런즉 이런 불신을 극복하고 첫인상을 말끔하게 하기 위해 일차적으로 갖추어야 할 글쓰기의 미덕은 형식성이다.

여기에 덧붙여 참신하고 눈길을 끄는 내용으로 출발하기를 통해 창의성을 보여주고 감성이 아닌 사고를 바탕으로 체계적인 글 구성을 이루는 것이 글쓰기의 완성이라 할 수 있다. 한마디로 말한다면 모든 글에서 첫 문장이 가장 중요하다는 것이다.

한편, 현대인이 하루에 접하는 활자 수는 얼마나 될까? 아침 신문을 시작으로 전철 안의 무료함을 달래주는 작은 크기의 책들을 비롯하여, 필요할 때마다 찾아 읽는 참고문헌들은 또 얼마나 될까?

실제로 접하는 글들이 많다면 단지 읽기에만 몰두될 것이 아니라 표현 즉 직접 글쓰기와도 익숙해져야 한다. 그런데 문제는 그 많은 글을 쓴 사람들은 존경스럽지만 본인은 절대 그럴 수 없다고 생각하는 것이 일반적이라는 점이다. 짧은 한두 마디를 글로 옮긴 소위 댓글에는 강하지만 한두 쪽 분량으로 늘어난 글을 쓰라면 쓰고 지우고를 반복하다가 결국에는 포기하는 경우가 대부분이다.

그런가 하면, 무려 10년 이상 학교 교육을 받아온 학생들이 분명한데 '3분 발표' 하나에 좌절을 겪는가 하면, 기초적인 받아쓰기를 한 후에 성적을 확인할 때 대부분 멋쩍은 미소를 짓는다. '3분 발표'는 3분이라는 제한 시간 동안 주제와 관련된 내용들을 집약하고 서론, 본론 그리고 결론을 명확하게 구분하여 의견을 제시해야 효율적이다. 그러므로 무엇을 말할 것인지, 그리고 그 무엇에 대한 자신의 입장은 어떤 것인지, 자신의 입장을 뒷받침할 근거는 무엇이 있는지, 자신과 반대편에 선 사람들의 의견에는 어떤 것인지 등의 조건들이 충실히 반영된 의견을 제시해야 한다.

☼ 3분 발표의 기본 요건

1. 제한 시간을 준수할 것
2. 제재와 관련하여 자신의 입장을 정할 것
3. 두괄식으로 시작할 것
4. 서론과 본론, 결론을 구분할 것
   ① 서론에서는 주제와 관련한 일상적 개념들과 자신의 입장과의 차이를 부각시키면서 시작할 것
   ② 본론에서는 입장을 정하게 된 근거를 제시함. 자신과 반대되는 일반 의견들을 반박하는 것도 좋은 방법이 됨. 가능하다면 첫째, 둘째 등으로 구분하여 제시하는 것이 좋음.
   ③ 결론은 '이상에서 살펴 본 바와 같이', '결론적으로', '정리해 본다면' 등과 같은 결론임을 알리는 말들로 시작함. 요약적으로 정리하고 자신의 의견을 지지할 경우 얻을 수 있는 장점 혹은 전망적 기대 등을 제시함.

위에서 제시한 3분 발표의 요건을 갖추어 말하기는 생각처럼 쉽지는 않다. 그런가 하면 3분이란 시간을 왜 그렇게들 길고 부담스럽게 느끼는 것인지에 대한 의문이 생긴다. 3분을 채우라는 조건이 주어졌을 때, 약 80%에 달하는 발표자들이 시간에 모자라게 발표를 한다.

한편, 무언가 질문을 하려들면 질문의 내용과는 상관없이 질문자의 눈길을 피하기에 바쁜 것이 통상적인 강의실 풍경이다. 혹시 질문이 시작되어 '옆에, 앞에, 뒤에' 식으로 지적이 시작되면 대답하고 있는 학생 주변은 두려움이 파장처럼 잔잔히 퍼져 감을 느끼게 된다.

다시 묻게 된다.

"여러분은 글을 잘 쓰는 편입니까?"

이때만큼은 자신 있는 대답들이다.

"아니오!"

"그래요? 그럼 자신은 왜 글을 못 쓴다고 생각하죠?"

허를 찔린 듯한 표정들과 함께 침묵, 그리고 다시 필사적으로 시선을 피하고 만다. 몇 초간의 침묵이 주는 무게를 참지 못한 어떤 이들은 퉁명스럽게 한 마디를 던진다.

"그걸 몰라서 이 수업을 듣는 건데요!"

즉 곤란한 질문 자꾸 던지지 말고 글쓰기 잘 할 수 있는 방법이나 가르쳐 달라는 나름대로의 회피성 발언인 셈이다. 잠시 후 편안한 분위기 속에 이 문제에 대하여 대화를 나누다 보면, 심지어 한국 사람이 무슨 이유 때문에 한국어에 대한 쓰기, 읽기 따위를 그 오랜 세월 동안 배워야 하는지 모르겠다는 불평까지 듣게 된다. 그 말인즉 저절로 배워지는 기본적인 글자 정도만 어느 정도 학습하도록 하면 그만이지 구태여 자료 분석을 해서 이를 바탕으로 주제를 정하고 일정한 목차 하에 완성된 글을 어떻게 써야 한다는 식의 골치 아픈 일은 안 했으면 좋겠다는 것이다.

적어도 이런 세상은 쉽게 오지 않을 것이다. 아니 오히려 세상은 점점 표현의 능력이 더욱 가중되는 쪽으로 발전하고 있다. 인터넷이 통신을 지배하기 시작하면서 더욱 빠르고 정확한 의사 표현이 중시되는 세상이 열리고 있다고 해도 절대 과언이 아니다. 그러기에 보이지 않는 곳에서 표현에 능한 사람이 오히려 성공할 수 있는 시대가 될 수도 있는 것이 아닐까?

2. 내 글쓰기의 약점 점검
― 知彼知己 百戰百勝

글쓰기에서 나 자신의 취약점은 무엇일까?

다음에 나열된 내용들은 학생, 주부, 직장인 등 다양한 부류의 사람들에게서 수렴한 글쓰기의 문제점들을 제시한 것이다. 주로 대학에서 글쓰기 수업을 듣는 학생들이 중심이 되었으며, 독서논술지도자 과정과 문화학교에서 만날 수 있는 주부들과 직장인들의 의견도 일부 포함되었다. 대체적으로 유사한 내용이 다르게 표현되었을 경우에는 통합하여 한 항목으로 처리하였다.

제시한 내용들 가운데 어떤 점은 공감이 갈 수도 있고, 어떤 점은 전혀 자신과는 무관한 것으로 여겨질 수도 있을 것이다. 어느 경우든 글을 쓰는 데, 상당수의 사람들이 이러한 어려움을 호소하고 있다는 사실을 확인해 두는 것도 의미 있을 것이라 생각한다.

1) 주제를 정하기가 어렵다

- 제시된 주제를 이해하지 못해서 곤란을 겪는 경우가 많다.
- 문제를 그대로 주제로 생각하고 글을 쓰게 된다.

특히 의견 제시 등 흔히들 논설문 같은 글을 쓸 때, 처음 단계에서 좌절을 겪는 경우들이다. 이는 보통 제시된 소재들을 주제로 잘못 이해한 것이 그 원인이다.

주제란 '글 전체에서 주장하고자 하는 중심 내용'을 말한다. 그런데 상당수의 사람들이 이 주제를 소재와 혼동하는가 하면, 무엇을 핵심으로 정해야 할지를 몰라 갈팡질팡하는 경우를 흔히 발견할 수 있다.

주제를 정하는 일이 무엇보다 중요한 것은 글 전체가 주제를 염두에 두고 서술되어야 할 것이기 때문이다. 즉, 주제는 글을 쓰는 중심추 역할을 해 준다. 특히 논술과 같이 자기 의견과 주장이 강조되는 글에서는 주제에 대한 확고한 인식이 필요하다.

이러한 주제 설정 문제는 글쓰기의 과정 부분과 관련하여 해결 방법을 찾아야 하며 좋은 주제를 찾기 위해 창의성과도 연관 지어 볼 필요가 있다.

2) 맞춤법, 문장 구성, 언어 표현 등에 자신이 없다

- 문장이 지나치게 길어진다.
- 대명사 사용이 지나치게 많아서 나중에 읽어보면 자신도 무슨 말인지 모를 지경이다.
- 부정확한 띄어쓰기, 부적절한 언어 표현이 많다.
- 수식어를 어떻게 써야할지 모르겠다.
- 번역투 문장의 사용이 많다.
- 생각한 바를 그대로 말이나 글로 옮기는 것이 너무 어렵다.

형식성과 표현과 관련된 부분으로 글쓰기에서 대부분의 사람들이 호소하는 문제점이며, 글쓰기의 경험이 일천한 사람들에게서 터지는 불만이다.

나름의 원인 분석도 각양각색이다. 우리나라의 맞춤법은 너무 어렵다, 너무 자주 바뀐다, 지방에서 자라서 표준어 사용에 문제가 있다는 등 핑계 없는 무덤이 없다는 속담이 생각나게 할 정도이다. 하지만 가장 근본적인 원인은 단 하나, 당사자의 학습 부족, 곧 게으름의 탓으로 돌릴 수밖에 없다. 특히 맞춤법 관련 문제는 앞에서도 언급한 것처럼 소위 글의 첫인상을 결정하는 데 매우 중요한 역할을 한다. 그런가 하면 글쓴이의 교양 수준을 판단하는 근거로 활용되기도 한다.

뒤에 다시 언급되겠지만 흥미삼아 다음 보기의 문제를 통해 자신의 맞춤법 수준을 점검해 보자.

〈보기〉 다음 문장들에서 틀린 것을 찾아 바르게 고쳐 쓰시오.

1. 이상하게 짜장면은 곱배기로 먹고 싶어. (곱배기 → 곱빼기)
2. 회집으로는 저기 부산집이 제일 유명하지. (회집 → 횟집)
3. 해장한다면서 순대국은 안 먹고, 누룬밥만 먹고 있어. (순대국 → 순댓국, 누룬밥 → 눌은밥)
4. 김떡순이 이름인 줄 알았는데, 김밥·떡뽁기·순대를 줄인 거래. (떡뽁기 → 떡볶이)
5. 여름엔 미싯가루와 강낭콩국물이 최고지. (미싯가루 → 미숫가루)

주로 일상생활에서 많이 사용되는 먹거리 관련 단어들을 보였는데 이런 것들에도 함정은 항시 숨어있다.

한편, 보고서, 설명문, 자기 소개서 등 실용문의 경우는 읽는 사람에게 글의 목적을 분명하게 전달하는 것이 중요하므로 소설小說이나 시詩처럼 독자의 심금을 울릴 정도의 감성적인 효과를 얻어야겠다는 욕심까지는 부리지 않는 것이 현명하다.

이것들 외에도 띄어쓰기, 외래어 표기, 우리말의 로마자 표기 등도

만만치 않은 문제들이다. 우리 지하철 역 이름 가운데 '선릉'의 경우는 [Seolleung]으로 써야 옳은데 문득 써보라고 하면 어떤 표기가 나올 지 궁금하다. 아침 등굣길과 출근길에 지나치는 전철역을 유심히 볼 필요가 생겼길 바란다.

3) 글을 쓰다 보면 주제와 상관없는 내용들로 고민하고 있다

> **–잘 나가다 삼천포로 빠지기**
> • 꼬리에 꼬리를 무는 방식으로 글을 쓴다.
> • 예시를 강조하다 보니 오히려 주제를 왜곡시키는 경우가 종종 있다.
> • 완성해 놓고 보니 너무 많은 문제들을 다루고 있어서 주제가 불분명하다.

위의 예들은 논리와 관련된 것으로 통일성과 일관성을 위배한 경우에 해당한다.

TV 토론 프로그램들을 시청하다 보면 이러한 예들을 자주 발견할 수 있다. 토론의 주제와는 상관없는 자기변호, 처음 제시된 주제와 연관된 주변 문제들에 집착하다 생기게 되는 주객전도 현상, 본질을 저버리고 현상에 매달리기 등이 그것이다. 오히려 이러한 프로그램을 통해서 문제점들을 분석해 보고 반면교사反面教師로 삼아 보는 것도 좋을 듯하다.

> **〈보기〉 전면 무상급식 시행**
> 무상급식은 의무교육과 불가분의 관계에 있다. 의무교육은 국가가 일정 학령에 이른 아동에게 일정 기간 동안 교육의 의무를 지우는 것을 말한다. 이러한 의무를 수행할 수 있도록 국가에서는 교육 기간 동안의 비용을 부

담한다. 그러므로 일정 학령에 이른 아동을 학교에 보내지 않고 노동력을 착취한 부모들이나 보호기관의 단체장을 비롯한 관련자들의 처벌은 법적으로도 가능하다.

<보기>의 글은 '무상급식 – 의무교육 – 의무교육의 의미 – 의무에 대한 국가 역할 – 의무 불이행자 처벌에 대한 법적 구속력' 등의 내용으로 구성되어 있다. 화제와 용어에 대한 계속적인 언급이 결과적으로 원래 제시하고자 했던 무상급식과는 전혀 상관없는 글을 만들고 말았다.

이러한 오류를 피하기 위해서는 절제가 필요하다. 주제와의 연관에서 벗어나지 않는 절제를 기르기 위한 방법으로 글쓰기 과정에서는 문장 하나를 쓸 때마다 주제 혹은 제목과의 연관성을 검토하라고 지도한다.

4) 20줄을 써도 내용을 보면 1줄을 쓴 것과 별반 차이가 없다
 – 중언부언重言復言

- 지식이 적어 쓸 것이 없다.
- 추상적인 내용으로만 가득 차 있어서 글자 수는 많아도 내실이 없다.
- 문장 하나에 완결된 내용을 담지 못해 부연 설명들이 생겨난다.

이러한 현상은 빈약한 지식, 글의 응집력 부족 등에서 기인한 것이다. 그런가 하면 일정 분량을 충족시켜야 하는 글에서 조사된 내용이 부족하거나 주제에 대한 선행 지식이 없을 경우가 있다. 이런 경우에서는 이미 언급했던 사실을 조금 다르게 표현하거나, 아무 차이도 없는데 '다시 말하면' 등의 접속어를 붙여 가며 부연 설명 운운하며 긴 문장을 이어 붙이게 된다.

학생들의 경우, 많은 분량의 리포트를 냈거나 혹은 답안지를 빼곡하게 채웠는데도 불구하고 점수가 너무 낮게 나왔다고 항의하는 사례들이 종종 있다. 대답은 간단하다. '내용이 없다.'는 것이다. 분량은 많은데도 예시와 인용을 비롯하여 사례 등을 빼고 나면 남는 것이 거의 없어서 점수도 그만큼 낮아질 수밖에 없는 것이다.

또 한 가지 중요한 것은 서술 내용의 구체성을 갖추어야 한다. 예문을 통해 구체적인 진술과 추상적인 진술을 비교해 보기로 한다. 우선 아래 문장을 꼼꼼히 읽어 보고 무엇이 문제인지를 지적해 보고 차후 이어지는 평가를 확인해 보는 것도 좋은 학습의 방법이 될 수 있다.

> 현대 축제는 민중을 주체에서 객체로 전락시켰다. 전통 사회에선 민중이 주체가 되어 축제를 이끌어 갔다. 민중이 직접 참여함으로써 만들어지는 것이 전통 사회의 축제이다. 반면 현대 축제는 소수의 엔터테이너들에 의해 진행된다. 민중이 참여할 수 있는 자리는 현대 축제에서 존재하지 않는다.

이 글을 읽은 후 가능한 평가는 애매한 진술, 중언부언, 인과성의 부족 등이다.

이 문장들은 얼핏 포함될 내용들이 적절하게 쓰인 것처럼 보일 수도 있다. 그러나 자세히 내용을 살피면 우선 현대 축제에서 민중 위치의 전락을 언급하고 있지만 이에 대한 원인이 전혀 밝혀지지 않고 있다. 한편으로는 현대 축제와 전통 축제가 비교되어 결과적으로 내용 언급이 이루어진 것처럼 보이지만 여전히 현대 축제의 문제를 밝히지는 못하고 현상을 진술하고만 있다. 둘째 문장과 셋째 문장은 다른 것처럼 보인다면 착각에 불과하고, 의미 전달의 측면에서 같은 문장을 중복하여 쓴 것일 뿐이다.

구체성에 주목하여 다음과 같이 고쳐 보았다. 이때 구체성이란 문장 하나의 전달 의미가 다른 보조 문장의 도움 없이 독립적으로 쓰일 수 있음을 의미한다.

> → 현대 축제에 잠입한 상업성은 민중을 주체에서 객체로 전락시켰다. 신성성과 유희성이 가미된 전통 사회의 축제에서는 민중이 주체가 되어 축제를 이끌었다. 하지만 소수 엔터테이너의 기획으로 이루어진 축제에서 민중은 그저 구경꾼일 따름이다.

수정의 결과를 단순히 문장의 수가 줄었다는 것에 주목해서는 안 된다. 각각의 문장이 보이는 정보전달력, 문장들 사이의 인과관계에 유의해야 한다.

5) 체계적 구성이 안 된다

- 차례 정하기가 어렵다.
- 차례를 정해 놓고 글을 써 본 적이 한 번도 없다.
- 개요(줄거리)를 작성하고 쓰더라도, 막상 글을 써 놓고 보면 전혀 다른 구성이 된다.
- 글이 체계적이지 못하다.

글의 체계는 곧 개요 작성과 직접적인 연관을 가지고 있다. 개요 작성은 상당한 훈련이 필요한 글쓰기의 과정인데, 글 전체의 흐름에 대한 구성과 관련된 문제이다. 순서로 본다면, 당연히 주제를 정한 다음에 행해져야 할 작업에 해당되는 것인데 논문을 비롯하여 모든 논리적인 글에서 중시되어야 할 부분이므로 특히 유의해야 한다.

아래의 글은 단락과 문장, 내용, 맞춤법 등을 고치지 않고 그대로 옮겨 본 것이다. 어떤 문제를 안고 있는지 평가해 본다면 체계와 구성으로 생기는 문제를 해결하는 데 도움이 될 것이다.

〈보기〉 **표현의 자유 논란**

　표현의 자유, 사람의 내심의 정신작용을 외부로 향해 공표하는 정신 활동의 자유를 말한다. 그런데 과연 현대 사회인들은 자유를 외치면서 올바른 표현의 자유를 하고 있는지 의문이 들었다. 우선, 인터넷이 발달하기 시작하면서 인터넷 세상에서의 언론도 함께 급속적인 성장을 이루고 있다. 그로 인해 인터넷 언론의 힘이 커져 현대사회를 비판하는 대중들이 늘어난 것을 '표현의 자유'라는 관점에서 보았을 때는 긍정적인 면이 있다. 그러나 이러한 언론들이 늘어났다고 해서 과연 사회적으로서 표현의 자유가 보장되고 있는 것일까, 이러한 의문은 정치, 사회 문제에 있어서 국민들이 얼마나 자유롭게 의사를 표현할 수 있을까라는 의문으로 좁힐 수 있다. 이러한 문제의 예로는 최근의 '미네르바'사건을 들 수 있다. <u>미네르바가 옳다, 옳지 않다를 떠나서 '미네르바'라는 존재는 정부에 배척되는 인물이었다.</u> 극단적으로 말하자면 그런 사람을 인터넷에 올린 글을 빌미로 체포해 간 것이다. 이런 본보기 아닌 본보기를 보임으로서 인터넷 여론의 자유를 말하며 한편으로는 겁을 주고 있다고 생각한다. 이러한 압력을 가하는 형식의 정부의 행동은 진정한 표현의 자유에 대해 억압하는 것이라고 본다.

　다음으로 앞과는 다른 관점으로의 올바른 표현의 자유를 행하고 있는지에 대해 말해보겠다. 바로 '자유'라는 말에 대한 오해이다. 누구나 알고 있는 말이 있다. '자유에는 그에 따른 책임이 따른다' 그러나 인터넷의 발달은 그러한 책임을 뒷전으로 보내버렸다. 그 간단한 예로는 '인터넷 악플'을 들 수 있다. 많은 네티즌들이 표현의 자유를 외치며 인터넷 기사나 게시판 등에 자신의 속마음을 아무렇지 않게 말한다. 실제 생활에서나 그 사람 앞에서라면 절대 하지 못했을 말들도 거리낌 없이 뱉어낸다. 그로 인해 가장 피해를 받는 것은 당연 연예인이다. 공인이라는 것과 많은 사람들의 관심의 대상이라는 점에서 연예인은 잘못된 표현의 자유에 피해를 입는 가장 대표적인 피해자이다. 최근에는 연예인들뿐만 아니라 일반 시민들도 인터넷 글들로 인해 피해를 보는 사례도 적지 않다. 이런 일반 시민의 예로는 '개똥녀 사건'을 들 수 있다. 이 사건은 한 여자가 지하철에서 도덕적이지 못한 행동을 하였고 이를 한 시민이 찍어 인터넷에 올린 것이었다. 이것을 올린 시민은 순수하게 이러한 행동을 하는 사람은 옳지 않다. 라고 생각해 이런 점을 비난하기 위해 올렸을 것이다. 그러나 이 결과로 한 여자는 다니던 대학을 휴학하고 신상정보가 공개되었으며 밖에도 나가지 못하고 숨어서 있어야 했다. 이 여자가 잘한 행동을 한 건 아니다. 그러나 얼굴도 모르는 수십만 명의 사람들에게 비판, 비난을 받을 만큼의 행동이었을까 생각하게 된다.

이처럼 표현의 자유에 대해서는 앞의 두 내용과 같이 사회문제에 대한 표현의 자유와 개인의 인권보호라는 대립적인 의견 차이로 인해 많은 논란이 있다. 그러나 이러한 문제들의 장. 단점을 잘 보완해서 사회적으로는 진정한 비판과 비난이 가능하고 개인의 인권 측면에서는 표현의 자유라는 이름으로 피해를 주는 일이 없어져야 할 것이다.

위의 보기는 논리적인 구성 즉 개요의 측면 외에도 형식성과 표현에서도 많은 오류들을 범하고 있다.

구체적으로 지적되는 문제점 몇 가지만을 살피기로 한다.

첫째, 단락 구성 즉 개요의 측면에서 본다면 표현의 자유 보장 필요성과 오남용의 문제를 위주로 글을 쓰려한 의도는 확인할 수 있다. 그러나 처음부터 이 글은 논란의 범주를 한정적으로 설정하지 못한 오류를 범했다. 즉 표현의 자유가 보호 대상인지 혹은 연예인과 개똥녀 같은 노출 대상들이 보호 대상인지에 혼선을 범하고 있다. 두 개의 논지가 분량이나 논리 전개에서 충분치 못하게 서술되었다는 약점을 안고 있다. 이러한 약점들은 결과적으로 글 전체의 구성에 영향을 끼치게 되고 논리적 서술을 불가능하게 하였다.

둘째, 문장의 구성에서 눈에 띄는 오류들을 많이 범하고 있는데 심지어 문장 사이에 경계 구분이 안 가는 예들도 있다. 단락 내부에 언급 대상도 방만하게 퍼져 있거나 상호 연관성을 인정하기 어려운 것들도 있다. 이 점들은 표현과 형식의 양 측면에서 부족함을 보인 것이 되어 대학 논술 고사라면 감점의 요인으로 작용한다.

셋째, '개똥녀 사건'을 인권보호 측면에서 다루고 있다. 거기다 한 발 더 나아가 개똥녀가 오히려 그릇된 표현의 희생자인 양 기술하고 있다. 이처럼 상식적인 차원에서 수용하기 어려운 주장을 할 경우는 특히 정밀한 서술이 필요하다. 그런데 이 글은 '개똥녀'와 '인권 문제' 관련 내용에서 자신의 주장에 필요한 부분만을 내세워 억지스러운 전개를 보인다.

덧붙여 본다면 이 글의 필자는 언론과 관련된 에피소드를 예화로 들기 위해 미네르바와 개똥녀 사건을 들었는데 이러한 에피소드들을 활용하는 과정에서 오류가 있었다. 미네르바가 '옳다, 그르다'는 상관없다는 식으로 언급하여 판단의 신뢰성에 의문을 가지게 한 점, 인터넷의 발달이 책임 없는 언론과 직접적인 연관이 있는 양 기술한 것, 연예인들에게 상처를 주는 악의적인 댓글과 사실을 그대로 보여준 개똥녀 관련 기사를 동일시한 점 등이 대표적인 오류에 속한다.

당연하게도 이러한 오류들로 인하여 전체 글이 비논리적, 비체계적인 것이 된다. 이 과정을 보아 알 수 있듯이 글 전체 구성과 구성 요소들 사이의 논리적 관계는 매우 중요하다. 구성을 위한 소재들의 선택은 개요 작성의 과정에서 재점검을 할 필요가 있다. 이 항목은 하고 싶은 말을 다 털어 넣는다고 해서 좋은 글이 되는 것은 아니라는 사실을 생각하게 하는 교훈이 될 수 있다.

6) 서두를 어떻게 써야할지 막막하다

- 글을 시작하려고 하면 머리가 멍해진다.
- 무엇부터 시작할까 막연해서 횡설수설하다보니 결국 시간이 부족해진다.
- 첫머리는 무언가 그럴 듯한 말들로 분위기를 조성해야 한다는 강박 관념이 있다.

전체 내용에 대한 구상이 잡혀있지 않거나, 논제에 대한 자기 입장이 서지 않았을 때 생기는 문제점이다. 한 가지 덧붙인다면 첫머리를 화려하게 장식하고 싶은 욕심이 과할 경우에 생기는 문제이기도 하다. 그러나 그럴싸한 출발을 보이고자 자칫 논제와 멀어지는 잘못을 범할 수도 있다는 함정이 있다.

시간이 정해진 글쓰기 시험에서 어떤 학생들은 절반이 지나도록 시작을 못하고 계속 '썼다, 지웠다'만을 반복하는 경우가 있다. 이 예가 위에서 제기하는 문제를 잘 보여주는 것이라 할 수 있다. 왜 아직 그러고 있냐고 물으면 대답의 대부분은 '뭘 써야 할지 모르겠다.'이다.

물론 글의 첫 부분 곧 도입부를 잘 쓰는 것은 매우 중요하다. 할 수만 있다면 글의 주제를 선명하게 드러내고 이 문제를 언급해야 하는 필연적인 이유도 알리고, 주제 기술을 통해 드러날 수 있는 의의도 서두에 나타내고 싶은 욕심이 있다. 아울러 읽는 사람에게 자신의 글에 관심을 갖게 할 수 있는 흡인력 있는 문장으로 시작하고자 노력하는 것이 인지상정이기도 하다.

그러나 막상 글을 시작하려 하면 무언가 마음에 들지 않고, 또 쓰고 싶은 내용을 다 쓰려다 보면 분량이 훌쩍 넘어 버리는 것을 경험하게 되는 것이 다반사다. 이 경우는 우선 글의 성격에 따라 취사선택取捨選擇을 분명히 하는 것이 중요하다.

〈보기〉 우리 사회에서 대학에 가야만 하는 이유

현대 사회는 복잡하고 고도화된 산업구조를 가지고 있다. 우리 사회는 복잡한 근무 환경에서 일할 수 있는 능력뿐만 아니라 성실성을 가진 인재가 필요하다. 하지만 사람들이 얼마나 능력이 있고 성실한지 평가하는 것은 굉장히 어려운 일이다. 또 평가 기준은 모두 다를 수 있다. 이러한 기준들을 합리적이고 효과적으로 구분시켜 주는 것이 능력시험이다.

이 글은 소위 장황함과 논제와 일관성이 없는 것을 보여주는 대표적인 사례라 할 수 있다. 이 글을 읽고서 제목과의 연관성을 찾아내기란 거의 불가능한 일이 된다.

이러한 문제들을 극복하기 위해서는 일관성과 통일성 등 단락 전개의 원리에 특히 집중해야 한다.

7) 용두사미식의 글 전개

- 어느 순간부터 논의의 발전이 전혀 이루어지지 않고 제자리에 머물고 있다.
- 시작은 거창한데 마무리에서 보면 전혀 논의된 것이 없어 보인다.

이는 주제 선정에 오류가 있거나, 소주제별로 논의를 분석해서 전개하지 못한 경우에 흔히 생길 수 있는 문제다. 글 전체 구성의 문제와도 밀접한 연관을 갖는다.

하나의 주제를 명확하게 전달하기 위해서는 치밀한 전략과 세밀한 뒷받침들이 필요하다. "네 시작은 미약하였으나, 나중은 창대할 것이다."는 성경의 말처럼 오히려 처음에는 범주를 작게 시작하고, 기초 논거들을 바탕으로 자신이 말하고자 하는 것을 마침내 탄탄하게 드러내는 것이 곧 글쓰기를 비롯한 모든 표현 기법의 중심 전략이라 할 수 있다.

8) 다 써 놓고 보면 어디서 많이 본 듯한 내용이다
-데자뷰Déjà Vu

자신이 완성한 글에서 자기 의견은 보이지 않고 왠지 어디서 본 듯한 그러면서 익숙한 느낌을 주는 글이 있다. 처음 간 장소에서 익숙함을 느끼게 될 때를 의미하는 데자뷰, 혹 기시감旣視感과 유사한 느낌을 글에서 느낀다면 창의성과 관련된 문제라 할 수 있다.

리포트, 연구 논문, 자기 소개서 등 모든 글에서 전혀 새로운 것들만으로 글 전체를 채울 수는 없다. 그러나 소위 글감을 모아서 그저 모양새만을 그럴 듯하게 짜깁기하는 방식은 옳지 않다. 글감들을 바탕으로 자기 나름의 판단과 주장을 펼치는 것이 중요하다. 특히, 요즘 들어 인터넷을 이용하여 관련 내용들만을 모아 글자 모양과 문단 모양만을 편집해서 제출하는 리포트 쓰기는 지양해야 한다. 자칫 내용들을 꼼꼼히 살피지 않고 연결부만 적당히 첨가하여 내는 경우, 내용의 중복과 문체의 차이 등이 눈에 띄기 쉽다. 혹시 내용을 참고하더라도 논리적으로 재구성하고 적절한 취사선택을 통한 운용의 묘를 발휘해야 한다.

9) 서론-본론-결론의 연결이 매끄럽지 못하다

- 주장하는 것이 무엇인지 명료하지 않다.
- 글의 앞뒤가 맞지 않다.
- 본론을 쓰다보면 어디서 멈추어야 할지 모르겠다.
- 결론에는 대체 뭘 써야하나?

논리 구성과 관련하여 충분한 훈련이 없을 때 생기는 문제들이다. 특히 주장이나 의견이 분산되어 찬반, 호불호好不好 등 입장이 명료하지 못한 경우가 많다. 그리고 자신의 주장과 상반된 의견이라면 반증의 예로 제시하고 반박하면 오히려 글의 타당성과 합리성을 높이는 데 도움을 준다. 그런데 굳이 너그러움을 보이기 위해 '~와 같은 이유로 반대하는 경우도 있다. 일견 나름대로의 타당성이 있으므로 유의할 필요가 있다.'는 식으로 애매하게 서술하여 논지를 흐리고, 동일한 의견으로 이끌지 못해 일관성을 해치는 글을 종종 보게 된다.

> **〈보기〉 논지 전개의 오류**
>
> 나는 미식가이다. 어느 곳이든 새로운 곳을 가게 되면 그 지역의 대표적인 음식을 먹고자 이곳저곳을 누빈다. 무엇을 먹든 잘 먹는다. 음식을 별로 가리지 않는다. 그리고 나는 음식의 맛이 아닌 분위기를 중시한다. 혹여 내 입맛에 맞지 않더라도 음식을 건네는 주인의 정성 담긴 손길과 따뜻한 말 한 마디로 충분히 만족할 수 있다. 타국에 가서도 그 나라의 대표 음식을 먹으며 그 맛에 익숙해지려 노력한다.

윗글의 서술자는 아무리 너그럽게 보아도 미식가라 하기는 어렵다. 이 사람은 오히려 인내를 중시하는 구도자 혹은 탐험가라 일컫는 것이 더 옳을 것이다. 여기저기의 음식 맛보기를 즐기는 것은 알겠지만 '맛은 맛'이라는 것을 잊고 미각과는 상관없이 다양성과 인정을 중심으로 글을 이끌어 가고 있다. 단순한 일상과 관련된 이런 글에도 논리는 있어야 한다.

일반적으로 논리는 생각을 이치에 맞게 이끌어 가는 과정이나 원리를 의미한다. 특별한 재능을 요구하는 것이 아니라 인과 관계를 잘 이해하고 무리 없이 문장들을 이어가는 훈련과 노력이 필요하다. 조금만 주의를 기울이면 찾아낼 수 있는 모순들에서 벗어난다면 논리 전개에서 오는 어려움은 충분히 극복할 수 있다.

10) 개인적이고 폐쇄적인 사고를 그대로 글로 옮긴다

- 우김질이 강하다.
- 주관적인 생각을 그대로 옮겨 쓴다.

이러한 현상들은 객관성이 결여되어 발생하는 문제이다. 생각은 많으나 한편으로는 대화가 부족한 사람에게서 많이 발견된다.

주로 객관성이 결여되어 있는 글들에서 보면, 이런 현상이 많이 나타난다. 결론으로 제시된 내용이 있으면 그것과 관련된 근거들이 전혀 제시되지 않고, 계속 표현만을 조금 달리 하면서 자기주장만이 반복되어 나타나는 것이 특징이다. 대화에서 남의 말을 듣는 태도를 지향하고, 자기주장과 반대되는 입장에 일부러 동조해 보는 것도 해결을 위한 좋은 방법이라 할 수 있다.

11) 글 쓰는 것이 두렵다

주변에서 상당수의 사람들이 이런 고민을 안고 있다. 자기 기대 수준이 지나치게 높아서 언제나 자신의 글에 불만을 가지게 되는 경우이다. 그렇지 않으면 글을 쓴다는 것을 의무적인 것, 즉 학교생활 중 과제물 제출 외에 다른 글을 써 본 적이 거의 없는 사람들에게서 발견되는 경우다.

단문을 쓰는 것도 제대로 안 되면서, 책 한 권 분량의 저술을 욕심낼 수는 없다. 이럴 때는 자신의 작은 습관부터 고쳐가는 것이 필요하다. 일반적으로 글을 못 쓴다고 자책하는 사람들에게는 다음과 같은 습관들이 있다. 즉 이러한 습관을 고쳐나간다면 좋은 글을 쓸 수 있을 것이다.

☼ 글을 잘 쓰지 못하는 사람들의 습관

1. 남의 말을 귀 담아 듣지 않는다.
2. 수업 시간, 회의 시간에 필기를 거의 하지 않는다.
3. 책을 보더라도 중요한 단락에 요약 메모를 하지 않는다.
4. 신문을 주의 깊게 보는 편이 아니다.
5. 인터넷 채팅, 핸드폰 메시지 보내기 등은 즐기지만 편지지나 이 메일로 편지를 보낸 적이 거의 없다.
6. 논쟁이 생기면 "에이 골치 아파, 그만 두자."며 자리를 박차고 나 간다.
7. 영화를 보고나서 줄거리 요약을 요령 있게 쓰지 못한다.
8. 말싸움을 하다가 자꾸 지나간 일들을 꺼내서 문제를 확대시킨다.
9. 퀴즈에는 강하지만, 설명에는 약하다.
10. TV 토론 프로그램을 본 적이 거의 없다. 일종의 감정이입感情移入 이 되어 한쪽 입장에 일방적 지지를 보낸다.

말하기와 글쓰기

최근 들어 말하기에 대한 관심이 과거 어느 때보다도 부쩍 높아지고 있다. 이러한 관심은 정확한 표현의 중요성이 강조되는 사회 흐름과 무관하지 않다. 또한 단순하게 단답형 문제로는 해당 문제에 대한 이해의 정도를 충분히 파악하기 어렵다는 이유 때문에 면접 형태에 점차 구술이 강조되는 현상 등이 원인으로 자리한다.

말하기와 글쓰기는 언어 표현이라는 측면에서 서로 공통점을 갖는다. 말하기는 현장성과 일회성을 가지면서 상황에 따라 중복 표현 등이 가능하다. 반면에 글쓰기는 이러한 특성들과는 무관하다. 얼핏 보기에는 상대방에게 메시지를 전달한다는 것 외에는 서로 공통인자가 없을 것 같은 이 둘 사이에도 상호보완적인 면들이 상당수 존재한다.

언어학자인 그라이스Paul Grice는 효율적인 대화를 위해 필요한 요소들을 격률格率, 혹은 준칙準則으로 제시한 바 있다. 그라이스는 가장 합리적인 사고를 바탕으로 상호 협력적인 대화를 이루기 위해서는 대화 당사자들 간에 지침이 필요하다고 주장했다. 그리고 이 지침을 격률maxims

이라 하고 '협동의 원리, 양의 격률, 질의 격률, 관련성의 격률, 방법의 격률' 등으로 나눈 바 있다. 이러한 대화의 원리와 격률은 글쓰기의 범주로 다시 확장하여 적용될 수 있다.

1. 협동의 원리

협동의 원리The cooperative principle는 다른 말로 참여의 원리라고도 할 수 있다. 대화의 측면에서 본다면 말하는 사람은 대화의 목적을 파악하고 그 목적에 맞는 대화를 위해 노력해야 한다는 원칙이다. 이렇게 함으로써 대화의 흐름에 참가하고 대화의 결속을 유지할 수 있게 된다는 의미이다. 괜한 딴청이나, 토론 요구에 대한 일방적 무시나 외면 등은 이 협동의 원리를 위배하는 것이라 할 수 있다.

대화의 경우, 화자와 청자가 쌍방성을 유지하며 계속 이야기를 유지하기 위해 이 원리를 지키는 것과는 달리 글쓰기에서는 필자와 독자의 역할이 고정되어 있다. 그러므로 필자의 입장에서 자신의 글이 독자에게 계속 읽혀질 수 있도록 배려해야 하는 것이 곧 글쓰기의 협동의 원리라 할 수 있다.

협동의 원리를 글쓰기에 적용하여 세부 항목으로 나누어 보면 다음과 같은 내용들을 추출해 낼 수 있다.

1) 글을 읽을 상대방에 대하여 배려하라
－대상, 수준, 주제에 대한 입장 등

보지 않는 글, 읽히지 않는 글은 이미 글이 아니다. 주변에서도 흔히 발견할 수 있는 현상 중 하나는 스스로 역작力作, 걸작傑作, 노작勞作이라고 평가하는데 책은 창고에만 쌓여서 침묵하는 것이다. 작가는 세상이 자신을 몰라준다, 혹은 요즘 독자들은 수준이 낮아서 깊이 있는 내용을 읽으려 하지 않는다며 푸념을 해댄다. 실제는 자신이 세상을 모르고, 독자를 배려하지 못했기 때문에 생기는 결과에 불과하다.

다른 시각에서 본다면 글은 보이지 않는 대화라고 할 수 있다.

글의 종류가 무엇이 되었든 유의해야 할 사항은 내 글을 읽게 될 사람이 우선 이 글을 읽고 쉽게 수용하고 덧붙여 호감을 가질 수 있도록 해야 한다는 점이다. 그러기 위해선 글의 기획 단계에서 독자층에 대한 충분한 검토 작업이 필수적이다.

같은 주제라 하더라도 전공이 같고, 지적 수준이 비슷한 사람들을 대상으로 쓰는 글과 이제 막 그 분야에 입문하려는 사람들을 대상으로 쓰는 글은 당연히 내용의 깊이를 비롯하여, 논의 전개 방식 등 여러 면에서 차이를 둘 수밖에 없다. 이런 배려들이 있어야 비로소 글쓰기에서의 협동의 원리가 지켜지는 것이다.

어린이들을 위한 『삼국지三國志』가 따로 필요한 이유도 이 협동의 원리를 고려한 것이라 할 수 있다. 너무 내용이 방대하고 등장인물들이 많은 책의 내용은 어린이들의 경우엔 손에서 책을 놓게 하는 요인이다. 그러므로 어린이의 수준에 맞게 어휘수와 내용을 조정하는 배려가 필요한 것이다. 반대로 해당 분야의 전문가들을 대상으로 한 글에서 시시콜콜

한 개념 정의, 변화 과정 등을 일일이 나열하는 것은 무의미하다. 이러한 초보적 사항들을 제외하고 글의 목적에 맞게 논지 중심으로 서술하는 것이 오히려 배려라고 할 수 있다.

2) 내용은 변해야 한다

자신이 한 번 작성해 둔 자기 소개서를 지원 회사 혹은 지원 학과의 성격은 고려하지 않은 채 거의 수정 없이 수차례 제출하는 것을 보았다. 자신은 언제나 자신일 뿐이라며 자아정체성이 분명한 자신이므로 상황에 따라 다르게 포장할 순 없다며 콧대를 세운다. 언제나 참혹한 결과로 돌아오는 고집스러움 역시 글쓰기에서 협동성의 원리를 위배하는 것이다.

회사 혹은 학과이기에 독자의 특성이 다르고 그 곳에서 요구하는 인재의 성향이 다르다면 거기에 부합되는 조건에 맞추어 매번 새롭게 써내는 성의가 필요하다. 도전 의식과 창의성을 중시하는 회사에 오로지 맡은 바 업무에 충실하게 일하는 모범적이고 성실한 이미지만을 강조한 자기 소개서를 보낸다면 결과는 자명할 것이다. 이 경우엔 다른 약점들을 충분히 보완할 수 있는 자료가 되어야 할 자기 소개서가 오히려 흠집이 될 것이다.

2. 양의 격률
―차지도 넘치지도 않는 정보

양量의 격률The maxim of Quantity은 너무 부족하거나, 너무 많지도 않을 정도인 적당량의 정보를 제공할 것을 요구하는 규범이다. 특히 지나치게 장황해지거나, 중언부언 하는 것을 경계하는 격률이다. 요즘처럼 소그룹 토론 면접이 확산되는 추세에서는 이러한 점에 특히 유의할 필요가 있다.

얼마 전에 한 TV 토론 프로그램에서 당시에 한참 핫이슈가 되고 있던 어떤 문제와 관련해서 찬반 입장을 듣고 해법을 제시하기 위해 토론을 벌인 적이 있다. 그때 한 패널이 이 양의 격률을 지나치게 어겼는데, 협동성의 원리도 함께 위반하여 더욱 주변 사람들의 인상을 찌푸리게 했다. 아래 대화를 보면 어느 정도인지를 짐작할 수 있을 것이다.

패　널　…… 불문법으로 보고 절차상의 문제가 있다고 생각했지요.
사회자　저, 죄송하지만, 아직 멀었습니까?
패　널　아, 나 얘기 좀 하게 해 줘요. 조금만 더 하면 돼요.
사회자　네, 알겠습니다.
패　널　비록, 우리나라에 다른 나라처럼 헌법에 없어도, 나도 잘 모르지만, 프랑스의 경우는 …….
사회자　저, 지금 논의할 주제들이 있어서, 다음에 말씀할 기회를 드리겠습니다.
패　널　아니, 이것만 더하고…….

실제 뒷자리의 방청객들이 보인 짜증 섞인 표정과 어이없는 웃음이 함께 화면에 잡히고 있는 데도 자기 할 말은 다하고 말겠다는 결연한 의지는 결국 그 날 방송사에서 정한 주제를 제대로 언급도 못하고 참석자들의 충분한 의견도 듣지 못하는 이상한 마무리를 가져오고야 말았다.

토론·토의처럼 시간이 정해져 있고 여러 사람의 다양한 의견이 수렴되어야 할 경우, 단순한 정보량의 문제를 떠나 예의와 원활한 진행의 측면에서라도 양의 격률은 반드시 지켜야 한다.

글쓰기에서는 이러한 양의 격률이 더더욱 어렵게 적용된다. 이 양의 격률을 자칫 어기게 되면 논거는 부족하면서 쓸데없이 분량만 많은 글이 된다. 특히 글쓰기에서 어려운 점은 현장성이 없다는 점이다. 말하기의 경우, 자신이 무언가 말을 하다가 상대방이 지루해 하거나 어려워하면 거기에 맞추어 정보의 수준이나 양을 조절할 수 있다. 혹은 질문이나, 상대의 중간 개입 등을 통해 상대가 원하는 정보를 제공해 줄 수 있다.

그러나 말하기는 이러한 현장성을 가질 수 없다. 여기에 덧붙여 분량을 최대한 제한하여 제출해 줄 것을 요구하는 경우가 대부분이다. 여러 조건들을 종합하여 글쓰기에서 지켜야 할 양의 격률의 세부 규정을 제시해 보면 다음과 같다.

1) 정보의 취사선택

보고서를 비롯한 실용적인 글쓰기는 자신이 소유하고 있는 정보를 남김없이 털어 넣고서 지식을 과시하는 장이 아니다. 그런데도 무언가 자신이 잘 아는, 혹은 애착을 갖는 내용이 나오면 유독 그 부분에서 균형감을 잃고 다른 소재들에 비해 양적 균형감을 무너뜨리는 경우를 흔히 발견할 수 있다. 심지어는 해당 주제와는 전혀 무관한 것임에도 불구하고 억지로 끼워 넣기를 시도함으로써 전체 글의 논리 구조를 흐트러지게 하는 경우도 있다.

"버릴 건 과감히 버려야 한다."

이 말은 써 온 글들에 대한 충고 중에 제일 받아들여지지 않는 것이다. 이유도 다양하다.

> "장을 달리 해서 활용하면 안 될까요?"
> "꼭 넣고 싶은데, 방법이 없을까요?"
> "이거 쓰느라고 시간이 제일 많이 들었는데요."

문제는 아무리 애를 썼어도, 그 내용이 정말 좋은 소재라 하더라도 전체 글의 흐름을 흩트리는 것이라면 애초에 선택을 해서는 안 되는 것이었다는 점이다. 이런 점들에서 신중해 질 필요가 있다. 글을 쓸 때는 독자와 관련하여 꼭 필요하다고 판단되는 것만을 중심으로 정보를 선택해야 한다.

2) 차별적인 서술의 양

모든 정보를 언제나 균등한 분량으로 써야한다는 강박관념에 사로잡힐 필요는 당연히 없다. 자신의 글을 접할 상대방에게 가장 필요한 정보, 혹은 자신이 제시한 주제를 선명하게 드러내기 위해 가장 필요한 정보에 상대적으로 많은 양의 분량을 제시하는 것 역시 글쓰기에서 중요시 되어야 할 양의 격률이다.

3. 질의 격률

질質의 격률The maxim of Quality은 거짓말을 하지 말라는 격률이다. 이때 거짓말이란 진실이 아닌 것은 당연히 포함되지만, 확실한 증거가 없는 것과 자신이 정확하게 알지 못하는 것 등도 포함되는 것이다.

특히, 유의해야 할 것은 소위 신조어나 유행어 등 문맥을 통해 귀동냥으로 들은 말이 왠지 멋스러워서 여기저기 정확한 의미도 모르고 쓰는 경우가 있다. 그러다 보면 어느 순간 '그게 무슨 뜻이냐?'는 질문을 받게 되어 사용하지 않는 것보다 좋지 않은 결과를 초래하는 사례들을 보게 된다. 이 점에서 특히 유의해야 할 격률이다.

글쓰기의 경우에서도 보면, 이와 유사한 사례들이 그대로 적용된다.

1) 모르는 내용, 타당한 근거가 없는 사실의 제외

글의 내용을 살피다 보면 전체 맥락과 무관하게 불쑥 어떤 내용을 집어넣고는 전후 사정에 대한 설명조차 뒷받침되지 않아 의아해지는 경우가 있다. 요즈음 인터넷 검색 엔진을 사용하여 내용 검토도 제대로 안한 상태에서 제출한 리포트에서 많이 발견되는 예들이다. 그런가 하면 불쑥 항간에 떠돌고 있는 소위 '카더라 통신'에 해당하는 말들을 근거로 자신의 입장을 표명하는 예들이 있다.

이러한 예들은 말하기보다도 오히려 글쓰기에서 주의해야 할 내용들이다. 이러한 내용들은 자칫 글쓴이의 신중하지 못함을 드러내는 약점이 될 수 있으며, 글 전체의 객관성을 저하시키는 치명적인 문제로 부각될 수 있다.

한편, 용어 사용의 측면에서도 신중을 기하여야 한다. 개념을 모르고 용어만을 아는 경우는 사용하지 말아야 할 것은 당연한 것이다. 또 표기에 혼동을 겪고 있는 단어들은 통일된 표기가 공지되기를 기다려 찾아서 바르게 쓰려는 성의도 보여야 한다. 한 예로 전 국가대표 축구감독이었던 코엘류Coelho의 이름을 보면 처음에는 신문마다 표기가 각양각색이었는데, 어느 순간 국립국어원에서 통일된 표기를 제시하여 혼란을 막은 바 있다.

다음 용어들은 일상에서 자주 등장하는 것들이다.

〈보기〉 글 속에 자주 등장하는 용어들
　　① 나비효과
　　② 빅뱅
　　③ 진정성 vs. 진실성
　　④ FTA
　　⑤ 당대표 vs. 원내대표

3줄 정도로 위의 내용들을 간략하게 설명해 보라는 주문을 받았다면 어떨까? 분명 이 내용들은 문맥상 알고 있는 것들인데 정확한 개념들을 알고 있는지 확인해 둘 필요가 있다. 오히려 자주 쓰는 말들에서 의외로 개념 파악이 명확하지 않은 것들이 많다는 허점이 있음을 알고 수시로 자기 지식을 재점검해야 한다.

이처럼 글에서 언급하려는 내용들에 대해서는 최대한의 사전 조사와 충분한 내용 숙지를 거쳐야 한다는 것이 질의 격률이 주는 행동 지침일 것이다.

2) 과장하지 않는 태도를 갖자

자신이 쓴 글의 마무리가 남들에게나 자신에게 더욱 의미 있게 남겨지기를 바라는 것은 인지상정이다. 그러나 그렇다고 해서 앞선 논의들과 전혀 상관없는, 논리적 기반을 무시한 채 비약해 버려서는 절대 안된다.

3) 논증을 마무리하지 않은 사실을 결론으로 남기지 말라

글에서 잔뜩 문제 제기와 현황에 대해서만 서술을 해 두고서는 실제 그 문제에 대한 해결책이나 자신의 의견은 전혀 제시하지 않는 예들이 있다. 이러한 예들이 앞서 제시했던 용두사미 격에 해당하는 것이며 글쓰기에서 질의 격률을 위배하는 것이 된다. 일단 문제로서 제시가 되면 그에 해당하는 근거와 문제 해결의 방향 등을 분명하게 제시하고, 자신의 의견 혹은 차후 개선의 방향 등을 명확하게 제시하여 완결하여야만 한다.

물론 예외적으로 자신의 입장을 명료하게 밝혀야 하는 글이 아닌 경우도 있다. 건설 입지선정이라든지, 환경 관련 생태오염 현황보고 등 객관적인 사실 보고를 상급 기관이나 위원회 등에 알려야 경우에는 가치판단보다는 사실 자체가 중시되는 경우도 있기 때문이다. 결과적으로 서술 목적과 글의 성격을 염두에 두어야 한다는 것이다.

4. 관련성의 격률

관련성關聯性의 격률The maxim of Relevance은 이성적으로 판단하여, 대화의 흐름을 잘 이해하고 대화의 목적에 맞는 적합한 대응 혹은 표현을 하라는 격률이다. 이 격률이 가장 잘 안 지켜지면서도 특이하게도 각광을 받은 작품이 사무엘 베케트의 『고도를 기다리며』라는 희곡이다. 일상에서는 절대로 허용될 수 없는 기준들은 모두 있으니 참고로 접해 보는 것도 좋은 경험이 될 것이다.

이 격률은 대화에서 매우 중시되는 것이다. 한참 얘기하다가 "어, 내가 무슨 얘기하다가 여기까지 왔지?"라고 말하는 사람, "너 사오정 아니냐?"라는 말을 자주 듣는 사람, "도대체 지금 무슨 말을 하고 있는 거야?"라는 말을 자주 듣는 사람들의 경우는 대체로 관련성의 격률을 어긴 것으로 보면 된다.

글쓰기에서 이 격률과 관련된 하위 지침들은 매우 다양하게 제시될 수 있다.

1) 항상 주제를 기억하라

앞서 글쓰기의 약점들을 지적하면서 예시된 내용들 중에 삼천포로 빠진다는 고민이 있었다. 이 점은 주제와 일관성 있는 내용들로 글을 전개해 나가는 것이 쉽지 않다는 것을 의미한다.

<보기> 친일진상규명특별법 개정에 대한 입장

　최근 우리 사회는 흡사 대립 이슈들의 전시장을 보는 것 같다. 아직 시행조차 해 보지 않은 '친일진상규명특별법'에 대한 개정안을 놓고 벌어지고 있는 사회 각계각층의 갑론을박도 그 한 예이다. 도대체 16대 국회에서 입법을 해 놓고, 이제 어떻게 시행을 할 것인가를 준비하기에도 분주할 시점에 이런 소모적인 논쟁이 벌어지고 있는 까닭을 알 수 없다.

　왜 바꿔야 하는 걸까? 그리고 지금처럼 경제가 어렵고 해결해야 할 일들이 많은 시점에서 하필 왜 지금 친일진상을 규명해야 한다는 것인지 알 수가 없다. 벌써 60년이나 지나버려서 한정된 시간, 한정된 인력을 투입해서는 도저히 이루어지기 어려운 이 일을 법까지 제정해 가면서 하려는 의도를 알 수가 없다.

　위 글은 언뜻 보면 별 문제가 없어 보이지만 관련성의 격률을 위배하고, 주제와는 무관한 내용으로 서서히 빠지고 있다. 만족스럽지는 않지만 처음 단락에서는 분명히 개정의 문제에 대한 언급이 나와 있다. 그런데 다음 단락에서는 개정과 관련하여 구체적인 문제들이나, 자신의 입장을 밝힌 것이 아니라 시기를 문제 삼고 있다. 이후의 전개는 보지 않아도 당연히 주제와는 상관없는 내용일 것임을 알 수 있다.

2) 글의 목적을 빨리 부각시켜라

　글쓰기는 대화와는 달리 읽는 이가 빨리 글에서 논의하고자 하는 주제와 방향을 알 수 있도록 해 주어야 한다. 자칫 그렇지 않은 경우, 상대방이 글에 대한 흥미를 읽고 글이 목적하는 것에도 미치지 않는 분량 정도에서 읽기를 그칠 우려도 있다.

다음은 어떤 단체에서 서울 시내 전역의 어린이 보육 시설을 대신해 보낸 가정통신문의 내용을 간략하게 개요 형태로 정리해 보인 것이다. 학부모들이 유의해야 할 점은 교사들의 결의 대회 참가로 하루 휴원하게 되었다는 것과 그 날이 언제인가 하는 것이었다.

〈보기〉 가정 통신문의 단락별 내용(총 분량 A4 2면)
1. 인사말－계절인사 등(3줄)
2. 보육 시설의 소임과 자신들의 노력(4줄)
3. 보육 업무의 여성부 이관(8줄)
4. 여성부 이관의 문제점(4줄)
5. 현 정부의 공약과 시행 상의 차이 비판(9줄)
6. 보육 업무 소관 부서 이관 반대의 당위성(9줄)
7. 휴관 일시 공지 및 양해의 말(5줄)
8. 학부모 참여 독려(5줄)
9. 격려 부탁 및 다짐의 말(4줄)
10. 끝인사(1줄)

이 내용을 보면 자신들의 입장을 학부모에게 알리고 싶어 하는 것과 휴관에 대해 알리는 것 중 무엇에 대해 더 비중을 두어야 할 것인가를 두고 고민한 흔적이 없다. 이 글의 목적은 휴관이 이루어지므로 아동들을 이 날 등원시키지 말아달라는 것을 학부모들에게 알리는 것이다. 그리고 난 연후에 휴관을 할 수밖에 없는 이유를 제시하는 것이 가정 통신문이라는 글의 성격에 맞다.

글쓰기에서 상대방이 글의 목적을 빨리 파악하고 그 내용에 관심을 가지게 하는 것도 관련성의 격률에 해당하는 것이라고 볼 수 있다.

5. 방법의 격률

방법의 격률The maxim of manner은 말하기에서 자신의 의도가 분명히 드러날 수 있도록 간단하고 명료하게 표현할 것을 요구하는 것이다. 장황설을 늘어놓지 말고 애매한 용어들을 사용하거나, 동음이의어 등을 사용하지 말 것을 의미한다. 한 마디로, 반문을 받지 않도록 말하라는 것이다.

글쓰기로 대비해 보면 이와 관련해서는 주로 문장 구성과 관련된 부분들이 해당될 수 있다.

1) 문장은 짧을수록 좋다

문장이 짧은 것이 무조건 좋은 것은 아니다. 단문으로만 계속되는 글을 보면 왠지 미숙한 느낌이 들고 한편으로는 사고가 이어지지 못하고 중간에서 자꾸 끊어지는 듯한 기분이 들 수도 있다. 그러나 흔히들 만연체라고 하는 마냥 이어지는 글은 명확한 의사 전달에 방해가 된다.

실제로 문장이 계속 '-고'와 같은 연결 어미로 이어지면서 전체 의미를 파악하기가 어렵게 되는 것을 흔히 보게 된다. 이럴 경우라면, 차라리 연결 부분을 종결시키고, '그리고, 그러나'와 같은 문장 접속 부사로 이어주는 것이 낫다.

<보기> 표준어와 문화어

　표준어와 문화어가 완전히 다른 경우는 외래어를 그대로 쓰는가 다듬어서 쓰는가에 따라 차이가 난 것이고, 완전히 같은 경우는 주로 순화하기 전의 한자어들이며, 일부가 같은 경우는 다듬을 말에 대한 다듬은 말에서 차이가 있는 것들이므로 다듬을 말을 쓴다면 완전히 같아지고 다듬은 말을 쓴다면 완전히 달라진다고 하겠다.

　위의 예문 같은 경우는 다른 면에서도 문제가 있지만, 한 단락이 문장 하나일 정도로 문장이 길다는 사실이 의미 파악을 가장 어렵게 하는 원인에 속한다. 한 번 읽어서는 무슨 뜻인지를 알기가 쉽지 않은 문장이다.

　보통은 글 전개 과정에서 사고가 연상적으로 이어질 때와 관련이 있다. 문장을 마무리하면 계속 떠오르는 생각이 끊어질까 두려워 계속 한 문장으로 이어가다가 마침내는 주어와 서술어의 호응을 비롯하여 의미 파악이 애매해 지는 만연체 문장이 된다.

2) 자신에게 자연스러운 문장도 타인에게는 애매할 수 있다

　사랑하는 딸의 친구들에게
　공원에서 웃고 있는 아이와 엄마의 모습은 참 보기 좋다.

　첫 문장은, 글쓴이가 사랑하는 대상이 딸인지 아니면 딸의 친구인지 애매하다. 두 번째의 문장은 웃고 있는 것이 아이 혼자인지 혹은 아이와 엄마 모두인지가 애매하다. 물론 문맥을 통해 이러한 궁금증들이 해소되는 경우도 있겠지만 주의해야 할 부분이다.

아래 예문을 보자.

우리의 기대는 그동안의 교육 현장의 문제를 너무 잘 알고 있기에 학부모나 교사의 의견이 정책에 반영되어 아이들이 보다 양질의 서비스를 받게 될 줄 알았습니다.

→ 우리는 교육 현장의 문제를 잘 알고 있는 학부모와 교사의 의견이 정책에 반영되기를 기대하고 있었습니다.

말하듯 쉽게 쓰려고 한 문장인 것처럼 보이는데, 우선 주어와 서술어의 호응 관계에서 문제가 있다. 또, 문장이 지나치게 길어지면서 의도가 분명하게 드러나지 않는다는 단점 역시 드러난다. 강조하려다가 오히려 의도가 흐려져 버린 경우라고 할 수 있다.

이상에서 대화의 기법을 통하여 같은 표현의 영역인 글쓰기의 원리를 몇 가지 짚어 보았다. 이것들 외에도 실상 평상시에 나누는 말에는 글쓰기와 관련된 방법을 숙지할 수 있는 여러 가지 요인들이 존재한다. 어떻게 말할 때, 상대방이 내 말을 경청해 주는가를 생각해 보면 곧 글쓰기의 효율적인 방법이 될 수 있고, 어떤 주제가 대화에서 가장 무난하면서도 의견 조율에 효과적이었는지를 생각해 보면 주제 정하기의 어려움을 극복해 낼 수도 있다.

글쓰기의 시작에서 가장 중요한 것은 역시 글쓰기에 대한 두려움을 떨치는 것이다. 수다를 떠는 것처럼, 친구와 가볍게 담소를 나누는 것처럼 시작될 수도 있는 것이 글쓰기이다.

제2부
글쓰기의 기초와 형식

실용문에 있어서는 화려한 외장보다는 단정하고, 구김 없는 모양새가 좋다. 그러기 위해서는 노력이 필요한 부분들이 있다. 본격적인 방법론에 들어가기에 앞서 이 장에서는 글쓰기의 종류들을 간략하게 정리하고, 단락 쓰기의 기초와 단락의 종류, 그리고 실제 글쓰기 종류 가운데 논술 등을 활용하는 방법 등에 대하여 살펴보기로 한다.

글쓰기의 기초

글쓰기는 내용 못지않게 형식의 측면이 중요하다. 형식의 범주에는 맞춤법 이외에도 요구하는 내용에 맞는 글의 종류를 찾아 쓰기, 적절한 단락 구성 등이 포함된다. 사람과 비견해 보면 내용이 그 사람의 보이지 않는 인격과 지식 및 가치관을 형성하는 측면, 형식은 외양의 단정함이라고 할 수 있다.

실용문에 있어서는 화려한 외장보다는 단정하고, 구김 없는 모양새가 좋다. 그러기 위해서는 노력이 필요한 부분들이 있다. 본격적인 방법론에 들어가기에 앞서 이 장에서는 글쓰기의 종류들을 간략하게 정리하고, 단락 쓰기의 기초와 단락의 종류, 그리고 실제 글쓰기 종류 가운데 논술 등을 활용하는 방법 등에 대하여 살펴보기로 한다.

1. 글쓰기의 종류
—설명, 논술, 서사, 묘사

글쓰기는 서술의 성격에 따라 크게 설명說明, 논술論述, 서사敍事, 묘사描寫의 네 가지로 하위분류된다. 한 편의 완성된 글을 두고 흔히 설명문, 서사문 등으로 구분 짓는 경우가 있다. 하지만 글 전체를 살펴보면 이 네 가지의 서술 양식들이 혼재되어 있는 경우가 대부분이다. 다만 글의 두드러진 성격과 글의 목적이 무엇이냐에 따라 전체 글의 성격이 결정될 뿐이다.

1) 설명

설명exposition은 사물이나 사실을 상대방에게 이해시킬 목적으로 쓰는 글이다. 사전적인 정의로는 '어떤 대상이나 일의 내용을 상대편이 잘 알 수 있도록 밝혀서 표현하는 것'이라고 한다. 여기서 중요한 것은 객관적인 사실을 확보하고 최대한 상대방이 잘 알아낼 수 있도록 해야 한다는 점이다.

〈보기〉 개도 좋고 개고기도 좋다.

일반인들이 보양식으로 개고기의 효능을 높게 평가하는 이유는 무엇일까? 농촌진흥청 농촌생활연구소가 펴낸 〈식품성분표〉를 보면, 먹을 수 있는 부위 100g을 섭취할 때 발생하는 에너지는 개고기가 262kcal로 또 다른 보신 식품인 오골계(137kcal)나 오리고기(257kcal)는 물론 한우 등심(192kcal)과 안심(148kcal)보다 높은 것으로 나타났다. 개고기를 먹으면 일시적으로 활력이 넘치는 듯한 느낌이 드는 이유다.

2004. 7. 16. 〈경향신문〉 황인원 기자

기사 전체가 아닌 일부를 발췌한 글이지만, 하나의 사실을 설명하고 독자들을 이해시키기 위해 가장 객관적인 수치를 인용하여 글을 전개하고 있다. 그럼으로써 주관적인 의견이 아니라는 점도 드러내고 있으며, 원인 역시 쉽게 규명하는 효과를 거두고 있다.

이처럼 설명은 상대방이 모르는 사실을 알려주는 것이라는 점을 감안하여 최대한 독자가 잘 이해할 수 있는 방향으로 용어 사용에도 주의를 기울이고, 자료 선택의 문제에도 객관성을 확보하기 위해 노력해야 한다. 그러기 위해서는 우선적으로 서명하는 사람이 내용에 대하여 사전에 충분한 지식과 정보를 습득하고 있어야 한다.

설명은 다시 비교와 대조, 분류와 분석, 정의, 실증, 실례, 통계 등의 하위 범주로 나뉘며 이들 각각은 글의 목적이나 특징에 따라 선택적으로 사용된다. 최근 들어 이 각각의 특징들이 중시되는 경향이 있으므로 간략하게 소개해 두었다.

① 정의 definition

정의는 단어의 뜻을 명확히 밝히기 위하여 사용되는 방식이다. 주로 'A=B'의 형식으로 서술되는 것이 일반적이다. 한편, 'A는 B이다'라는 형식과 비슷한 형식을 취하는 것이 있는데, 그것이 바로 지정이다. 지정은 "이것은 무엇인가?"에 대한 질문의 답변 형식으로 나타난다. 예를 들어 "FTA가 뭐니?, 스크린쿼터제가 뭐야?, 저 사람은 누구니?"라고 묻는다면 우리는 그것에 대해 간단히 설명해 준다. 그것이 바로 지정의 방법이다. 따라서 지정은 어떤 사물이나 사람에 대해서 알려주면서 궁금증을 해소시켜 주는 역할을 한다.

정의법은 크게 두 가지로 구분하기도 한다. 낱말의 뜻을 간결하고 명확하게 밝혀두는 방식을 정식 정의formal definition라고 하는데 이 방식은 사전 등에서 흔히 볼 수 있는 방식이라서 사전적 정의라고도 한다. 다른 하나는 정식 정의를 토대로 하여 쓰는 사람이 자신의 견해와 해석을 덧붙여 가면서 다양하게 그 뜻을 풀이하는 것으로 비정식 정의informal definition 혹은 확장된 정의라고 한다.

☼ 정식 정의와 비정식 정의

1. 정식 정의―인간은 언어적 동물이다.
2. 비정식 정의―인간을 인간일 수 있게 하는 것은 언어를 사용한다는 면에 있지 않을까? 다른 동물들 중 어떤 종류에서도 찾을 수 없는 유일한 인간만의 특징이 바로 이 점에 있기 때문이다. 앵무새를 반론의 근거로 제시하고 싶은 사람들이 있을지 모르지만, 극히 제한된 어휘와 발음에서 흉내를 내는 것일 뿐이다. 결국 언어를 적절하게 구사할 수 있는 능력은 천부적으로 인간에게만 주어진 것이다.

위에 제시된 예들에서 확인할 수 있듯이 비정식 정의는 형식적인 면을 어느 정도 일탈하면서도 다양한 방식으로 설명하고자 하는 내용들을 풀이한다는 점이 특징이다. 더욱 발전해 나가면 상대방의 흥미를 끌면서 이해를 도울 수 있으며 정의만으로 단락을 구성할 수 있다. 한 단락만으로 충분하지 않다고 생각한다면 '다시 말하면, 한편, 더 살펴보면' 등과 같은 접속어구들을 사용하여 해석을 다양하게 드러낼 수도 있다.

정의를 내릴 때 특별히 유의할 점들이 있다.

☼ 정의를 내릴 때 유의할 점

① 정의 자체가 'A는 B이다'라고 한 것처럼 피정의항과 정의항은 대등해야 한다. 즉 피정의항의 범주가 정의항의 범주보다 넓어서도 안 되고 좁아서도 안 된다.
② 피정의항의 개념이 정의항에 반복되어서는 안 된다.
③ 피정의항의 개념이 부정적인 의미를 지닌 것이 아닌 한 정의항이 부정적인 서술을 해서는 안 된다. 즉 '아니다, 못한다, 없다' 등의 부정적인 표현을 하지 않는다.
④ 모호하거나 비유적인 표현을 하지 않는다.

가령 "프레젠테이션은 의사소통의 행위이다"라고 정의를 내린다면 정의항의 범주가 너무 넓다. 반면에 "프레젠테이션은 말로만 이루어지는 것이다"라고 한다면 정의항의 범주가 오히려 좁아지게 된다. 따라서 정의는 피정의항과 정의항이 등식 관계를 이루어야만 올바른 정의라고 할 수 있다.

또 다른 예로 "음운론자는 음운론을 연구하는 사람이다"라고 정의할 경우, '음운론'이라는 개념을 다시 한 번 정의를 내려야 하기 때문에 바른 정의라고 할 수 없다. 이러한 것을 논리학에서는 '순환정의의 오류'라고 일컫는다.

② 비교comparison와 대조contrast

비교와 대조는 둘 이상의 사물을 견준다는 점에서 공통점이 있다.

그러나 비교는 사물의 유사점을 찾는 반면에 대조는 차이점을 찾고자 한다. 비교는 유사점뿐만 아니라 차이점에도 관심을 가지기 때문에 흔히 비교는 대조를 포함하기도 한다. 'A와 B를 비교해 보라'고 했을 경우, 이때의 비교의 의미에는 공통점과 차이점이 모두 포함되기 마련이다. 따라서 일반적으로 비교는 더 넓은 의미에서 유사점과 차이점을 포함하고 대조는 둘 이상의 사물에서 다른 점만을 강조한다.

비교와 대조의 기술 방법을 쓸 때에도 정의와 마찬가지로 유의할 사항들이 있다.

✿ 비교와 대조의 유의 사항

① 독자들이 잘 아는 내용으로 기술해야 한다.
② 이미 알고 있는 일반적 원리에 관련시킨다.
③ 비교와 대조는 체계적이어야 한다.

설명하고자 하는 대상은 비록 독자에게 낯선 개념일 수 있지만, 함께 비교하는 대상은 독자가 잘 알고 있어야 이해하기 쉽다. 그러므로 독자들이 잘 알고 있는 내용들을 바탕으로 설명을 전개해가야 한다. 한편, 언제나 대상은 동일한 차원과 범주에서 비교하거나 대조해야 한다는 점에 유의해야 한다. 그래야 체계적일 수 있으며 오류를 방지할 수 있다. 예를 들어, 음성 언어와 문자 언어의 비교는 언어라는 동일한 차원에서 다루고 있는 것이다. 또 여자와 남자는 비교의 대상이 될 수 있지만 여자와 사람은 비교 대상이 될 수 없다. 여자와 남자는 같은 층위에 있지만 여자와 사람에서는 사람이 여자보다 높은 층위에 있기 때문이다.

　　화성인들은 능력과 효율, 업적을 중요하게 여긴다. 그들은 자기 능력을 입증해 보이거나 힘과 기술을 신장시키기 위해 끊임없이 노력한다. 목적을 이루는 능력을 통해 그들은 자기 존재를 확인하다. 그리고 성공과 성취를 통해서 충족감을 맛본다.

　　금성인들의 가치관은 화성인들과 다르다. 그들은 사랑, 개인 간의 친밀한 관계, 대화, 아름다움 등에 더 많은 가치를 둔다. 서로 도와주고, 관심을 쏟고 보살펴 주는 일에 그들은 많은 시간을 할애한다. 여성들은 자신의 느낌을 남들과 관계를 맺고 함께 나누는 일을 통해 자기 자신에 대한 만족을 느낀다.

　　　　　　　　　　　존 그레이, 『화성에서 온 남자, 금성에서 온 여자』 중에서

　　위의 글은 화성인 여자와 금성인 남자의 차이점을 설명하고 있다. 즉 대조의 방법을 사용해서 기술하고 있는 것이다.

③ **분류**分類**와 분석**分析

　　분류와 분석은 해당 개념을 어떤 요소나 성질로 나눈다는 점에서는 서로 비슷하다. 그러나 분류는 사물의 구조가 아니라 사물의 종류나 유형을 나누는 것인데 반해 분석은 사물이 하나의 유기적 조직으로 되어 있다고 생각하고 그 사물을 하나하나 분해해 내는 방법이다.

　　분류는 어떤 대상을 일정한 기준에 따라 갈래짓는 것이다. 예를 들어 도서관의 책을 인문학, 사회학, 경제학, 자연과학 등으로 묶어서 정리하는 것도 분류의 방법이다. 또한 서랍 정리를 할 때 속옷은 속옷끼리, 겉옷은 겉옷끼리 구별해서 정리하는 것도 분류이다.

　학문이란 무엇인가를 설명하는 데에는 여러 가지 방법이 있을 수 있다. 분류를 이용한 설명도 흔히 쓰이는 방식이다. 옛날 중국에서는 학문을 육예六藝, 제자諸子, 시부詩賦, 병兵, 술수術數, 방기方技 등 여섯 종류로 분류하기도 했고, 또 경經, 사史, 자子, 집集 등 네 종류로 분류하기도 하였다. 그리고 서양에서는 아리스토텔레스가 이론학, 실천학, 제작학 등 세 종류로 분류한 뒤, 이것이 이후 서양 학문 체계의 기초가 되었다.

소광희, 『학문의 이념과 분류』 중에서

　분석은 얽혀 있거나 복잡한 것을 풀어서 개별적인 요소나 성질로 나누는 것이다. 즉 사물의 구조를 성분에 따라 밝히는 것이다. 분석은 대개 하나의 대상을 성분으로 나누어 살피면서 그 구조의 특징이나 기능 등을 자세히 서술한다.

　어떤 요소나 성질로 나눈다는 점에서는 분류와 비슷하다. 그러나 분류는 사물의 구조가 아니라 사물의 종류나 유형을 나누는 것이고 분석은 사물이 하나의 유기적 조직으로 되어 있다고 생각하고, 그 사물을 하나하나 분해해 내는 방법이다.

　예를 들어 나무를 은행나무, 사과나무, 감나무 등으로 나누는 것은 분류이고 나무를 잎, 뿌리, 줄기, 가지, 잎사귀로 나누는 것은 분석이다. 즉 분석은 단순하게 부류를 나누는 것이 아니라 그 대상이 구조를 가지고 있어서 하나의 복합적 성분으로 보고 그 특성을 낱낱이 풀이하는 것이다.

지조란 것은 순일純一한 정신을 지키기 위한 불타는 신념이요, 눈물겨운 정성이며, 냉철한 확집確執이요, 고귀한 투쟁이기까지 하다. 지조가 교양인의 위의威儀를 위하여 얼마나 값지고, 그것이 국민의 교화에 미치는 힘이 얼마나 크며, 따라서 지조를 지키기 위한 괴로움이 얼마나 가혹한가를 헤아리는 사람들은 한 나라의 지도자를 평가하는 기준으로서 먼저 그 지조의 강도強度를 살피려 한다. 지조가 없는 지도자는 믿을 수가 없고, 믿을 수 없는 지도자는 따를 수가 없기 때문이다. 자기의 명리名利만을 위하여 그 동지와 지지자와 추종자를 일조一朝에 함정에 빠뜨리고 달아나는 지조 없는 지도자의 무절제와 배신 앞에 우리는 얼마나 많이 실망하였는가. 지조를 지킨다는 것이 참으로 어려운 일임을 아는 까닭에 우리는 지조 있는 지도자를 존경하고 그 곤고困苦를 이해할 뿐 아니라 안심하고 그를 믿을 수도 있는 것이다, 이와 같이 생각하는 자者이기 때문에 지조 없는 지도자, 배신하는 변절자들을 개탄慨歎하고 연민憐憫하며 그와 같은 변절의 위기의 직전에 있는 인사들에게 경성警醒이 있기를 바라는 마음이 간절하다.

조지훈, 「지조론」 중에서

이 글은 '지조'라는 개념을 '정신을 지키기 위한 불타는 신념', '눈물겨운 정성', '냉철한 확집', '고귀한 투쟁'이라는 또 다른 관념으로 분석하고 있다. 즉 '지조'라는 추상적인 관념을 설명하기 위하여 좀더 구체적인 성향들로 나누어 설명하는 방식을 취한 것이다.

이처럼 분석은 전체를 이해하기 위하여 특정한 관점, 일정한 기준에 따라 나누어 설명하는 것이다. 즉 분석은 논의 대상을 구조를 지닌 일정한 유기체라 생각하고 구성 성분을 분해한다. 그러므로 효과적인 분석을 이루려면 단순하게 나열하는 것이 아니라 분해된 성분들이 서로 상호관계가 있음을 밝히고 전체 속에서 어떤 위치에 있으며 무슨 기능을 하는지 명확하게 밝혀야 한다.

④ **인용**引用

인용은 남의 말이나 글을 가져와 자신의 글을 전개하는 방법이다. 인용은 속담이나 격언, 일화, 명언, 다른 사람의 말을 가져와 자신의 글이 객관성과 타당성을 뒷받침하기 위해 사용된다. 그래서인지 인용은 권위 있는, 잘 알려진 사람의 말을 사용하는 경우가 많다. 권위 있는 사람의 말을 인용하면서 자신의 논리를 인정받고자 하는 것이다. 그러나 무조건 권위자의 말을 인용했다고 해서 그 글이 항상 논리적인 것은 아니다. 따라서 글을 읽을 때 인용한 출처가 정확한지 논리가 타당한지도 면밀하게 살펴보아야 한다.

⑤ **예시**例示

예시는 구체적인 사례를 들어서 설명하는 방식이다. 즉 예시는 일반적인 것을 설명하기 위해 구체적이고 특수한 것을 예로 드는 것이다. 예를 들어 설명을 하게 된다면 글을 읽는 사람이 훨씬 쉽게 주제를 파악할 수 있다.

흔히 예시는 '예를 들면, 가령, 이를테면, 실례를 들어 말하면' 등의 접속 어구를 사용한다. 예시는 객관적인 사실이나 혹은 주관적인 경험 등을 다양하게 사용할 수 있어서 글을 쓸 때 예시는 풍부할수록 좋다. 그러나 너무 많은 예만을 제시하면 산만하기 쉽다. 따라서 예를 통해 필자가 말하고자 하는 바를 설명해 주어야 한다.

예시는 독자가 쉽게 이해하도록 제공되기도 하지만 논술문의 경우는 증거를 보여주는 수단이 되기도 한다. 따라서 예를 제시할 때는 설명하려는 대상과 맞는 적절한 예를 제시해야 한다. 또한 제시한 예의 출처를 정확히 알아야 한다. 출처가 분명하지 않으면 올바른 예라고 볼 수 없다. 평소에 수집된 자료를 쉽게 활용할 수 있도록 잘 정리해 두는 습관이 필요하겠다.

〈보기〉 예시의 실례

우리말에는 농사와 관련된 어휘가 많다. 예를 들어 우리말에는 '쌀'과 관련된 어휘가 '모, 벼, 나락, 밥, 메' 등으로 분화되어 있다. 그런데 영어에서는 이를 'rice'라는 한 단어로 표현한다. 이것은 우리말에 농경 사회의 문화가 반영되었기 때문이다. 마찬가지로 에스키모 어에서 '눈'을 '땅 위의 눈, 내리는 눈, 바람에 날리는 눈, 바람에 날려 쌓이는 눈, 집을 짓는 데 쓰이는 눈' 등 눈의 종류에 따라 여러 가지로 구별한다는 것은, 눈과 매우 가까운 에스키모의 삶의 양식이 반영된 것으로 볼 수 있다.

최기호 · 김미형, 『언어와 사회』 중에서

이 글은 민족 문화와 언어의 관계를 살펴 국어에 반영된 문화적 특성을 이해시키고자 하는 글이다. 언어에는 그 언어를 사용하는 민족의 문화가 반영되어 있다는 것을 보여주기 위해 예를 들어 설명하고 있다. 우리말의 예로는 '쌀'과 관련된 어휘를 예를 들어 설명하고 있고 에스키모 어로는 '눈'을 예로 들고 있다.

이상에서 가장 널리 쓰이는 설명의 하위 범주들에 대하여 살펴보았다. 적절히 그 원칙을 고려하여 글쓰기에 응용한다면 설득력 있는 글을 쓸 수 있을 것이다.

2) 논술

논술argument의 목적은 상대방을 설득하는 것이다.

논술은 어떤 사실이나 사물에 대한 자신의 주장이나 의견을 제시하고 이를 합리적으로 뒷받침하는 것이다. 즉, 자신의 주장에 대한 정당성을 입증하는 서술 방식이 바로 논술이다. 일반적으로 첨예하게 찬반양론으로 갈라져 있는 사안들, 선악 대립의 문제 등이 모두 논술의 대상이 될 수 있다.

설명이 객관적 사실을 중시한다면, 논술은 인과 관계와 주장에 대한 논리적 근거를 중시한다. 억지스럽거나 비약이 개입되는 주장은 단연코 배제되어야 한다.

〈보기〉 개고기를 먹는 것은 개인의 취향이다.

한여름이 다가오니 다시 서로 다른 의미에서의 애견가들 간의 논쟁이 뜨겁다. 야만이라는 비난을 감수하면서까지 꼭 개고기를 먹어야겠냐는 측과 개도 소나 돼지와 마찬가지일 뿐이라는 측의 대립이다. 그런데 우리 주변을 보면, 개고기를 먹는 것에 찬성하면서도 실제론 먹지 않는 사람들과 반면에 개를 자식처럼 소중하게 기르면서도 아무렇지도 않게 사철탕 애호가임을 자처하는 사람들을 흔히 찾아 볼 수 있다. 결국, 극단적인 소수의 의견 대립을 굳이 사회 이슈화 시킬 것 없이 오래 이어져 온 우리 식문화이므로 그냥 개인의 취향에 맡기는 것이 가장 온당할 것이다.

밑줄 친 부분의 서술처럼 반드시 논술에서는 서술자의 논제와 관련된 의견이 있어야 하며, 윗부분에 있는 것처럼 주장을 입증할 만한 논리적 근거가 있어야 한다.

"잘 들었습니다. 그런데 말씀하신 분의 의견은 무엇입니까?"

이런 질문을 받을 만한 글을 썼다면 적어도 논술로서는 실패한 글이다.

여기서 잠시 설명과 논술을 상호 비교하여 살펴보도록 하자. 앞서 여러 가지 방식으로 세분화하여 살펴본 바와 같이 설명은 최대한 다양한 방법들을 활용하여 상대방의 이해를 촉진시켜야 한다면 논술은 자신의 견해에 합당한 근거들을 제시함으로써 공감을 얻고 설득하는 것이다.

<보기> 설명과 논술의 비교

① 사람의 일생은 매우 사소한 일로 말미암아 좌우되는 일이 많다. 일생을 판가름하는 계기는 큰 사건이나 전쟁 같은 것에서도 찾을 수 있지만, 얼핏 보기에는 아무것도 아닌 듯한 일들이 우리의 한뉘를 운명 짓고 마는 일도 허다하다는 말이다. 유명한 소설가 모파상은 그의 「목걸이」라는 단편에서 이 점을 예리하게 형상화하였다. 가짜 목걸이를 진짜로 착각한 일, 곧 그 순간적인 사소한 잘못으로 말미암아 젊은 부부가 실로 10년이란 세월을 갖은 고초 속에서 보냈던 것이다. 이런 비극은 우리의 삶에서 얼마든지 있을 수가 있다. 어렸을 때 순간적인 부주의로 실족하여 불구자가 되어 일생을 한숨과 눈물로 보내는 일, 사소한 말다툼으로 살인까지 불러일으키는 일 등을 흔히 볼 수가 있다.

② 나는 사람의 운명이 매우 사소한 문제로 좌우되는 일이 허다하다고 본다. 물론, 여러 가지 큰 사건이 계기가 되어 우리의 운명이 판가름되는 수가 없는 바 아니지만 그보다는 오히려 대수롭지 않은 일로 일생이 좌우되는 수가 많다고 보는 것이 나의 견해이다. 어렸을 때 순간적인 부주의로

실족하여 일생을 불구자로 지내는 사람의 경우, 사소한 말다툼 끝에 주먹이 오고가다가 살인까지 불러일으키는 비극 따위가 얼마나 많은가. 프랑스의 소설가 모파상은 「목걸이」라는 작품에서 이러한 인간 운명의 비극성을 예리하게 형상화하고 있다. 가짜 목걸이를 진짜 목걸이로 착각한 순간적인 잘못으로 10년의 세월이, 아니 일생이 무참히 허송되는 경우를 그 작품은 보여 주고 있다. 이러한 사례들은 인간의 운명이 사소한 일로 말미암아 결정되는 비극이 많다는 사실을 입증하고 있는 것이다.

얼핏 보아서는 위의 내용들은 서로 차이가 없어 보인다. 그러나 그 내용을 자세히 살펴 보면 서술의 맥락에서 매우 중요한 차이를 보인다.

앞선 ①의 내용은 설명문에 속하는 것으로 소주제문과 뒷받침문장들이 인생의 한 단면을 해설하는 데에 초점을 맞추고 있다. 그래서 서두의 밑줄 친 문장이 소주제문의 역할을 하는데 내용상 필자의 의견이 그다지 두드러지게 나타나고 있지 않다. 객관적 사실의 제시 정도로 기술하고 있기 때문이다. 이어지는 뒷받침문장들은 소주제문이 얼마나 많은 사실들을 통해 객관성을 확보하고 있는지를 보여주기 위한 예시 위주의 내용들로 구성되어 있다. 이 글을 읽는 사람은 처음의 소주제문이 왜 나올 수 있었는지를 점차 심도 있게 확인하게 될 것이다.

한편, ②의 글은 논술에 속한다는 것을 첫 문장, 소주제문에서 확인할 수 있다. 소주제문에서 이미 '나는, -고 본다'라는 문장 구성을 보임으로써 관련 사실을 자신의 입장에서 판단하고 있음을 보여주고 있다. 이 문장 구성을 확인하면 결과적으로 '나는 -라고 생각한다'는 의미를 지니고 있으며 확장한다면 '나는 -라고 주장한다/판단한다'로까지의 해석이 가능하다.

뒷받침문장들에서는 ①과 내용상 별반 차이가 없음에도 불구하고 '나의 견해이다'라든가 '보여주고 있다' 등의 주장을 제시하는 마무리를 통하여 자기 판단의 당위성을 보이고 있다. 흔히 예시라고 할 만한 것이 논거論據가 된 것이다. 이러한 과정을 통하여 전체 단락이 "주장→논거/입증의 단계→결론/마무리"의 구조를 띠게 됨을 알 수 있다.

위 보기의 비교를 통하여 논술에서 중시되어야 할 것은 우선 합리적 근거가 뒷받침될 수 있는 주장을 펼쳐야 한다는 것을 알 수 있다. 그리고 적절한 논거, 합당한 논거가 되려면 글을 읽는 사람들에 대한 격률을 잘 기억해서 타당성을 납득시키도록 해야 한다.

3) 서사

서사narration는 사실을 있는 그대로 글로 전개하는 방식이다. 이 정의에만 집착한다면 서사는 사진이라고 할 수 있다. 그리고 서사에는 6하원칙5W1H, 즉 '언제, 어디서, 누가, 무엇을, 어떻게, 왜'라는 요소가 반드시 포함되어 있어야 한다. 보통 언론 기사문의 작성이 서사 양식을 따른다고들 말하며 가장 객관적인 기술 방법이라고들 한다.

과연 서사문은 객관적인가? 범위를 좀더 축소해서 신문 기사는 객관적인가? 이 문제를 어떻게 인식하느냐에 따라 우리가 서사문을 작성하는 요령은 달라질 수 있다. 엄밀한 의미에서 서사는 객관적일 수 없다. 왜냐하면, '왜' 혹은 '어떻게' 등 구성 요소들 가운데 무엇을 더 강조하느냐에 따라 글에서 주장하고자 하는 내용은 전혀 달라질 수 있기 때문이다.

<보기> 행정수도 이전 토론회

① '왜' 중심의 서사

어제 서울 광화문 네거리에서는 행정수도 이전 문제와 관련한 시민 대토론회가 열렸다. 이미 법안 통과 절차까지 마쳤고, 실무 위원회까지 구성되어 계획을 수립하는 단계까지 왔다고는 하지만 사전에 충분한 국민적 합의가 없었다. 또, 국민들 대다수가 재원 조달이나 행정수도 이전을 통한 인구 분산 효과, 지역 균형 발전 효과에 의구심과 불안을 갖고 있다는 점이 이러한 토론회 개최의 이유가 되었다. 찬반 의견들이 여럿 제시된 가운데 3시간 가까운 노상 토론회는 막을 내렸다.

② '어떻게' 중심의 서사

어제 서울 광화문 네거리에서는 행정수도 이전 문제와 관련한 시민 대토론회가 열렸다. 현재 국민 여론이 어떠한 지를 알아보기 위해서였다. 찬성하는 입장에서는 수도권 과밀화로 인한 부작용 해소, 지역 균형 발전을 위한 초석 등을 주된 이유로 들었다. 이에 반하여 반대하는 입장에서는 재원 조달의 문제, 재정 투입에 비해 미미한 효과, 서울이 가지는 브랜드 가치 등을 이유로 들었다. 간혹 고성이 오가긴 했지만 진지한 분위기 속에서 3시간이 넘게 토론이 이어졌다.

위에서 보듯 같은 사실을 글로 옮긴 것이라도 어떤 요소를 강조하였느냐에 따라 독자에게 전혀 다른 의미로 다가갈 수 있다. 부정적인 의미에서 본다면 주관의 개입으로 인한 사실 왜곡이 될 수도 있겠지만 긍정적인 면에서 본다면 중요한 내용이 무엇인지를 판단하여 비중을 달리하는 것도 글쓰기의 중요한 기술이 될 수 있다는 점을 배울 수 있다.

4) 묘사

묘사description는 대상을 보고 느낀 인상을 글로 나타내는 것이 목적인 전개 방식이다. 단순히 설명하는 것이 아니고, 사진을 찍듯이 옮기는 것이 아니라 인상적인 부분을 강조하고 거기에 대한 자신의 느낌까지 적절히 표현되어야 한다. 그러므로 어느 정도의 주관적인 판단과 해석이 글 속에 포함되는 것을 허용한다.

〈보기〉 덕적도의 밤

쑥을 뜯어 피운 모깃불에서 피어오르는 향긋한 냄새가 마음까지 맑게 하는 느낌을 들게 한다. 문득 바라 본 하늘에는 내가 저런 하늘을 이고 살고 있었던가 생각을 하게 할 만큼, 하얀 소금을 말리는 염전처럼 무수한 별빛이 검은 하늘을 메우고 있다. 별들 사이에 오히려 검은 하늘이 드문드문 놓여있다는 착각이 들 정도로. 왠지 낮은 목소리로 이야기를 나누어야 할 것 같은 정적, 그리고 밤벌레들의 울음소리 속에서 우리는 목청을 돋우는 골치 아픈 세사에서 벗어나 지난 시간의 따뜻한 얘기들로 섬에 동화되고 있었다.

해송 사이를 지나면서 부드럽게 스미우는 바람의 감촉을 따라 바다를 찾았다. 갯내를 맡으며 해변으로 나서니 칠흑 같은 어둠 사이로 들려오는 물결 소리는 도심의 소음에 익숙하던 우리에게 오히려 그 낯섬으로 잔잔한 위무를 보내는 듯했다. 우리는 마음을 청정하게 하는 향냄새와 풍경소리가 어우러진, 심산의 사찰을 만난 것 같은 평안을 이 섬에서 느꼈다.

위 예문은 서해안에 위치한 덕적도라는 섬의 밤을 모깃불, 밤하늘, 파도소리 등을 중심으로 묘사하고 있다. 단순히 '모깃불의 향기가 좋고,

밤하늘에 별이 많고, 파도소리가 좋았다'로 표현하지 않고 자신의 정서적 체험을 함께 서술함으로써 독자들에게 좀더 생생하게 덕적도라는 섬을 소개할 수 있다.

묘사문을 작성하기 위해서는 우선 묘사 대상을 선정해야 한다. 묘사 대상에는 제한이 없다. 인물이나 사물일 수도 있고, 시간적·공간적 배경일 수도 있다. 또는 상황이나 심리일 수도 있다. 중요한 것은 묘사가 글의 전체가 아닌 부분이라면 전체와의 조화에 신경을 써야 한다는 점이다. 즉 글의 일부로서 묘사는 글 전체의 목적을 달성하기 위한 효과적인 기능을 할 수 있어야 한다. 너무 길어 장황하게 되거나, 사실적인 글에서 주관적 묘사를 하게 되면 글의 흐름을 방해할 수 있다.

묘사 대상이 선정되면 묘사 대상에 대한 세밀한 관찰을 해야 한다. 비록 관찰의 결과를 다 표현하지 않는다 해도 묘사를 하기 위한 정보를 마련하기 위해서는 세밀한 관찰이 필요하다. 세밀한 관찰을 통해 묘사 대상에 대한 지배적 인상이 결정되어야 한다. 지배적 인상은 묘사 대상이 주기도 하지만 글쓴이의 심리적 상황이나 글의 목적에 따라 결정되기도 한다. 어떤 경우에서건 묘사를 하기 위해서는 전반적인 것에서부터 세부적인 것에 이르기까지, 시선의 이동이나 공간의 이동에 따라 관찰이 필요하다. 또한 대상에 따라서는 원인과 결과를 분석하는 작업도 필요하다.

묘사 대상에 대한 관찰이 끝나면 글쓴이의 태도를 결정해야 한다. 즉 묘사를 객관적 묘사로 할 것이냐, 주관적 묘사로 할 것이냐를 결정해야 한다. 묘사가 글의 전체일 경우는 글의 목적과 묘사 대상에 대한 글쓴이의 판단에 따라 결정해야 한다. 반면에 묘사가 글의 일부일 경우는 전체 글의 목적 달성을 위한 일부로서 기능에 따라 결정해야 한다.

글쓴이의 태도가 결정되면 실질적으로 묘사문을 작성하게 된다. 본격적으로 묘사문을 작성할 때는 아래에 제시된 조건들을 지켜야 한다.

✿ 묘사문 기술의 조건

① 전체에서 부분으로 묘사해야 한다.
② 부분에서 부분으로만 묘사할 때는 인접한 순서로 진행되어야 한다.
③ 원근의 방향성이 있어야 한다.
④ 지배적 인상으로 통합될 수 있어야 한다.
⑤ 읽는 사람의 이해를 넘어서서는 안 된다.

이상에서 글쓰기의 하위 범주들에 대하여 살펴보았다. 여기서 강조된 내용들은 기본 개념과 해당 글쓰기에서 유의해야 할 사항들이므로 특히 이 점들을 구분하여 기억해 둘 필요가 있다. 이 네 가지에 대한 해설만으로도 족히 책 한 권 분량이 될 수도 있다. 하지만, 분량과 상관없이 기본적인 개념 정의와 구분에 대해 잘 이해하고 있으면 적용에는 무리가 없을 것이다.

2. 단락 쓰기
-a topic, a paragraph

단락이란 하나의 중심 생각과 이를 뒷받침해주는 문장들이 모여서 이루어지는 글의 단위이다. 다른 말로 문단 혹은 토막글이라고도 한다. 포괄적인 의미를 지닌 주제를 논리적으로 증명해 내기 위해서는 주제와 관련된 여러 소주제들을 통한 논증의 과정이 필요하다. 다시 말하면, 완성된 한 편의 글을 이루기 위해서는 여러 개의 단락들이 필요하다.

이러한 단락들을 가시적으로 드러내는 형식적인 장치가 들여쓰기이다. 들여쓰기는 보통 왼쪽 첫 칸, 한 글자가 들어갈 공간을 비우는 것으로 표시한다. 당연히 단락이 새롭게 시작되는 경우를 제외하고는 왼쪽 첫 칸을 비워서는 안 된다.

1) 단락의 구조

단락은 'a topic, a paragraph' 즉 '소주제 하나, 단락 하나'라는 대응 관계에 충실해야 한다. 실제로 특수 단락에 속하는 몇 예들을 제외하면, 전체 글에서 따로 하나씩 떼어 놓아도 단락은 충분히 독립된 의미를 지닌 글로서의 역할을 해 낼 수 있는 경우가 대부분이다. 그럴 수 있는 이유는 단락의 구조가 '소주제+뒷받침 문장'으로 이루어져 있기 때문이다.

전체 글의 길이나 소주제의 수와 상관없이 단락 하나로 구성되어 있는 경우가 있고, 반면에 문장 하나를 단락 하나처럼 취급하는 글도 자주 보게 된다. 컴퓨터로 작성된 글에서 발견할 수 있는 가장 일반적인 예는 4-5줄 정도에서 문장이 끝나면 엔터 키를 쳐서 단락을 변경한다는 것이다. 단락을 구분하는 것을 편리하게 생각하는 이런 태도는 전혀 바람직하지 않다.

〈보기〉 잘못된 글

　이제 더 이상 기능만을 중심으로 한 건물 건축으로는 건축주를 만족시킬 수 없다. 이왕이면 다홍치마라고 기능적으로도 우수한 건축물이면서 동시에 미학적 측면도 고려되기를 원하는 것이 현재의 일반적 추세이다. 튼튼하고 높게, 그리고 내부를 넓게 쓸 수만 있다면 외부의 모양이야 그냥 콘크리트 기둥 모양이든 어떻든 상관이 없었고, 주변 환경과의 조화는 더욱 무시되는 것이 과거의 경향이었다. 그러나 최근 들어서는 기능적 측면을 무시하는 것은 아니지만 친환경적인 건축에 대한 관심이 높아지면서 건축에 이러한 요소가 충분히 반영되기를 요구하는 사례가 점차 확산되어 가고 있다.

　위의 예문은 두 개의 현재 건축의 경향에 대한 두 가지 특징이 혼재되어 있다. 즉 미학적 측면, 친환경적 건축이라는 새로운 흐름이 그것이다. 그런데 우선 소주제화 되지도 않고 명확하게 단락으로 구분되어 있지도 않다. 그 결과 꼬리에 꼬리를 무는 방식이 되어 어느 틈엔가 미학적 관점이 슬그머니 환경친화적 건축에 대한 논의로 옮겨와 버리는 애매한 진술이 되어 있다.

〈보기〉 올바른 글

　기능만을 중시하던 건축에서 가장 두드러진 변화의 추세는 건물의 외관이나 내부 선, 공간 배치 등에서 미학적 측면이 강조되고 있다는 점이다. 과거의 건물은 기능적으로 오랜 세월을 견디고, 공간을 최대한 넓게 쓸 수 있도록 하는 소위 내구성과 실용성 등을 최대한 고려하여 설계하면 문제가 없었다. 그러나 최근에는 건물 자체가 갖는 미학적 요소만으로도 충분히 경제적 가치를 나타낼 수도 있다는 점이 주목을 받고 있다. 또, 건물이나 건축 구조물에 대한 인식에 아름다움을 추구하는 욕구가 더해지는 경향을 보이고 있다.

한편, 친환경적 요인 역시 최근 들어 건축에 매우 중요한 영향을 미치고 있다. 전세계적으로 환경 오염으로 생긴 엘리뇨 등 이상 현상들을 체험하면서 점차 환경의 소중함에 대한 인식이 확산되는 추세이다. 또, 기계와 빌딩, 자동차와 인공조명 등에서 벗어나 될 수 있으면 자연 친화적인 환경에서 거주하고, 일하고 싶은 욕망들이 점차 고개를 들고 있다. 이러한 열망들이 건축에 그대로 반영되면서 친환경적인 건축에 대한 요구로 나타나고 있다.

위의 예문은 각각의 단락에서 하나의 소주제만을 다루고 있다. 이런 단락의 구성은 우선 읽는 사람에게도 내용 파악을 쉽게 해 줄 수 있다는 장점을 주고, 내용을 간결하고 명확하게 전달할 수 있다는 이점이 있다.

2) 소주제문의 요건
―주제와의 관련성, 개념의 한정성, 의미의 간결성

단락의 중심 되는 개념은 소주제이다. 이러한 소주제가 문장 형식으로 드러난 것이 소주제문이다. 결국 소주제문의 문제는 소주제의 문제와 불가분의 관계를 지니게 된다. 여기서 언급하게 되는 소주제문의 요건은 다시 말하면 소주제의 요건이라 할 수 있는 것이다.

무괄식 단락처럼 소주제문이 없는 경우도 있지만, 실용문의 경우에 이런 단락은 그리 권장할 만한 것이 못 된다. 되도록 주장하는 것을 분명히 드러내기 위해서는 해당하는 단락에서 강조하는 것이 무엇인지를 명

문화하는 것이 가장 효과적이기 때문이다. 그런가 하면 소주제문이 어떤 것인지 찾기 어렵게 두는 것이라든지, 주제와 범주와 내용 면에서 큰 차이를 보이지 않는다든지 하는 점들은 모두 기피 대상이 되어야 한다.

우선적으로 강조하는 소주제문의 요건을 간략하게 정리해 보자.

첫째, 앞서 언급한 바처럼 관련성의 격률은 소주제 곧 소주제문이 갖추어야 할 요건에서도 가장 중요한 사항이다. 소주제문은 반드시 전체 주제와 관련하여 논리적인 연관을 지니고 있어야 한다. 수학적 용어로 이야기 한다면, 전체 주제가 전체집합에 해당하고 소주제는 부분집합이 된다.

아래 표를 예로 주제와 소주제의 문제를 살펴보기로 한다.

☼ **주제와 소주제의 관련성**

환경오염의 문제(A)	
도시 환경 오염(B)	농어촌 환경오염(C)
공장 오폐수 생활하수 자동차 배출 가스 냉난방 시설의 프레온 배출 가스 냉난방 시설의 열기 배출 생활 쓰레기의 증가 화학 폐기물	골프장 등 과다한 농약 사용으로 인한 수질 및 토양 오염 축산 폐수로 인한 수질 오염 선박 유출 연료로 인한 해수 오염 적조 현상 폐기 그물 및 기타 쓰레기의 무단 투기

어느 글의 주제가 '환경오염의 문제(A)'로 광범위하게 설정되었다면, '도시 환경오염(B)'과 '농어촌 환경오염(C)'에 해당하는 항목들을 다 포

함해서 논의를 진행시켜야 한다. 그러나 주제의 범주가 좁혀져서 (C)가 주제로 선정되었다면 소주제로는 반드시 (C) 아래에 들어있는 세부 항목들만으로 이루어져야 한다.

한편, 주제와 관련된 소주제를 정하거나 혹은 소주제와 관련하여 서술할 내용들을 찾아야 할 경우에도 위와 같은 표의 내용들이 참고가 될 것이다.

둘째, 소주제문은 최대한 구체적인 범위를 지닌 개념이 드러나도록 써야 한다. 이것이 개념의 한정성이다. 소주제문만을 읽고서도 충분히 단락에서 설명 혹은 주장하고자 하는 내용이 무엇인지를 확인할 수 있어야 한다는 것이다.

이 조건은 특히 "도대체 하고 싶은 말이 뭡니까?"라든지, "아니, 언제 본론에 들어갈 겁니까?"라는 요구를 자주 겪는 경우와 관련해 되짚어 볼 필요가 있다.

〈보기〉 주제와 소주제문
- 주　　　제 : 도시 환경오염의 문제
- 소주제문1 : 냉난방 시설 사용 증가로 인한 환경오염이 심각하다.
- 소주제문2 : 프레온 가스 배출의 증가로 인한 대기 오염 문제가 심각하다.

예문에서 보듯 '소주제문1'은 지칭하는 범위가 너무 커서 단락 내에서 무엇을 논의할 것인지에 대해 의구심이 들 정도이다. 정확하게 무엇을 언급할 것인지에 대한 의구심이 들 정도이다. 그러나 실제로 이런 막연하고 포괄적인 형태의 소주제문이 더 많이 보인다는 것에 유의할 필요가 있다.

소주제문을 쓸 때는 언제나 범위를 축소시키고, 언급할 내용을 구체화시키기 위해 '소주제문2'에서 보이는 예처럼 고쳐 써야 한다. 우선 이렇게 해서 달라진 점을 살펴보자.

- 냉난방 시설 사용의 전반적 문제→파생 문제 중 프레온 가스 배출
- 환경오염이라는 포괄적인 범위→대기 오염의 측면으로 구체화

이렇게 해 두면 적어도 뒷받침 문장에서 기술해야 할 내용을 3-4줄 정도 줄이는 효과까지 가져 올 수 있다. 즉, 필요 없는 서술 대신 현 상황의 문제점과 해결 방안에 좀더 많은 서술을 할 수 있는 여유를 가질 수 있게 된다.

셋째, 소주제와 소주제문은 단일한 개념인 것이 좋다. 즉 의미의 간결성이 필요하다. 하나의 단락에서 여러 가지 사실들이 복합적으로 얽혀져 함께 논의되는 것은 우선 독자를 고려할 때, 협동의 원리에서 바람직하지 않다. 또한, 글의 내용이 독자에게 제대로 전달되기 어렵다는 것은 글쓴이의 입장에서도 불리한 것이 된다. 단락의 구조에서 이미 언급한 것처럼 소주제에도 이 원리는 그대로 적용되며, 소주제문은 자연히 이 원리에 따라가게 되는 것이다.

〈보기〉a topic, a paragraph의 위배

범죄의 증가는 도덕적 해이와 교육 부재가 원인이다.

농촌 경제의 활성화를 위해서는 농민들의 자구책 마련과 정부의 지원이 필요하다.

위의 예들은 일반 글에서 흔히 발견할 수 있다. 서론에서 글의 전개 방향이나, 논의의 범위를 정할 때는 충분히 쓸 수 있는 문장의 형태이지만 소주제문으로서는 의미의 단일성, 간결성을 깨뜨리는 예가 된다. 이럴 경우에 당연히 뒷받침 문장들에서는 두 개념을 모두 설명해야 하고 그렇게 되면 'a topic, a paragraph'라는 원칙마저 무너지게 된다.

이상에서 소주제와 소주제문의 형성 원리에 대하여 살펴보았다. 간단한 원리들이지만 잘 지켜지지 않는 것들이기도 하므로 특히 유의해 두어야 할 항목들이다.

3) 단락의 형식
―두괄식, 미괄식, 중괄식, 양괄식, 무괄식

소주제문이 단락의 어느 위치에 놓이느냐에 따라 단락의 형식은 달라진다. 단순히 단락의 형식만 달라지는 것이 아니라, 전달하고자 하는 메시지가 읽는 사람에게 받아들여지는 양상도 달라질 수 있다. 그러므로 글의 성격이나 독자의 성향 등을 고려하여 단락의 형식을 정하는 것이 바람직하다.

이들 가운데 두괄식頭括式은 소주제문이 단락의 가장 첫머리에 나오는 형식이다. 일반적으로 주제를 세분화시켜 설명하거나, 주제를 여러 가지 원인으로 나누어 논술할 경우에 많이 쓰인다. 특히, 논술이나 인과 관계의 설명에 있어서는 당연히 많이 쓰이게 되는 방식이다. 구체적으로 사업설명회를 위한 개요서, 대학 입시와 관련된 논술을 비롯하여 논리적인 진술을 펼칠 때에는 권장할 수 있는 단락 전개 방식이다.

두괄식의 두드러진 장점은 독자들이 단락들의 첫머리만을 우선적으로 읽어 보더라도 전체 맥락을 쉽게 이해하고 전체 글을 접할 수 있다는 점이다. 그리고 자신이 공감하고 있는 부분이나 이미 알고 있는 부분과 미지의 부분을 차별하여 읽을 수도 있다.

〈보기〉 주말 종합 휴가 이벤트 개발 계획

주말 종합 이벤트 개발이 성공할 수 있는 이유를 몇 가지로 나누어 분석해 보았습니다.

첫째, 시장성과 관련, 주 5일제 근무의 시행으로 수요가 증대하고 있다는 점을 들 수 있습니다. 최근 갑작스럽게 생긴 시간 여백을 어떻게 쓸 것인가에 대하여 고민하고 있는 사람들이 부쩍 늘어났습니다. 이러한 수요자 층들은 점차 더 늘어날 것입니다. 일부 회사에서는 직원들을 위하여 주말을 이용한 자기 계발 프로그램 등을 운영, 지원하고 있습니다만 가족들과의 휴식을 원하는 사람들에게는 외면당하고 있는 실정입니다.

위 예문에서 보듯 두괄식은 다르게 설명하면 결론 우선 제시형이라 할 수 있다.

미괄식尾括式은 두괄식과는 반대로 소주제문이 단락의 마지막에 나타나는 유형이다. 증거를 우선적으로 제시하고, 독자의 흥미를 유발시키는

데 유용한 전개 방식이다. 자신이 제시하는 정보들이 특히 참신하고, 유용하다는 자신이 있을 때 사용하는 것이 좋다.

〈보기〉 중국 경제의 변화

　몇 년 전 중국 인구의 5% 이상의 일 년 수입이 우리 돈 1억을 넘는다는 말을 들었다. 그 정도 인구라면 한국 인구와 맞먹을 수준이다. 그런가 하면, 당시 도시 노동자의 월평균 임금은 500위안 즉 7만 5천 원 수준이었다. 도농 간의 빈부 격차는 말할 나위도 없이 심한 정도가 되었다. 소위 자본주의의 상징처럼 여겨지던 빈익빈부익부 현상이 중국에서 점차 심화되고 있다. <u>그러므로 이제 더 이상 중국은 개인의 경제 행위가 국가 권력에 통제되는, 전형적인 공산주의 국가가 아니다.</u>

　미괄식에서 주의할 점은 자칫 논점이 중간 부분에서 흐려지거나, 독자가 결론을 보기도 전에 미리 오판을 할 수도 있다는 점이다. 위의 예문을 읽다가 어느 독자는 중국의 빈부 격차가 심해지는 것에 대한 우려를 보인 결론을 기대할 수도 있고, 또 다른 독자는 우리 근대화의 과정에서도 있었던 이촌향도移村向都 현상 등에 대한 언급을 기대할 수도 있다. 그러므로 미괄식 단락 구성을 할 때에는 엄격한 논리적 구성과 근거 제시에 관심을 기울여야 한다.

　이러한 문제들로 인하여 미괄식 구성은 실용문들에서 잘 쓰이지 않고, 여러 방향으로 결말이 어떻게 될까에 대한 관심을 자극할 수 있다는 장점 때문에 소설이나 수필과 같은 문예문에서 많이 쓰인다.

양괄식兩括式은 소주제문이 단락의 시작 부분과 끝 부분에 함께 나타나는 단락의 유형이다. 처음 제시한 소주제를 뒷받침 문장들을 통해 충분히 논의한 다음, 다시 한 번 정리해 주면서 마무리하는 셈이다. 결국, 소주제가 재삼 강조되는 유형이다. 주의할 점은 처음의 제시형 소주제문과 마무리형 소주제문은 결코 동일해서는 안 된다는 것이다.

〈보기〉 교사 평가제 도입에 대한 입장

　교육부에서 시행을 추진하고 있는 교사 평가제 도입에 반대하는 입장이다. 긍정적인 측면에서 바라본다면 교육의 실수요자들이 평가에 참가함으로써 교육의 질 향상에 기여할 수 있다고도 볼 수 있을 것이다. 그러나 교사들은 아직 자기 계발을 위해 온전히 노력하고, 교육 전문가로서의 역할에 충실할 수 있는 환경을 제공받지 못하고 있다. 그런 와중에 아직 가치관도 미비한 학생들과, 자기 자녀 중심의 사고에서 벗어나지 못한 부모들에게 교사들을 평가하게 한다는 것은 어불성설이다. 이런 불합리한 점이 균형을 이루기 전까지는 교사평가제 도입은 시기상조라는 생각이다.

　예문에서 보듯 '교사 평가제 도입 반대'라는 소주제를 표현한 소주제문이 단락의 시작과 끝에서 서로 다른 형태로 제시되어 있다. 시작의 소주제문은 찬반 중에서 분명한 자신의 입장을, 그리고 마지막의 소주제문은 논의의 정리를 겸하여 역시 반대의 입장을 제시하고 있다. '그러므로, 교사 평가제에 반대한다.' 등의 단순한 진술보다는 자신의 논의 전개에 타당성을 부과하면서 마무리를 짓는 편이 훨씬 소주제를 돋보이게 하는 효과를 줄 수 있다.

중괄식中括式은 단락의 중간 위치에 소주제문이 자리하는 유형이다. 특별한 이유가 없는 한은 쓰지 않는 것이 좋다. 이런 단락들은 주로 '포괄적이거나 양립적인 내용—소주제문—구체적 내용'식으로 전개되는 것이 가장 바람직하다.

실제 쓰임의 경우에 중괄식 단락의 전개는 제한된 분량에서 현재의 상황을 정리해 주고, 자신의 주장을 제시하면서 주장의 정당성을 확보해야 하는 경우에 이루어지도록 해야 한다.

〈보기〉 **결혼의 의미**

요즘 젊은 세대에서는 결혼에 대한 의견들이 분분한 모양이다. 그 중에서도 자유로운 삶을 위해 독신으로 사는 것이 낫다고 생각하는 사람들과 안정된 삶을 위해서는 결혼을 해야 한다는 의견이 팽팽하게 맞선 형국이다. 결혼은 구속력을 지닌 의무라고는 할 수 없지만 해야 하는 것이 당연하다. 인간으로 태어나 무엇보다도 종족 보존을 위해서도 결혼은 필요하고, 자연의 이끌림에 따라 자신의 짝을 찾아 가정을 꾸리는 것 역시 결혼으로 충족되기 때문이다. 이러한 결혼을 단순히 자유의 종속이라고 생각하는 것은 젊어 한때의 객기에 지나지 않는다.

예문에서 보듯이 중괄식 단락의 시작 부분은 일반적이고 포괄적인 범위의 이야기들로 시작을 하고, 중간에 글쓴이의 주장이 담긴 소주제문이 무리 없이 나오도록 하는 것이 좋다. 그 이후에는 소주제문의 주장을 구체화하는 내용과 근거들을 제시하여 짧은 글이라도 마무리를 탄탄하게 하는 것이 원칙이다.

한편, 무괄식無括式은 예시 단락 등의 특수 단락이라든지 논리적인 전개와는 무관한 글에서 흔히 발견할 수 있는 유형으로 소주제문이 단락에 나타나지 않는다는 특징이 있다. 대체로 전체적인 글의 내용을 통하여 독자들에게 메시지를 전하고자 하는 의도가 배어 있다. 문제는 정확한 의사 전달에는 무리가 있다는 점이다. 나중에 변명을 해야 될 여지가 많아지므로 감성에 호소하는 글이 아니면 역시 사용에 신중해야 한다.

〈보기〉 복날 풍경

섭씨 30도를 훨씬 웃도는 뜨거운 여름 날, 그것도 한창 더위가 시작됨을 알리는 초복이다. 왁자한 식당안에 들어서면 넥타이를 풀어 헤치고, 부추에 버무린 견육을 개걸스럽게 먹어대는 모습을 쉽게 발견할 수 있다. 마지 못해 따라 온 듯한 여성들은 삼계탕에 깨작깨작 젓가락질을 해대며 주변의 특이한 내음에 인내하려는 모습이 역력하다. 그녀들은 그 순간 무엇을 생각할까. 근무 시간이라 소주 한 잔 이상은 안 된다는 절제력을 발휘하는 직장 동료들이 고기 한 점, 소주 한 모금을 마실 때. 어제 정성들여 개샴푸로 목욕을 시키고 예쁘게 리본을 달아주었던 애완견이 떠오르진 않을까? 먹으면서 말이나 말 것이지. 뭐? "야, 우리 진돗개는 정말 영리하고 충성심이 뛰어나다니까." 그러면서 개고기 한 점 우적우적.

위의 예문은 무괄식 단락으로 이루어져 있다. 무엇인가 얘기하려고 하는 것 같지만, 정확하게 무엇을 이야기하는 것인지는 알 수가 없다. 애매하다는 것이다. 먹지 않는 사람을 굳이 데리고 가지 말라는 것인지, 개를 기르며 사랑하는 마음과 먹는 것은 별개라는 것인지, 혹은 개고기를 먹지 말자는 것을 우회적으로 표현한 것인지 가려내기가 어렵다.

글 쓴 사람이 '나는 이런 의도로 글을 썼다'라고 나중에라도 분명히 밝히기 전에는 다양한 해석을 불러일으킬 소지가 있는 것이 무괄식 단락의 특징이다. 그렇다면, 오히려 어떤 문제에 대하여 다양한 의견들을 취합해 볼 필요가 있을 때라면 이런 유형의 단락 구성도 나름대로 유용하다는 의미가 된다.

위에서 언급한 내용들을 간략하게 표로 정리해 보면 다음 표와 같다.

✿ 단락의 형식 정리

종 류	단락 내 소주제문의 위치	특 징	적용의 예
두괄식	첫머리	1. 첫머리만 읽고도 전체 맥락을 쉽게 이해할 수 있음 2. 선별적 읽기 가능 3. 결론 우선 제시형	1. 논술문 2. 사업설명회 개요서 3. 연구 논문 요지 4. 연구 결과 보고서
미괄식	마지막	1. 결말에 대한 관심 유발 2. 귀납적 전개	1. 수필, 소설 등 2. 설명문
양괄식	첫머리, 마지막	1. 소주제 강조형의 전개 2. 두 소주제문의 역할이 다름	두괄식과 같음
중괄식	중간 위치	1. 초점이 흐려질 우려가 있음 2. 포괄적 내용과 구체적 내용을 함께 담을 수 있는 이점이 있음	제한된 분량의 정리글
무괄식	없음	글의 분위기로 메시지를 전함	예시문

4) 단락의 전개 원리

일반 단락들은 위에서 언급한 것처럼 하나의 소주제문topic sentence과 이를 뒷받침하는 문장supporting sentence들로 구성된다. 이러한 단락들의 기본 요건을 충족시키기 위해서는 통일성, 연결성, 강조성의 3가지 전개 원리를 함께 갖추어야 한다.

통일성은 앞서 언급한 '관련성의 격률'을 지키는 것이다. 샛길로 새는 것을 허용치 않는 것이다. 초지일관初志一貫의 원리라고 생각하면 된다. 단락 구성의 측면에서 보면 뒷받침문장들이 모두 소주제문과 관련 있는 내용들로 이루어져야 하는 것을 말한다. 아래 보기의 글은 통일성을 위배한 글이다.

〈보기〉 내용이 일관성이 없고 산만하다는 평가를 받는 글

지금 우리 사회는 충동이 이성을 앞서는 양상을 보인다. 잠깐 생각하면 될 것을 견디지 못해 아들이 부모를 살해하고, 부모가 어린 자식을 한강 다리 밑으로 던지는가 하면, 길 가다 눈빛이 마음에 안 든다고 사람을 때려죽이는 일들이 있었다. 그런가 하면, 순간 충동을 못 이겨 뒷일을 생각 않고 긁어 댄 카드는 어린 신용불량자들을 양산했다. <u>이들의 장래를 생각하면 가슴이 아프다. 그들에게 실적만을 생각하고 무책임하게 카드를 발급해 준 카드사들의 행태는 결국 자신들에게 짐으로 돌아갔다.</u>

밑줄 그은 부분은 위에서 "지금 우리 사회는 충동이 이성을 앞서는 양상을 보인다."는 소주제문을 설명해 오다가 일관성을 잃고 다른 내용으로 옮겨 가 버렸다. 통일성을 잃은 것이다.

<보기> 구심점이 있는 글

내가 건축을 사랑하는 이유는 끝없는 도전에 있다. 누가 몇 층을 올렸느냐가 아니라, 누가 더 새로운 디자인으로, 더 섬세한 감각으로 아름다움을 세울 것인가에 대한 승부가 바로 건축이다. 그런가 하면, 과거 인류의 조상들이 자연과의 조화를 통해 이룩해 놓았던 건축의 아름다움을 최대한 현대 조형 속에 살려 보기 위한 노력들이 이루어지고 있다. 더욱 매력적인 것은 이러한 시도들이 인간의 생활 속에서 빛을 발하고, 그 삶을 풍요롭고 쾌적하게 하는 방향으로 궤도를 잡고 있다는 점이다.

위의 글은 건축을 사랑하는 이유가 끝없는 도전임을 소주제로 내세우고, 이어지는 글들에서 모두 그 끝없는 도전을 긍정적으로 표현하고 있다. 이렇게 함으로써 소주제와의 통일성을 저버리지 않게 되는 것이다.

연결성은 단락내의 문장들이 논리적으로나 시간적·공간적으로 모두 무리 없이 자연스럽게 연결되어야 한다는 것을 말한다.

시간과 관련하여서는 어떤 사건을 기술할 때에는 시간의 흐름에 따라 차례대로 서술하는 것이 자연스럽다. 간혹, 문학 작품에서 회상 장면이 나타나기도 하지만 적어도 해당 사건에 있어서는 과거 시간의 흐름에 맞게 배열하는 것을 볼 수 있다.

공간 역시도 원근법에 따라 먼 곳에서부터 서술을 시작했으면 '먼 곳→가까운 곳'의 순서로 차츰 옮겨 와야 하고, 그 반대라면 '가까운 곳→먼 곳'의 순서로 차츰 옮겨 가야 자연스러운 서술이 된다.

마지막으로 논리적 연결에 무리가 없는지를 살펴야 한다.

〈보기〉 연결성 위배 문장

　비록 자연의 순리를 거스르는 것이지만, 그들 나름의 인격이 있으므로 동성애는 인정할 수 없다.

　FTA를 반드시 농민만의 문제로 생각할 것이 아니기 때문에 파병에 동의할 수 없다.

　위의 두 문장은 기본적으로 논리적인 면에서 자연스럽지 않아서 연결성을 위배하는 문장들이 된다.

　강조성은 독자가 충분히 이해하고 받아들일 수 있을 정도로 소주제가 강조되어야 한다는 것이다. 그러기 위해서 수사법을 사용하거나, 뒷받침 문장을 통한 충분한 예시, 논증 등이 있어야 한다는 것을 의미한다.

3. 글쓰기 평가의 일반적 유형
─자기 소개서, 논술 평가

　글쓰기 평가는 일반적으로 설명형과 논술형이 대부분이다. 이러한 문제들에서 많이 나타나는 것들을 중심으로 단락과 글쓰기 종류에서 언급했던 내용들을 활용하는 방법들을 제시해 보았다.

1) 자기 소개서

　자기 소개서는 설명과 논술의 방식이 복합되어 있는 것이라고 볼 수 있다. 우선 글을 읽는 사람이 자신을 전혀 모르고 있다는 점에서, 자신의 가치를 설명해야 하고, 자신의 가치를 논리적으로 납득할 수 있도록 해야 하기 때문이다. 비록 설명의 요소가 가미되어 있지만, 오히려 요구하는 조건이 학교 혹은 회사에 자신이 적합한 인재라는 사실을 상대에게 납득시켜야 한다는 목적이 더 강하므로 논리성이 더욱 강조되는 글이라 할 수 있다.

주의해야 할 사항은 이력서가 이미 제출되어 신상 내력이 알려져 있는 상태에서 굳이 생년월일, 가족 사항, 학력 등과 같은 서사적 내용들을 지루하게 써서 아까운 분량을 희생하지 말아야 한다는 점이다. 이 점은 뒤에서 다시 언급하겠지만 특히 유의해야 할 사항이다.

자기 소개서에서 중심이 되는 질문은 결국 "왜 나를 뽑아야 하는가?"이다. 여기에 대해 그 회사, 혹은 그 학과의 특성에 맞는 타당성 있는 근거들을 제시해야지 글의 목적에 맞는 좋은 진술이 될 수 있다.

〈보기〉 대학 입학 관련 면접을 위한 자기 소개서

(1) 문제 : 고교 생활 중 지원 학과와 관련이 있는 써클 활동

(2) 지원 학과 : 영어영문학과

(3) 내용 개요 :

① 써클 소개-홈스테이를 통한 외국인과의 교류 활동 써클

② 써클을 통한 원어민 접촉 효과 및 조기 영어 학습 효과

③ 대학 진학 준비 과정 중 자신의 능력 발휘 분야와의 연계를 고려

④ 다양한 외국인들과의 만남을 통해 동시통역사에 대한 꿈을 가짐

⑤ 써클 활동이 대학 학과 선택에 상당한 영향을 끼침

위의 글은 써클 활동과 장래 희망 및 학과와의 연계성을 논리적으로 연결시킴으로 충실한 자기 소개서를 완성할 수 있다.

2) 논술 평가

일반적으로 논술 평가는 몇 가지 방식으로 구분할 수 있다. 지문이 전혀 주어지지 않고 문제가 직접 제시되는 단독형, 읽을 자료를 제시해 주고 그 자료와 관련된 범위 내에서 자신의 견해를 논술하라는 자료 제시형이 있다. 그리고 역시 자료를 주고 이를 정해진 글자 수 안에서 요약하라는 요약형의 문제가 있으며, 미완의 글 내용을 보여주고 부족한 부분을 완성하라는 완성형 문제가 있다.

이러한 문제들은 전부 형식이나 분량에 대한 제한을 두고 있다. 사실 이러한 점들은 별로 어려운 것들도 아닌데 이러한 점에 소홀해서 감점을 받거나 혹은 형식 미비로 인한 탈락을 겪는 경우가 있어선 안 되므로 주의를 기울여야 한다.

한 예를 보이면 다음과 같다.

〈보기〉 논술 유의 사항의 예

① 띄어쓰기 포함 800자(±50) 내외로 쓸 것. 500자 이내 작성은 채점하지 않음.
② 제목은 쓰지 말고 본문부터 시작할 것.
③ 맞춤법, 원고지 사용법 등을 잘 지킬 것.
④ 한 편의 완성된 글이 되게 할 것.
⑤ 수험번호, 성명 등 자신과 관련된 사항이 답안에 일체 들어나선 안 됨.
⑥ 본문의 내용을 그대로 옮기지 말고 가능한 다르게 바꾸어 옮길 것.

이 정도가 대체로 논술에 나타나는 유의 사항이다. 사실, 이 내용들은 유의 사항이기 때문에 기본적으로 지켜야만 하며 그렇지 않으며 감점이 된다. 더 가혹한 경우는 즉 1번이나 6번의 정도가 심하면 아예 점수를 받지 못할 수도 있다는 점이다.

분량은 시간과 주제에 따라 달라질 수 있지만, 제시한 양은 꼭 지켜야 한다. 보통 기준에서 5%내외의 허용량을 두는 것이 일반적이다. 만일 이보다 많아지거나 적어지면, 꼭 감점 기준이 있어서 거기에 맞게 감점을 하는 것이 보통이다. 그러므로 될 수 있는 한, 분량을 잘 지키면서 글의 완성도를 높이는 것이 좋다.

글의 전체를 평가하는 데에는 맞춤법 등의 형식성, 글 전체의 내용, 그리고 논리 등을 비슷한 비율로 나누는 것이 일반적이다. 해당 단체의 특징에 따라 어느 부분을 좀 부각시키는 경우도 있겠지만, 평소 준비하는 단계에서는 이들 3가지를 다 중시하는 것이 좋다.

단독형 문제는 출제하는 사람의 입장에서는 쉽게 낼 수 있지만, 그 해석의 범주가 너무 넓어진다는 단점이 있다. 그리고 수험생의 입장에서는 제시한 문제의 용어에 대해 잘 이해하지 못하고 있으며 그야말로 꿀 먹은 벙어리인 양, 펜을 들고 묵묵히 앉아야만 있어야 하는 어려운 문제가 되기도 한다.

〈보기〉 단독형 문제
① 행정수도 이전에 대한 자신의 입장을 인구분산 효과와 관련하여 논술하라.

② 인터넷 문화의 확산이 현대 사회에 미치는 영향에 대하여 비판하라.

③ '학교 체벌법' 금지에 대한 찬반 입장을 밝히고 충분한 논거를 통해 논증하라.

④ 중국과 일본의 역사 왜곡을 비판하고 해결책을 제시하시오.

자료 제시형은 자료를 지문 형식으로 제시해 주는 형태가 가장 보편적이다. 자료를 잘 읽어 보면 자료 내에서 문제 해결의 실마리들을 대체로 찾을 수 있다는 장점이 있다. 그럼에도 불구하고 제시된 예화들을 바탕으로 자신의 입장을 밝히라는 문제가 출제될 가능성이 높다는 점을 염두에 둘 필요가 있다. 평소에 다른 상식이나 서적 등에 대한 관심을 기울여 소재 발굴에 관심을 가져 두어야 할 이유가 여기에 있다.

제시문은 기능에 따라 참고형 제시문과 활용형 제시문으로 나눌 수 있다. 참고형 제시문은 문제에 나온 개념이나 현상이 수험생에게 낯설거나 이해하기 힘들 경우, 이해를 돕는 역할을 한다. 이 유형의 제시문은 논술할 때 굳이 인용할 필요가 없다. 한편, 활용형 제시문을 어떻게 활용할 것인지는 문제에 직접 드러나 있는 의미를 잘 파악해서 결정해야 한다. 문제에 따라서는 제시문의 문장을 그대로 옮기는 것이 금지되어 있는 경우도 있다는 점에 주의해야 한다.

아래 지문은 2002년 연세대학교 입시 논술문제이다. 지문이 워낙 길어서, 문제 시각을 제시하는 지문만을 제시해 보았다. 워낙 흥미롭기도 하고, 난해한 지문이므로 참고해 볼 만하다.

동일한 사물과 사건일지라도 그에 대한 표현은 다양할 수 있다. 제시문 (가), (나)를 참조하여 (다)와 (라)의 차이점을 여러 측면에서 분석한 뒤, 그것이 지닌 사회·문화적 의미를 오늘날의 문제와 연관지어 논술하시오.

(가) 개념적 지식의 한계나 상대성을 끊임없이 자각하는 일은 우리들 대부분에게는 매우 어려운 일이다. 왜냐하면 실재를 표현해 놓은 것이 실재 그 자체보다 훨씬 파악하기 쉽기 때문이며, 우리는 곧잘 이 둘을 혼동하여, 이 개념과 상징을 실재 그 자체로 착각하곤 한다. 이러한 미혹을 떨쳐 버리게 하는 일이 바로 동양 신비 사상의 주요한 목적 가운데 하나이다. 그래서 불교의 선사들이 이르기를, 손가락은 달을 가리키기 위해서 필요했던 것이니, 달을 인식한 후에는 그 손가락 때문에 우리가 혼란을 일으켜서는 안 된다고 하고 있다. 또한 도가의 현자 장자는 이렇게 말했다.

"통발은 물고기를 잡기 위해 있으며 물고기를 잡고 나면 통발 따위는 잊혀지게 마련이다. 올가미는 토끼를 잡기 위해 필요하며 토끼를 잡고 나면 올가미는 잊혀지고 만다. 말은 생각을 전하기 위해 있으며 생각하는 바를 알고 나면 말 따위는 잊고 만다."

서양에서는 의미론자인 알프레트 코지프스키가 '지도는 영토가 아니다'라는 분명한 어구로 똑같은 견해를 적확하게 표현했다. (……) 동양의 신비 사상가들은 궁극적인 실재란 추론의 대상이나 형상화할 수 있는 지식의 대상이 될 수 없다고 주장한다. 그것은 우리의 언어나 개념의 근원이 되는 감각이나 지성의 영역 밖에 있는 것이기 때문에 말로 적절하게 기술될 수 없다는 것이다. (……)

이 실재를 도라고 규정한 노자는 『도덕경』의 첫줄에서 똑같은 사실을 "말로 표현될 수 있는 도는 영원한 도가 아니다."라고 말하고 있다. 이 말의 의미는 우리가 어느 신문을 읽더라도 분명히 알 수 있다. 인류가 근 2천 년 동안 엄청난 양의 논리적 지식을 축적해왔음에도 불구하고 별로 현명해지지 못했다는 사실이 바로 절대적 지식은 언어로 전달될 수 없다는 것을 충분히 증명하고 있다.(……)

직관적인 통찰이 일관성 있는 수학적 논리 체계를 갖추고 있지 않거나 일상적 언어로 그 의미를 쉽게 풀어낼 수 없다면 물리학자들에게는 아무 의미가 없다. 이 때 수학적 논리 체계를 갖추기 위해서는 추상화의 과정이 상당히 중요한 의미를 가진다. 그것은 이미 언급한 바와 같이 실재의 지도(地圖)를 구성하고 있는 개념들과 상징들의 체계로 이루어져 있다. 실재의 지도는 몇 가지 특성만을 나타낼 따름이다. 우리들은 이것이 정확히 어느 것인지 알지 못한다. 왜냐하면 우리는 어릴 적부터 비판적인 분석 없이 우리의 지도를 조금씩 재구성해왔기 때문이다. 이처럼 우리가 일상에서 사용하고 있는 단어들은 그 의미와 범주가 분명하게 규정된 것이 아니다. 단어들은 여러 가지 의미들을 지니고 있는데, 그것들의 대부분은 우리의 마음속에서 별 의미를 만들지 못한 채 스쳐 지나갈 따름이고, 우리가 어떤 단어를 들을 때 의미들은 대부분 우리의 잠재의식 속에 남아 있게 된다.(……)

공간과 시간은 이제 관찰자가 자연 현상을 기술하기 위해서 사용하는언어의 중요한 구성요소로 그 역할이 축소되었기 때문에 각 관찰자는 그 현상에 대해 서로 다른 방식으로 기술할 것이다. 그들의 기술로부터 어떤 보편적 자연 법칙을 도출해 내기 위해서는 그들이 모든 좌표계에서 설정했던 방식과 똑같은 방식으로, 즉 임의의 위치에서 상대적 운동을 하고 있는 모든 관찰자들에게 똑같이 적용될 수 있는 법칙들을 공식화해야 한다.(……)

고전 물리학에서는 막대기가 운동하고 있을 때나 정지하고 있을 때나 그 길이가 똑같은 것으로 여겼다. 그러나 상대성 이론에 따르면 이것은 사실이 아니다. 한 물체의 길이는 관찰자가 느끼는 운동의 상대성에 따라서 다를 수 있으며, 또 그것은 그 운동 속도에 따라서 변화한다. 그 변화란 물체가 움직이고 있을 때 축소된다는 것이다. 막대기는 그것이 정지 상태에서 길이가 가장 길고, 상대 속도가 증가할수록 관찰자에게는 짧게 느껴진다. 고에너지 물리학의 '산란'(散亂) 실험에서 입자가 지극히 빠른 속도로 충돌할 경우 그 축소가 너무도 심하기 때문에 공 모양과 같은 입자들이 '빈대떡'처럼 납작한 모양으로 보이기도 한다.

우리의 일상생활에서 어떤 사람의 그림자 실제 길이가 얼마나 되는가를 묻는 것이 아무런 의미를 갖지 못하는 것처럼, 한 물체의 '진정한' 길이를 묻는 것이 무의미하다는 것을 깨닫는 것은 중요한 일이다. 그림자란 3차원 공간에 있는 점들이 2차원 평면 위에 투영된 것이며, 그래서 그 길이는 투영의 각도에 따라서 달라진다. 마찬가지로 움직이는 물체의 길이는 4차원 시공 속에 있는 점들이 3차원 공간에 투영된 것과 같으며, 그것의 길이는 상황에 따라서 달라진다.

카프라, 『현대물리학과 동양사상』

　　(나) 성문이 일곱 개나 되는 테베를 누가 건설했던가?
　　책 속에는 왕들의 이름만 나온다.
　　왕들이 손수 돌덩이를 운반해 왔을까?
　　그리고 몇 차례나 파괴되었던 바빌론―
　　그때마다 누가 그 도시를 재건했던가? 황금빛 찬란한
　　리마에서 건축노동자들은 어떤 집에 살았던가?
　　만리장성이 완공된 날 밤에 미장이들은 어디로 갔던가?
　　위대한 로마제국에는 개선문이 참으로 많다. 누가 그것들을 세웠던가?
　　로마의 황제들은 누구를 정복하고 승리를 거두었던가?
　　많은 사람들이 찬미하는 비잔틴에는 시민들이 살던 궁전들만 있었던가?
　　전설의 나라 아틀란티스에서조차 바다가 그 땅을 삼켜 버리던 밤에 물에 빠져 죽어 가는 사람들이 노예를 찾으며 울부짖었다고 한다.
　　젊은 알렉산더는 인도를 정복했다.
　　그 혼자서?
　　시이저는 갈리아를 토벌했다. 적어도 취사병 한 명쯤은 대동하지 않았을까?
　　스페인의 필립왕은 그의 함대가 침몰당하자 울었다. 그 외에는 아무도 울지 않았을까?
　　프리드리히 2세는 7년 전쟁에서 승리했다. 그 말고도 누군가 승리하지 않았을까?

역사의 페이지마다 승리가 나온다.
승리의 향연은 누가 차렸던가?
10년마다 위대한 인물이 나타난다.
거기에 드는 돈을 누가 냈던가?
그 많은 보고(報告)들.
그 많은 의문들.

브레히트, 「어느 책 읽는 노동자의 의문」

참고로 (다)와 (라)는 모두 조조에 대한 글인데 (다)는 진수의 『삼국지』 위지 무제기에 실린 내용이고, (라)는 나관중의 『삼국지연의』에 실린 내용이다. 후자의 것이 일반적으로 잘 알려진 내용으로 유비에 비해 교활하고 잔인한 인물로 그려져 있는 조조의 모습이고, 이에 반해 전자의 글은 조조를 개혁가로서 긍정적으로 그리고 있다.

이 글을 보아서도 알 수 있지만, 우선 이러한 지문제시형의 경우는 문제에서 요구하는 바를 정확하게 이해해야 한다. 그리고 관점을 정리해야 하는데, (다)와 (라)를 보기에 앞서 한 사람의 행태를 어느 관점에서 보느냐에 따라 평가는 달라질 수 있지만 인간의 판단이라는 것이 절대선도, 절대 악도 존재할 수 없는 상대적이라는 것에 유의할 필요가 있다. 즉, 상황이나 결과에 따라 달라질 수 있는 것임에 유의할 필요가 있으며, 동시에 숨어있는 자·보이지 않는 자의 역사 문제는 어떻게 할 것인지를 관점에 포함시켜야 한다는 것이 글쓰기 전에 고려해야 할 점이 된다.

요약은 많은 분량의 글을 줄이면서도 글의 핵심적인 내용들은 거의 다 옮겨져 와야 한다는 부담이 있다. 문제로 제출될 때에는 자료를 얼마나 이해했는지 즉 읽고 이해하기의 측면에서 이해도를 측정할 수 있다는 장점이 있다. 그리고 우리가 책이나 자료의 내용을 정리할 때는 핵심적인 내용을 전체적인 논리의 흐름에 맞게 써야한다는 부담이 뒤따른다.

〈보기〉 논문 요약문

본 연구에서는 노인주택 계획가와 정책입안가들에게 도움이 되는 자료를 제공하기 위하여 서울에 거주하는 중산층 노인들의 노인주거에 대한 의식을 조사하였다. 본 연구는 문헌 연구와 설문 조사를 바탕으로 이루어졌다. 100명을 표본 조사하여 조사자료는 SPSS PC+를 이용하여 분석하였다. 연구의 결과는 다음과 같다. 첫째, 노인들은 연령별로 의식에 차이가 있었는데 나이가 많을수록 자녀에 대한 의존도가 높게 나타났다. 둘째, 노인주거에 대한 수요가 많지 않았으나 입지조건으로 도심 외곽이나 근교를 선호하고 가족 및 친지와 가까이 살고 싶어 하였다.

이공계 논문의 요약문이다. 전체적으로 논문의 목적과 연구와 관련된 연구 및 조사 방법론, 그리고 자료 분석방법과 조사 대상들에 대한 것들이 요약적으로 제시되어 있고 그 결과로 얻어진 내용들이 제시되어 있다. 흔히들 말하는 '그 결과로in result'에 해당하는 부분은 요지에 포함되어 있지만, '결론적으로in conclusion'는 제외되어 있다는 특징이 있다.

요약문 흔히 초록이라고 하는 것의 내용이 좀 어렵다고 느껴지는 사람도 있겠지만 워낙 초록이 논문에 대해 기본적인 지식이 있는 사람들을 대상으로 한 글이다. 그래서 논문 전체의 내용을 보기 전에 초록만으로도 대체적인 내용을 짐작할 수 있는 독자층에게 압축적으로 내용을 보이는 것이므로 크게 문제가 되지 않는다.

끝으로 완성형은 글의 일부분을 비워두고 나머지 글의 문맥을 토대로 완성시키는 것을 요구한다. 전체적으로 글에 대한 논리적 연결의 정도를 평가하겠다는 의도를 보이는 것이다.

흔히, 글쓰기 연습 방법 중에 릴레이식 글짓기, 혹은 글잇기 방식이 있다. 한 팀을 구성한 다음, 한 단락이나 한 문장씩 구성원들이 돌아가면서 써 가며 한 편의 글을 완성하는 것이다. 이것은 의외의 결과를 가지고 오는 참신성 때문에 글쓰기에 대한 흥미와 서로에 대한 친근감을 조성하기 위해 쓰는 방법이다.

이와는 달리, 완성형의 경우는 제시된 문장에 대한 논리적 이해와 앞뒤의 연결에 대한 치밀한 계산이 있어야 한다는 점에서 어려움이 뒤따른다.

이상에서 논술에 대한 몇 가지 평가 방법에 대해 살펴보았다. 방법의 차이는 있지만 결과적으로 공통적인 요구 사항은 논제를 정확히 이해할 것, 그리고 관점을 확립하고 이를 바탕으로 논리적 진술을 하라는 것이다.

맞춤법과 바른 문장

글쓰기에서 많은 사람들이 어려움을 호소하는 부분이 맞춤법과 문장 구성이다. 매일 쓰는 단어인데도 막상 제출해야 하는 글을 쓰려고 하면 갑자기 혼란이 와서 썼다, 지웠다를 반복하게 되고 심사숙고 끝에 결정을 내려 적어 냈는데 맞춤법에 틀린 경우가 비일비재하다.

이 부분에서는 이러한 문제점들을 해결할 방안으로 현행 <한글 맞춤법>을 기준으로 유의해야 할 사항들을 살피고, 의사를 정확하게 전달할 수 있는 문장 구성을 위해 필요한 조건들을 제시해 보고자 한다.

1. 맞춤법과 어휘

맞춤법을 이야기하기 전에 유의할 사항이 있다. 입에 붙은 말처럼 '맞춤법과 띄어쓰기'라는 말을 자주 사용하는데, 이 말은 정확한 것이 아니다. 왜냐하면, '띄어쓰기'는 현행 <한글 맞춤법>의 세부 항목에 속하기 때문이다. 즉, 그냥 '맞춤법이 어렵다'는 말에는 이미 띄어쓰기가 어렵다는 의미도 포함되어 있다는 말이다. 워낙 일반화 되어 있는 말을 굳이 문제 이유는 그 범주를 정확히 알고 사용하자는 것으로 이해하기 바란다. 한편, 이 글에서도 편의상 일상적인 의미와 같이 '맞춤법'과 '띄어쓰기'를 구분하여 사용하기로 한다.

반면에 우리가 맞춤법으로 이해하고 있는 것이 사실은 표준어 규정 속에 포함되어 있는 예들이 상당수 있음도 이번 기회에 함께 알고 있는 것이 좋다. 맞춤법에서는 표기와 관련된 일반 원칙들에 관해 규정하고 있으며, 표준어에서는 어휘 관련 규정들이 많아서 그렇다. 가령 '돌/돐' 의 경우에 '돌'이 맞고, '돐'이 틀리다는 사실은 <표준어 규정>의 제6항에 의거한 것이다.

구체적인 논의에 들어가기에 앞서 일단 몇 가지를 점검해 보기로 하자.

다음 단어들 가운데 올바른 것은 무엇일까?

(1) 야, 그 사람 정말 노래 한번 <u>잘하대/잘하데</u>.

(2) 도대체 <u>웬/왠</u> 영문인지도 모르고 뭇매를 맞았다.

(3) 아까 한 얘기를 <u>금새/금세</u> 잊었단 말이야.

(4) 이왕이면 <u>수놈/숫놈</u>으로 사세요.

(5) 나는 아이들이 <u>연두빛/연둣빛</u> 옷을 입으면 너무 예뻐 보여.

(6) 우리 <u>오랜만에/오랫만에</u> 만났죠?

(7) 자네 결혼기념일이 몇월 <u>몇일/며칠</u>이지?

(8) 얼굴이 <u>붉으락푸르락/불그락푸르락</u>하며 고함을 지른다.

(9) 제발 이럴 때 <u>리더쉽/리더십</u> 좀 발휘해 봐.

(10) 저렇게 <u>허겁지겁/허급지급</u> 어딜 가는 거야?

몇 개 정도를 자신 있게 맞출 수 있었을까? 홀수 번호 문제는 뒤에 있는 어휘, 짝수 번호 문제는 앞에 있는 어휘가 각각 정답이다. 혹시 얼마 안 되는 이 문제들을 풀면서도 우리 맞춤법은 역시 어렵다라는 생각을 한 것은 아닐지 의구심이 든다.

한글 맞춤법이 어렵다?

사실 이 고민 속에는 <한글 맞춤법> 등의 어문 규정이 어렵다는 불평 속에 은근히 자신의 어휘 숙지에 대한 무지를 감추려는 불순한 의도가 숨어있는 경우가 대부분이다. 이렇게 말할 수 있는 근거로는 <한글 맞춤법>의 경우, 포괄적 원리를 담고 있는 조항들이 대부분이고 이 규정을 제대로 다 숙지한 사람도 극소수에 불과하다. 그러면서, 표기에 혼란이 오는 단어들 몇 개를 접하고 나면, 금방 나오는 말이 "우리 맞춤법은 너무 어려운 게 문제야."이다.

고민과 선입견들을 극복할 수 있는 방법으로 가장 보편적인 것은 혼란이 오는 어휘들은 그때마다 사전을 찾아 정확하게 그 표기를 익히는 것이다. 그리고 평소에 잘 다듬어진 글들을 자주 읽으면서 바른 표현들을 눈으로, 머리로 숙지해 두는 것이 가장 확실한 방법이라 할 수 있다.

결국, 다음에서 언급하는 내용들은 이러한 자기 노력에 효율성을 높여주기 위한 몇 가지 방편들과 방법론들을 예시하는 것들이다.

1) 한글맞춤법 – 철자법

우리 맞춤법에서 원리적인 측면을 잘 이해해 두면, 수학 공식처럼 적용하여 써 먹을 수 있는 것들이 몇 가지 있다. 예외 없이 적용되는 것들이며 평소 일상에서 매우 혼란을 주는 것들이라 적어도 이들 원칙들 몇 가지는 알아 둘 필요가 있다.

"지금 전국에 장맛비가 내리고 있습니다."

텔레비전 방송의 기상 특보에서 [장맏삐]라고 발음을 하고, 자막으로도 '장맛비'라고 표기가 되어 나왔다. 왠지 귀에 익지 않은 발음이라 여겨지기는 했지만, 다음 날 많은 사람들에게 그게 맞는 발음이며 표기냐는 질문을 받은 적이 있다. 답은 맞다. 보통 발음을 [장마비]라고 하는 사람들이 많아서, 적용에 어려움은 있지만 사이시옷 규정에 맞는 규정이 된다.

알아두면 편리한 것을 몇 가지만 소개해 보기로 한다.

(1) 사이시옷 관련 규정

실제 생활에서 혼란도 많고, 그러기에 알아두면 실효성도 높은 것이 사이시옷 관련 규정이다. 이 규정으로 인한 논란이 많기도 하지만, 현재 규정은 그대로 준수해야 하므로 역시 숙지해 두어야 한다. 내용이 좀 복잡하게 되어 있는 면이 있어서 정리하여 제시해 두겠다.

✿ 사이시옷이 들어가는 조건 – 한글맞춤법 제30항

전제조건 1. 합성어일 것.(단, '한자어+한자어'의 결합은 제외됨)
전제조건 2. 앞말이 모음으로 끝난 경우

해당사항—전제조건 1과 2를 모두 충족시킨 후, 아래 각 항에 해당될
　　경우
① 뒷말의 첫소리가 된소리로 나는 것 : 귓밥, 냇가, 귓병, 전셋집, 장
　　밋빛
② 뒷말의 첫소리 'ㄴ, ㅁ' 앞에서 'ㄴ'소리가 덧나는 것 : 아랫니, 잇
　　몸, 빗물, 곗날, 훗날, 툇마루
③ 뒷말의 첫소리 'ㄴ, ㅁ'앞에서 'ㄴㄴ'소리가 덧나는 것 : 뒷일, 나
　　뭇잎, 깻잎, 훗일, 예삿일
＝ 예외 : 두 음절로 된 다음 한자어(외울 것)
　　ㅡ곳간(庫間), 셋방(貰房), 숫자(數字), 찻간(車間), 툇간(退間), 횟수
　　(回數)

　　위의 사항들을 잘 이해하면 사이시옷과 관련하여 크게 어려운 점이
없다. 초기 단계에서 점검하는 방법을 하나 예로 들어보자.

　　우리가 생선회를 먹는 집은 '회집'일까 '횟집'일까?

　　일차적으로 합성어인지를 확인한다. 즉, '회와 집'을 따로 떼어 놓고
쓸 때, 독립적인 단어 구실을 하는가를 먼저 확인해 보면, '회가 맛있다.
집에 있었다.'를 보듯 독립적으로 의미를 가지고 쓰이는 단어임을 확인
할 수 있다. 그리고, 회(膾)는 한자어이지만 집은 순우리말이므로 전제조
건1에 부합된다.

　　그리고 회는 모음으로 끝났으므로 전제조건2에도 부합됨을 확인할
수 있다. 일단 이 둘이 확인되어야 해당사항으로 옮겨 각각 어디에 해당
되는 것인지를 검토해야 한다. 이 경우는 발음이 [회찝]으로 되기 때문
에 해당사항①에 부합하므로 사이시옷을 넣어 '횟집'으로 표기함이 옳다.

한편, 사이시옷과 관련하여서 특히 몇 가지에서 유의해 둘 것들이 있다.

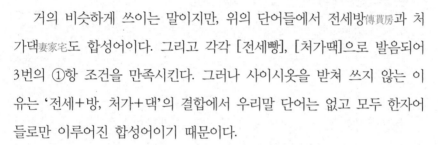

〈보기〉 어휘 결합 차이에 따른 사이시옷

전세방/전셋집, 처가댁/처갓집

거의 비슷하게 쓰이는 말이지만, 위의 단어들에서 전세방傳貰房과 처가댁妻家宅도 합성어이다. 그리고 각각 [전세빵], [처가땍]으로 발음되어 3번의 ①항 조건을 만족시킨다. 그러나 사이시옷을 받쳐 쓰지 않는 이유는 '전세+방, 처가+댁'의 결합에서 우리말 단어는 없고 모두 한자어들로만 이루어진 합성어이기 때문이다.

둘째, 원래부터 '쌀, 뼈, 띠' 등과 같이 된소리(경음)로 되어 있는 단어들이나 '층, 탈' 등 된소리가 될 수 없는 거센소리(격음)로 되어 있는 단어들과 결합하여 합성어로 된 단어들에도 사이시옷을 받쳐 쓰지 않는다.

〈보기〉 사이시옷이 들어가지 않는 합성어

보리쌀, 갈비뼈, 허리띠, 위층, 배탈

셋째, 사이시옷을 넣을 때는 현실 발음이 중요하므로 발음에 대한 것을 신중하게 검토해야 한다. 즉, 우리말에 '먹었니'를 발음대로 쓰면 [머건니]가 된다. 이런 발음을 위주로 해서 사이시옷도 넣고 말고를 결정해야 한다는 것이다.

넷째는 예외 규정과 관련된 것으로 6개의 예외적 단어들은 외워 두어야 한다. 아직도 '갯수, 촛점' 등의 오류를 범하는 예들을 심심찮게 찾을 수 있는데, 두 음절의 한자어에서는 오직 위의 6개를 제외하고는 'ㅅ'이 들어가는 표기는 없다.

(2) 두음법칙 관련 규정

☼ 한글맞춤법 제11항 [붙임1]의 예외 규정

(한 단어내에서) 모음이나 'ㄴ' 받침 뒤에 이어지는 '렬', '률'은 '열', '율'로 적는다.

두음법칙과 관련된 것으로 '한글 맞춤법 제11항 [붙임 1]'의 예외 규정이다. 한자 '率'은 '비례/헤아릴 률'이라는 음을 갖고 있는데 단어에서의 쓰임에 따라 표기가 다른 이유가 여기에 있다.

〈보기〉率(비례 률)의 표기

실패율(失敗率), 비율(比率), 백분율(百分率), 할인율(割引率)/참석률(參席率), 합격률(合格率), 성공률(成功率)

〈보기〉'열/렬'의 표기

분열(分裂), 진열(陳列), 선열(先烈), 맹렬(猛烈), 충렬(忠烈), 정렬(整列)

이 항목과 관련한 두음 법칙의 특징은 한 마디로 우리말 단어의 첫머리에는 'ㄹ'음이 올 수 없다라는 절대 규정을 말하는 것이다. 그 이외의 자리에서는 'ㄹ'이 원래 음대로 발음되고 또 표기되는 것이 원칙인데, 이것은 바로 또 다른 예외가 되는 것이라고 할 수 있다. 기억해 두면 표기의 혼란을 막는 데 도움이 되는 규정이다.

참고로 우리말 두음 법칙의 일반적인 특징에 대해 정리해 보이면 다음과 같다.

✿ 두음 법칙의 일반적 특징

> 1. 두음 법칙은 단어의 첫머리에 나타나는 'ㄴ, ㄹ'과 관련이 있다.
> 2. 첫 음절의 모음이 '야, 여, 예, 요, 유, 이'일 경우에는 앞선 'ㄴ, ㄹ'이 두음 법칙의 영향을 받아 탈락하게 된다.
> 3. 'ㄹ'로 시작하는 단어는 없다. '라디오, 라면, 랄랄랄' 등 상품명, 외래어, 시늉말 등 특수한 예외들이 있기는 하지만, 원칙적으로 우리말에는 'ㄹ'로 시작하는 말이 없다고 보면 된다.

우선 이 두 가지만 기억하고 있더라도 일상에서 오는 혼란의 상당 부분은 막을 수 있을 것이다.

2) 띄어쓰기

사실상 혼란이 많은 것이 바로 띄어쓰기 부분이다. 한 단어의 띄어쓰기를 두고도 논쟁이 있을 정도이니 참 헷갈린다는 말이 딱 맞다. 현재 시중에 다양한 띄어쓰기 관련 사전들도 나와 있으니 한 권 구입해서 곁에 둘 것을 권장하고 싶다.

　원래 띄어쓰기는 독서 능률을 높이기 위해서 만들어진 것이다. 눈에 쉽게 글이 들어오게 해서 문장의 의미 해독을 더욱 쉽게 하도록 하자는 취지에서 시행되는 것이 바로 띄어쓰기인 것이다.

　현재 국어의 띄어쓰기와 관련한 규정은 한글 맞춤법 제41항~제50항까지 모두 10항에 걸쳐 규정되어 있다.

　가장 중요한 한글 띄어쓰기의 원칙은 단어의 자립성 여부에 있다. 자립적인 단어들은 띄어 쓸 수 있지만 그렇지 못한 것들, 즉 의존적인 것들은 띄어 쓸 수가 없다.

　단어가 자립성을 갖는다는 것은 '땅, 하늘, 바다, 구름, 파란, 많이' 등과 같이 문장에서나 혹은 일상 언어생활에서 단독으로 쓰일 수 있는 것을 의미한다. 이런 자립성을 같지 못하는 것들은 의존적인 것들로 '땅이, 바다가, 꽃으로' 등의 조사와 어미로서 다른 단어들에 결합해서만 쓸 수 있는 종류의 단어들이다. 그래서 언제나 윗말에 붙여 써야 한다. 문제는 동음이의어처럼 쓰이는 예가 많아서 혼란을 가져오는 경우가 많다는 것이다.

　이런 자립성 여부로 구분하는 띄어쓰기 원칙에 한 가지 예외가 있는데, 그것이 바로 의존명사이다. 의존명사는 제 홀로 쓰이지 못하고 언제나 꾸미는 말의 도움을 받아야 쓰일 수 있는 명사들로 '것, 따름, 뿐, 데' 따위가 있다. 의존명사들은 자립성을 가지지는 못했지만 앞말과 띄어 쓴다.

　일상에서 많이 혼란을 가져오는 예들을 몇 가지 살펴보기로 한다.

(1) 연결 어미 '-는데'와 의존 명사 '데'의 띄어쓰기

① 밥을 먹고 있는데, 갑자기 그 사람이 들어왔습니다.

② 그녀가 밥을 먹는 데는 을지로에서 제일 맛있는 곳이다.

이 둘의 구분은 가장 혼란이 많은 경우에 속한다. 대체로 둘 다를 붙여 쓰는 쪽으로 결론을 내리는 사람들이 많다. 두 가지를 구분할 때 제일 좋은 방법은 '데' 뒤에 적당한 조사를 붙여서 읽어 보고 말이 되면 띄어 쓰고, 그렇지 않으면 붙여 쓰면 된다.

① 배가 아픈데 약 좀 먹어야겠다.(아픈데가X)

② 도대체 아픈 데가 어딘지를 모르겠다.

③ 사람은 같은데 행동이 달라졌다.

④ 어제와 같은 데로 가 보자.

(2) 숫자 및 단위 관련 띄어쓰기

한글 맞춤법 43항의 내용은 "단위를 나타내는 명사는 띄어 쓴다."는 것이며, 44항의 내용은 수를 적을 때는 '만萬' 단위로 띄어 쓴다고 언급되어 있다. 이 두 가지 내용을 함께 적용해서 몇 가지 예를 들어 보이면 다음과 같다.

〈보기〉 수와 단위 관련 띄어쓰기

① 12,3456,7898원 → 십이억 삼천사백오십육만 칠천팔백구십팔 원

② 스물아홉 개

③ 논 서너 마지기

한편, 순서를 나타내는 경우나 숫자와 함께 쓰는 경우에는 단위 명사와 붙여 쓰는 것도 허용한다는 규정이 있다. 그래서 오히려 이 경우에는 원칙보다 허용 규정이 더 많이 쓰이는 것이 현실이다.

〈보기〉 수와 단위 관련 띄어쓰기의 허용 규정들
① 29 개(원칙), 29개(허용)
② 제2 차 시험(원칙), 제2차 시험(허용), 제 2차 시험(틀림)
③ 육 층(원칙), 육층(허용), 6층(허용)

②의 예 역시 혼란이 많은 예들인데, '제第-'가 접두사라서 이어서 오는 말과 당연히 붙여 쓰는 것이 옳다. ③의 경우는 5층 다음에 6층이 있고, 6층 다음에 다시 7층이 있다는 식의 순서를 나타내는 말이므로 '육층'으로 붙여 쓰는 것도 허용이 되는 것이다.

(3) 이름과 호칭, 관직명 띄어쓰기

드문 일이기는 하지만 아직도 성과 이름을 띄어 쓰는 사람들이 있다. 학계 일부에서 여전히 이 규정을 주장하는 경우가 있지만, 표기의 통일성을 위한 한글 맞춤법에서 성과 이름을 붙여 쓸 것을 분명하게 규정하고 있으므로 여기에 따르는 것이 옳다. 예외적인 것으로 남궁, 독고, 황보 등과 같은 복성複姓일 경우는 띄어 쓸 수도 있다.

<보기> 성과 이름의 띄어쓰기

① 최치원, 이순신, 서화담, 황진이

② 황보지봉(원칙)/황보 지봉(허용), 독고탁(원칙)/독고 탁(허용)

한편, 이름 뒤에 붙는 호칭어와 관직명은 띄어 쓰는 것이 원칙이다.

<보기> 이름과 호칭어, 관직명의 띄어쓰기

① 김양수 씨, 남궁억 씨

② 내가 아는 <u>김 씨</u> 아저씨는 정말 좋은 분이다.

③ 우리 <u>김씨</u> 문중의 자랑거리는 절개가 곧은 조상들이 많다는 것이다.

④ 우장춘 박사, 김 사장, 이 과장, 이 박사

③의 경우 어느 한 사람에게 호칭어로서 붙는 '씨'는 성과 띄어 써야 하지만, 단순히 성씨만을 뜻하는 경우에는 붙여 쓴다는 점에 유의해야 할 필요가 있다.

(4) 전문 용어 및 고유 명사의 띄어쓰기

전문 용어와 고유 명사는 단어별로 띄어 쓰는 것이 원칙이지만, 붙여 쓸 수 있도록 허용하고 있다. 붙여 쓸 때, 고유 명사와 전문 용어의 차이라고 한다면, 고유 명사는 단위별로 붙여 쓰는 것을 허용하고, 전문 용어는 전부를 붙여 쓸 수도 있다는 차이이다.

〈보기〉 고유 명사의 띄어쓰기

　① 작문 대학교 인문과학 대학(원칙)

　② 작문대학교 인문과학대학(허용)

　③ 작문 대학교 인문과학대학(틀림)

　④ 한국 원자력 연구소(원칙)/한국원자력연구소(허용)

　⑤ 국립 국어 연구원(원칙)/국립국어연구원(허용)

아래의 전문 용어의 경우 역시 허용 규정이 더 많이 쓰이는 경우라고 생각된다.

〈보기〉 전문 용어의 띄어쓰기

　① 관상 동맥 경화증(원칙)/관상동맥경화증(허용)

　② 중거리 탄도 유도탄(원칙)/중거리탄도유도탄(허용)

(5) '만'의 띄어쓰기

　① 너만 믿고 모든 것을 맡겨 보겠다.

　② 차라리 만나지 않은 것만 못하다.

　③ 이게 몇 년 만인가?

　④ 이 책은 볼 만하다.

①에서 조사로 쓰이는 '-만'은 기본 의미가 '오직, 오로지' 등이다. ②역시 조사로서 쓰이는 경우인데 이때는 비교의 의미를 담고 있다. 예

문의 경우는 '만난 것이 오히려 만나지 않은 것보다 못하다.'의 의미가 되는 것이다.

③은 의존명사로서 '시간이 얼마간 지난 다음'의 의미를 담고 있다. 그래서 일상적으로 쓰일 때면, 앞선 말로는 시간과 관련된 것들이 오게 된다. ④의 경우는 앞의 동작이 타당성이 있음을 나타내는 의존명사로 쓰인 것이다.

(6) '밖'의 띄어쓰기

① 내가 원하는 것은 오직 꽃밖에 없다.
② 그녀의 태도는 완전히 예상 밖이었다.
③ 문 밖으로 쫓겨난 심정이야 오죽하겠어.

물론 예문에 나타나는 '밖'은 그 문법적 기능이 모두 다른 것이다. 우선 ①은 조사로서 '-이외에, -말고는' 등의 의미를 가진다. 이럴 경우는 붙여 쓰는 것이다. 한편 ②의 예는 의존적으로 쓰여서 '-을 넘어선 것'이라는 의미를 갖고 있다. 그리고 '-을/ㄹ 밖에 없다'라는 형식으로 쓰일 때는 '있을 뿐이다'라는 의미로 쓰인다. ③은 명사로서 '바깥'의 의미를 지니고 있다. 명사는 독립된 단어이므로 띄어 쓰는 것이 당연한 것이다.

(7) 의존명사 등의 띄어쓰기

✿ 띄어쓰기의 일반 원칙

① 기본적으로 앞말과 띄어 쓰는 것이 원칙이다.

② 단위 명사가 순서 및 숫자와 어울릴 때는 붙여 쓸 수 있다.(허용 규정)

③ 단음절로 된 단어가 연속으로 나타날 때는 붙여 쓸 수 있다.(허용 규정)

④ 같은 형태의 단어가 의존명사로도 쓰이고 동시에 조사 혹은 접미 사로도 쓰이는 경우가 있다.

- 아는 것이 힘이다.
- 나도 할 수 있다.
- 먹을 만큼 먹어라.
- 아는 이를 만났다.
- 네가 뜻한 바를 알겠다.
- 그가 떠난 지가 오래다.

위의 내용은 의존명사, 단위 표시 명사, 열거하는 말, 단음절 어휘들은 원칙적으로 모두 띄어 쓰게 되어 있음을 의미한다. 그러나 ②와 ③에 해당하는 것은 붙여 써도 괜찮은 것으로 인정한다는 것이다.

의존명사인지를 판단할 수 있는 근거는 언제나 앞선 말이 관형사, 혹은 관형어라는 점이다. 조사나 접미사 등과 혼란이 올 때, 이 판단 근거에 기초하여 문제를 해결하면 될 것이다.

그리고 '수'와 같이 의존명사로만 쓰이는 단어들은 '갈 수, 할 수, 먹을 수' 등에서 보듯 언제나 띄어 쓴다는 사실에 주목할 필요가 있다.

(8) '대로'의 띄어쓰기

> ① 시키는 대로 잘 좀 해라.
> 학교 마치는 대로 바로 집으로 와라.
> 되는 대로 한번 해봐라.
> ② 인생은 자기 방식대로 사는 것만은 아니다.
> 사실대로 말해도 믿지 않으니 할 수 없지.

①의 경우는 의존명사이다. 보기에서 '대로'는 각각 '그 내용과 상태와 같이, 그 즉시, 그 상태에서' 등의 의미로 쓰인다.

②의 경우는 명사 뒤에 온 것으로 보아서도 쉽게 조사임을 알 수 있다. 의미는 '-에 따라, 있는 그대로' 등이다.

(9) '만큼'의 띄어쓰기

> ① 안 본 사이에 키가 형만큼 컸네.
> ② 나만큼 불운한 사람이 또 있을까?
> ③ 노력한 만큼 결과로 나온다.

①은 '비교 대상에 같은 정도까지'라는 의미를 가진 조사이다. 그리고 ②는 '-처럼'과 서로 바꾸어 써도 의미상 별 차이를 보이지 않은데, '그에 못지않게'라는 의미를 지니고 있다.

이에 반하여 ③의 경우는 의존명사로 쓰인 것으로 앞선 말이 동사의 관형형인 것으로 보아서도 쉽게 확인할 수 있다. 의존명사로서의 '만큼'

은 '같은 정도'라는 의미를 담고 있다.

3) 구별이 어려운 어휘들

철자는 다른데 발음상으로 거의 같게 들리거나 혹은 의미가 비슷한 편이라서 잘못 쓰게 되는 단어들은 얼마나 될까? 정확하게 확인은 어렵지만 상당수의 단어들이 그런 혼란의 대상이 될 것이라 여겨진다. 많은 사람들이 이런 단어들을 대하게 될 때면, 주변 사람들에게 "이 경우는 '던지'야, '든지'야?"라고 물어보고는 대충 그 대목을 마무리하는 경향이 있다.

그런데, 더 문제가 되는 것은 그렇게 쓴 것을 보고 다른 사람이 모방하여 쓰는 사례 역시 많다는 것이다. 그렇게 대충 쓴 것이 맞는다면 다행이겠지만, 그렇지 않다면 틀린 말들이 계속 확산되어 가는 데에 오히려 일조를 하는 것이 된다. 더구나 팸플릿처럼 경비까지 많이 들여 제작된 문건에서 잘못된 예들이 나타나는 것에 대해서는 아쉬움이 많다.

이 절에서는 위에서 언급한 문제들을 해결할 수 있는 노력의 하나로 일상생활에서 많이 혼동되고 있는 어휘들을 골라 각각의 차이를 우선적으로 제시해 보았다. 더불어 쉽게 구별할 수 있는 방법이 있다면 이 역시 함께 제시하였다.

(1) 가르치다/가리키다

'가르치다'와 '가리키다'는 구어로 사용할 때는 서로 혼용하여 써도 별로 문제가 되지 않는다. 다만, 막상 적으려고 하면 순간적으로 무엇이 맞는 것인지 혼란스러울 수 있다. 흔히 보이는 오류의 예들을 우선 살펴

보기로 한다.

> • 내가 언제 그렇게 가르쳐 줬니?
> • 우리 국어 선생님은 정말 재미있게 가리친다.
> • 지금 가르킨 데가 어딥니까?

'가르치다'는 지식이나 도리 따위를 알게 한다는 의미를, '가리키다'는 손짓 따위로 방향이나 대상을 보이거나 알린다는 의미를 각각 갖는다.

> • 자식들에게 예절을 잘 가르치는 것은 부모의 의무이다.
> • 가까운 사람에게 운전을 가르치지 않는 것이 좋다.
> • 턱짓으로 가게의 방향을 가리키는 그의 태도에 일순 화가 치밀었다.
> • 동네 사람들은 모두 심청이를 가리켜 효녀라고 칭찬했다.

(2) 개재介在하다/게재揭載하다

이 둘 사이의 혼동은 뜻의 문제라기보다는 오히려 철자에 대한 문제일 가능성이 더 크다. 일반인들 사이에서 앞의 '개재하다'는 어휘는 점차 쓰임의 빈도가 줄어들고 있는 추세이다.

'개재하다'는 어떤 것들 사이에 끼여 있다는 뜻을 가지고 있으며, '게재하다'는 논문, 글, 사진 따위를 신문이나 잡지 등에 싣는다는 의미이다.

- 공무에 사적인 감정이 개재되어선 안 된다.
- 자신의 입장에 지나치게 몰두하다 보면 판단에 편견이 개재할 가능성이 높다.
- 그의 작품이 유명한 신문에 게재되었다.
- 학술지에 정서법과 관련한 논문을 게재하였다.

이 문제를 더 쉽게 이해하기 위해선 '개입'이라는 단어를 대신 넣어 보고 문맥에 이상이 없으면 '개재', 어색해지면 '게재'로 확정하는 방법 도 생각해 볼 수 있다.

(3) 결재決裁하다/결제決濟하다

'결재하다'는 결정할 권한이 있는 사람이 아랫사람이 올린 안건을 검토하고 승인한다는 의미를 갖는다. 한편, '결제하다'는 어떤 일을 처 리하여 마무리 짓는다는 뜻이다.

이 둘 사이 역시 철자나 개념에서 혼동을 빚는 경우가 많은데 아래 예문들을 통해서 의미 구분을 확실하게 해 둘 필요가 있다.

- 오전에 결재를 올렸는데 아직 아무 소식이 없다.
- 새로운 사업의 승인을 위해 결재를 받으러 사장실에 들어갔다.
- 오늘 어음 결제를 끝으로 저 회사와의 채무 관계를 완전히 정리했다.
- 현금이 없어서 음식 값을 카드로 결제했다.

(4) 곪다/곯다

"객지 생활하는 동안 배를 하도 곯아서 이젠 밥투정도 안 해요."라고 말한다면, 어떤 이들은 '곯아서'를 '골아서'라고 적을 가능성도 있다. [고라서]라고 발음하지 [골하서]라고는 하지 않기 때문이다. 이 점 역시 '곯다'의 철자와 관련해 주의해야 할 점이다.

'곪다'는 상처에 염증이 생겨 고름이 들게 되었다는 뜻을 가진다. '곯다'는 속이 물크러져 상하거나 혹은 먹은 양이 터무니없이 부족하거나 굶게 되는 것을 의미하는 말이다.

- 상처를 깨끗하게 하지 않으면 결국엔 곪게 된다.
- 곪은 부위를 수술 칼로 도려내자 한 움큼의 고름이 나왔다.
- 우리 사회의 발전을 위해선 곪은 부분에 대한 과감한 개혁이 필요하다.
- 저 놈이 가난해서 배를 곯고 다니는 게 아니다.
- 곯은 달걀은 깨뜨리면 노른자가 풀려있다.
- 수박이 곯았는지 안 곯았는지 한번 확인해 볼까?
- 몸이 저렇게 곯아서야 제대로 사람 구실이나 할지 걱정이다.

두 어휘를 구분하기 위한 가장 좋은 방법은 '상처, 염증, 고름'과 관련된 말이 '곪다'라는 점을 염두에 두는 것이다.

(5) 그러므로/그럼으로

이 둘 역시 발음으로는 전혀 구분을 할 수 없다. 그러나 이 두 가지는 명백히 형태와 의미에서 차이를 보인다.

‘그러므로'는 ‘그러니까, 그렇기 때문에'의 의미를 가진 말로서 원인을 나타낸다. 이에 반하여 ‘그럼으로'는 ‘그렇게 함으로써'의 뜻으로 방법이나 수단을 나타낸다. 일반적으로 ‘-써'가 결합할 수 있으면 ‘그럼으로', 그렇지 않으면 ‘그러므로'가 된다고 보아도 무방하다.

- 우리 며느리는 정말 착하다. 그러므로 집안 식구들이 예뻐한다.
- 그는 참 운이 없는 사람이다. 그러므로 하는 일마다 실패한다.
- 나는 오늘도 술을 마신다. 그럼으로 고민을 잊을 수 있다.

위의 예들은 지나치게 도식적인 느낌을 주는 것들이고, 보통은 다음과 같은 예들을 주변에서 많이 찾아볼 수 있다.

- 사랑하였으므로 진정 행복했네라.
- 두 사람은 사랑하므로 결혼을 하고 싶었다.
- 그녀는 아름다우므로 언제나 선망의 대상이었다.
- 순간 브레이크를 밟음으로 사고를 면할 수 있었다.
- 자주 만남으로 그녀의 거부감을 줄일 수 있었다.

‘그러므로'는 접속부사로 인정되어, 단독으로 쓰이는 경우가 많다. 즉, 앞의 문장의 내용이 이어지는 문장의 원인이나, 근거가 되는 것을 나타내는 접속부사로 인정되는 것이다. 이에 비해 ‘그럼으로'는 ‘그러-+ㅁ+으로'로 분석이 된다. 물론 ‘그러므로'도 ‘그러+므로'로 분석이 가능하다. 더 올라가면 결국 이 문제는 ‘-므로'와 ‘ㅁ+으로'의 차이로 귀결된다.

(6) 대중大衆/민중民衆

실제로 우리가 많이 쓰는 말은 둘 가운데 어느 것일까? 요즘은 '대중 문화' 운운하며 '대중'의 쓰임이 많지만, 소위 386세대들이 대학을 다니던 시절에는 흔하게 들을 수 있던 말이 '민중'이었다. 그렇다면 과연 이 두 단어의 뜻을 정확하게 아는 사람은 얼마나 될까? 사실 사전 한 번 찾아보면 쉽게 확인이 될 것인데도 그러질 않아서 타인에게 정확하게 설명하기 어려운 것의 대표적인 예가 이 두 단어의 차이가 아닐까 한다.

'대중'은 '현대 사회를 구성하는 대다수의 사람으로, 엘리트 계층과 상대적인 개념이다. 감정적이면서 비합리적, 수동적인 특성을 보인다'는 특징이 있다. 한편 '민중'은 '국가를 구성하는 일반 국민으로서 피지배 계층으로서의 일반인을 이르는 말이다. 쉽게 이야기하면 보통 사람들로서 문화 상품의 소비 계층에 놓인 사람들이 대중이라면 정치적 개념이 어느 정도 가미된 사람들을 일컫는 말이 민중이라고 할 수 있다.

- 80년대의 운동 세력들은 민중 민주주의의 실현을 목표로 삼았다.
- 정치가 집단들은 전문적으로 정치에 종사하고 있다는 점에서 민중과 구분된다.
- 민중가요/대중가요
- 자동차도 이제 대중들의 관심사에 들어왔다.
- 가수들의 성공은 결국 대중들의 호응도에 달려 있다.

(7) -던지/-든지

서로 판이하게 다른 것임에도 불구하고 발음상에서도 구분이 불확실하고, 더러는 표기상이 오류도 발견되는 것들이다. 우선 문법적인 설명을 덧붙인다면 '-던지'는 과거 회상을 나타내는 '-더-'에 '-ㄴ지'가 결합한 어미로서 연결 어미와 종결 어미 모두로 쓰인다. '-든지'는 조사와 어미 모두로 사용된다는 특징이 있다. 조사와 어미의 차이를 잠시 언급해 보면, 조사는 명사를 비롯한 체언과만 결합하고, 이에 반하여 어미는 형용사, 동사 같은 용언의 활용에 일조한다는 점에서 서로 기능상의 차이를 보인다.

'-던지'는 '과거의 일을 회상하는 혹은 과거의 일이 현재 상황의 원인이 되었음을 나타내는 연결어미로서의 기능과 지난 일과 관련하여 감탄조로 문장을 맺는 종결 어미의 역할'이 있다. 반면, '-든지'는 '이것저것 가리지 않는다'는 의미로 쓰인다.

- 먹든지 말든지 내가 상관할 바 아니다.
- 나든지 너든지 중요한 건 그게 아니야.
- 다시 만났을 때 정말 얼마나 반가웠던지.
- 얼마나 먹었던지 지금도 배가 부르다.
- 정신을 잃기 전에 무슨 일이 있었던지 전혀 기억이 안 난다.

(8) -데/-대

'-데'와 '-대'는 동음어가 여럿 있지만 그 가운데에서 종결어미로 쓰일 때의 특징만을 살펴보기로 한다. 보통 띄어쓰기와 관련하여 '데'를 어떤 때는 붙여 쓰고, 어떤 때는 띄어 쓰느냐는 질문을 하는 경우가 있는데 이때는 의존 명사로서의 '데'와 어미 '-는데'를 구분하는 것이다.

종결 어미로서 '-데'는 과거에 직접 겪었던 일을 현재로 옮겨와 전하는 경우에 쓰이며, '-대'는 남에게 들은 내용을 간접적으로 전하게 될 때 쓰인다.

- 야, 그 사람 정말 노래 한번 잘하데.
- 그 사람이 그렇게 노래를 잘한대.
- 결혼식이 정말 볼 만하데.
- 친구 남편은 먹성이 아주 좋아서 뭐든지 잘 먹는대.

다시 말하면, '하더라'로 직접 바뀔 수 있는 상황은 '-데'로, '라고 하더라'로 간접적으로 전해들은 사실을 말할 때는 '-대'로 쓴다.

(9) 띄고/띠고

발음법에 따르면 '의의의'의 발음은 [으이에]가 올바르다. 한편, 일상적으로 '의'의 발음은 고정된 것으로 보기가 어려운 면이 많다. '의사'는 [으사], '의자' 역시 [으자]의 꼴로 [으]로 발음된다. 그러나 '띄고'는 대부분 [띠고]로 발음한다.

결국, 두 단어의 발음이 같다는 점에서 표기에서 혼동을 보이는 예의 한 가지가 되는 셈이다. 그런데, 상당수의 표기에서 흔히 발견할 수 있는 오류는 '띠고'가 들어가야 할 자리에도 '띄고'가 들어가는 것이다.

'띠다'는 '띠나 끈 따위를 두르다, 빛깔이나 색채 따위를 가지다, 용무나 직책 혹은 사명을 가지다, 감정이나 기운을 나타내다, 어떤 성질을 가지다' 따위의 다양한 의미를 가지는 단어이다. 한편, '띄다'는 '뜨이다' 혹은 '띄우다'의 준말로서, 사역형으로 쓰인다.

- 미소를 띤 얼굴이 마음을 편하게 해 주었다.
- 붉은색을 띤 오월의 장미처럼 화사한 분위기였다.
- 저 사람은 그래도 개혁적 성향을 띠고 있지.
- 우리는 민족 중흥의 역사적 사명을 띠고 이 땅에 태어났다.
- 아마도 다음에 또 눈에 띄면 못 참겠지.
- 요즈음 우리 막내가 눈에 띄게 차분해진 것 같다.
- 종이배를 물에 띄운 다음 조용히 바라보고 있었다.

(10) -로서/-로써

어린 시절부터 부단히 우리를 혼란시키는 것 중에 하나이다. 두 어미를 단순 비교해서 설명해 보라고 하면 거의 모든 사람들이 구별하는데, 막상 글을 쓰다보면 헷갈리는 경우가 잦다.

'-로서'는 '지위나 신분 또는 자격을 나타내는 조사'이며, '-로써'는 '수단이나 도구를 나타내는 조사'이다. 일반적으로 두 조사 모두 '-로'의 형태로 써도 무방하다.

- 장관은 대통령의 특사로(서) 북한을 방문했다.
- 눈물로써 호소해 봤지만 소용없었다.

사용하는 것이 드물기는 하지만 '-로서'와 '-로써'는 위에 언급한 것들과는 다른 의미도 가지고 있다. 즉, '-로서'는 '어떤 동작이나 일이 시작되는 것을 나타내는 격조사'의 기능을 하고, '-로써'의 경우는 '어떤 물건의 재료나 원료임을 나타내거나 시간의 한계를 나타내는 격조사'로 쓰인다.

- 이 모든 일들이 너로서 비롯된 것이다.
- 콩으로써 메주를 쑨다고 해도 안 믿는다.(원료)
- 오늘로써 우리가 결혼한 지도 10년이 되었다.(시간의 한계)

위의 예처럼 쓰면 뜻이 명확해지지만 오히려 그냥 '-으로'로 쓸 때보다 어색한 느낌을 주는 경향이 있기는 하다.

(11) 부치다/붙이다

'부치다'와 혼란을 보이는 '붙이다'는 '붙다'의 사동사형이다. '부치다'는 동음이의어가 많은 단어이고, '붙다'는 뜻이 다양한 다의어적 성향을 보인다.

흔히 혼란을 가져 오는 '부치다'와 '붙이다'의 경우는 '붙이다'의 "서로 닿아 떨어지지 않게 하다"라는 의미로 쓰일 때가 가장 많다.

'붙이다'의 경우는 주로 두 사물이나 행위 사이의 결합 관계를 중시하는 의미로 사용되는 것에 반하여 '부치다'는 "보낸다, 맡긴다" 등의 의미로 많이 쓰인다. 만일 "봉투를 부쳤다"고 하면 어딘가 받을 사람에게 보냈다는 의미가 되겠지만 "봉투를 붙였다"고 한다면 풀로 봉투를 밀봉했다는 뜻이거나 혹은 펼쳐진 종이를 봉투 형태가 되도록 접어 풀 칠을 했다는 의미가 될 것이다.

- 우표를 붙여 편지를 부쳤다./ 표결에 부쳤다./ 인쇄에 부쳤다./ 내 마음을 이 한 편의 시에 부쳐 함께 보내니 받아주시오
- 봉투에 우표를 붙였다./ 담뱃불을 붙이다./ 인용한 구절에 각주를 붙이다./ 처음 보는 사람에게 말을 붙이기란 참 어렵다./ 흥정은 붙이고 싸움은 말려야 한다./ 요즘엔 자기 성까지 써서 개에게 이름을 붙이는 사람이 많다./ 하도 추근대기에 따귀를 올려붙였다.)

(12) 반드시/반듯이

'반드시'는 '틀림없이, 꼭, 필연적으로' 따위의 의미로 쓰이며, '반듯이'는 '물체 따위가 기울거나 비뚤어지지 않고 정돈되어 있는'의 의미를 나타낸다.

- 저런 죄인은 반드시 천벌을 받을 것이다.
- 노력하는 사람이 성공하는 세상은 반드시 온다.
- 책 좀 반듯이 정돈하는 습관을 가져라.

(13) 봉오리/봉우리

간혹 이 두 단어를 동음이의어로 생각하는 사람이 있음을 본다. 그러나 분명히 구분되는 단어들이다.

'봉오리'는 '꽃봉오리'의 준말이고 봉우리는 '산봉우리'의 준말로 기억하면 된다.

> 화원에서 이제 막 봉오리를 틔우는 꽃들을 보며 흐뭇해 하고 있는데, 저 먼 도봉산 봉우리에서 위급을 알리는 봉화가 피어올랐다.

(14) 알갱이/알맹이

'알갱이'는 일반적으로 열매나 곡식의 낟알을 뜻한다. 그러므로 껍데기가 있고 없고를 문제 삼을 필요가 없다. '알맹이'는 껍데기 속에 들어 있는 것을 뜻하므로 껍데기와 분리되는 뜻으로 생각해야 한다.

> • 아버지는 땅콩 알갱이를 하나하나 헤아리며 흐뭇해 하셨다.
> • 호두는 껍질을 까기가 어렵지만 알맹이가 고소해서 힘든 보람이 있다.

(15) 왠/웬(왠지/웬지)

맞춤법에서 가장 구분이 어렵다고 불평하는 예 중에 하나이다. '왠'은 혼자서 쓰이는 예가 없다. 오직 '왠지'의 형태 하나로만 쓰이며 '왜 그런지, 뚜렷한 이유 없이'라는 의미를 갖는 부사이다. 그러므로 '무슨 이유에선지 잘 모르겠지만'이라는 의미로 바뀔 수 있는 문맥이라면 '왠지'를 쓸 수 있다. '왠지'로 쓰일 때는 '왜 그런지'가 줄어든 말이다. 그리고 품사가 부사이므로 절대로 명사나 불완전명사들을 꾸밀 수 없다. 이와는 반대로 '웬'은 관형사이므로 명사를 꾸밀 수 있다.

한편, '웬'은 '웬지'라고 쓸 수 없다. '웬'은 '어찌 된 혹은 어떤, 어떠한'의 의미를 가진다.

> • 왠지 기분이 울적하다.
> • 그의 이름을 듣는 순간 왠지 행복한 마음이 들었다.
> • 웬 남자가 밖에서 자네를 찾고 있던데.
> • 도대체 웬 영문인지도 모르고 몰매를 맞았다.
> • 이 주변엔 회사들도 별로 없는데 웬 가게들은 이렇게 많아?

(16) 웃옷/윗옷

'웃옷'은 겉에 입는 옷이다. 코트와 같은 옷들이므로 이 경우에는 '윗옷'이라고 쓰면 안된다. '윗옷'은 상반신에 입는 옷들을 뜻한다. 그러므로 이 경우에는 '웃옷'이라고 쓰면 틀린 것이 된다.

> • 우리 고유의 웃옷이라면 두루마기를 들 수 있을 것이다.
> • 저 친구는 항상 윗옷을 허리띠 안으로 넣어 입는다.

'웃과 위 즉 윗'의 사용을 구별하는 방법은 '웃-'의 경우는 반대말이 없지만 '위-'의 경우는 반대말이 있다는 점이다. 즉, '윗입술'이 맞는 말인 이유는 '아랫입술'이라는 반대말 혹은 상대말이 있기 때문이다. 역으로 웃어른이 맞는 말이 될 수 있는 것은 아랫어른이라는 말이 있을 수 없는 이유 때문이다.

(17) 잃다/잊다

'잃다'는 사전마다 많은 뜻을 제시하고 있는데 공통점은 가지고 있
던 것이 없어져 버렸다는 의미가 깔려 있다는 점이다. 돈, 지갑, 나라,
집, 애인 등 모든 것이 다 '잃다'의 대상이 될 수 있다.

한편 '잊다'는 기억이나 생각과 관련된 단어라는 '잃다'와 다르다.
위에서 열거한 돈, 지갑 등이 '잊다'의 대상이 되는 것처럼 보이는 문장
들도 있을 수 있다. 그러나 잘 살펴보면 그것들을 가져와야 한다는 사실
을 기억하지 못했다는 뜻임을 확인할 수 있다.

> • 사업에 실패한 그는 설상가상으로 집과 애인까지 잃게 되었다.
> • 지하철에서 친구와 얘기하다가 지갑을 잃어 버렸다.
> • 깜박 잊고 지갑을 두고 왔다.
> • 아내의 정성어린 보살핌 속에서 나는 점점 고통스런 기억들을 잊을
> 수 있었다.

(18) 작렬炸裂하다/작열灼熱하다

'작렬하다'의 의미를 쉽게 알기 위해 우선 한자의 훈을 살피면 '炸'
은 "터지다, 폭발하다"이고 '裂'은 "찢어지다, 무너지다"이다. 그러므로
폭탄 등이 터지면서 소리나 파편 따위가 퍼지는 것이 '작렬하다'이다.

'작열하다'에서 '灼'은 "사르다, 굽다", '熱'은 "덥다, 타다"의 의미이
다. 구워져서 뜨겁다는 의미를 지니므로 파괴의 이미지가 내포된 작렬
과는 다를 수밖에 없다.

> - 젊은이들은 작열하는 태양 아래에서 마음껏 열정을 발산하고 있었다.
> - 머리 위에서 폭탄이 작렬하는 전투 중에 전진 명령에도 불구하고 그는 고개조차 들 수 없었다.

(19) 재고再考하다/제고提高하다

'재고하다'는 이미 정해진 일에 대하여 다시 생각한다는 뜻을 담고 있다. '제고하다'는 정도를 높인다는 뜻을 가진다.

> - 이미 정해진 일이라 하더라도 재고하지 말라는 법은 없다.
> - 더 이상 어려운 일을 겪지 않으려면 먼저 회사 이미지 제고부터 실현해야 한다.

(20) 재창再唱/제창齊唱

'재창'은 노래를 다시 부른다는 의미를 지니고 있다. 흔히 가수가 노래를 부르고 나면 청중들이 '앙코르'라고 외치는 경우를 볼 수 있는데 이 말과 같은 뜻이다.

'제창'은 우리 주변에서 가장 많이 들을 수 있는 예가 "애국가 제창"일 것이다. '합창'과 같은 말로서 모두 함께 부른다는 뜻으로 쓰인다.

(21) 좇다/쫓다

두 단어의 구별이 더욱 어려운 까닭은 일상에서의 발음이 같기 때문이다. 즉 두 단어 모두 [쫃따]로 발음된다. 물론 '좇다'의 원래 발음은

[존따]이다.

'좇다'와 '쫓다'의 의미 해석이 사전마다 약간씩 차이를 보이는 경향이 있는데, 현재 가장 쉽게 이해할 수 있는 방법은 공간의 이동이 있으면 '쫓다', 그렇지 않으면 '좇다'로 구분하는 것이다.

'좇다'는 이상, 행복, 도리 등을 추구하거나 따르는 것, 혹은 눈길이 따라오는 것을 의미하는 것으로 보면 된다. 한편, '쫓다'는 상대를 만나거나 잡기 위해서 급하게 뒤 따른다는 뜻을 지닌 단어이다.

- 그는 이루기 힘든 이상을 좇아 평생을 허비하였다.
- 경찰의 시선이 계속 자신을 좇고 있다는 것을 알자 명철이는 더욱 불안해 했다.
- 선생님이 나가신지 얼마나 되었는지도 모르면서 명수는 정류장으로 쫓아갔다.
- 경찰에게 쫓기던 범인은 더 이상 기운이 없어서 쓰러지고 말았다.

(22) 지그시/지긋이

'지그시'는 부사어로 슬그머니 힘을 주는 모양이나 조용히 참고 견디는 것을 나타낸다. '지긋이'는 나이와 관련된 말로 제법 나이가 많아서 듬직한 느낌이 들 때 쓴다. 그리고 참을성 있게 잘 견디고 있다는 표현으로도 많이 쓴다.

- 악수를 하려 손을 맞잡았더니 상대방이 맞잡은 손에 지그시 힘을 주는 것을 느꼈다.

- 상대방의 응대에 울화가 치밀어 올랐지만 지그시 눌러야만 했다.
- 영수는 잠시 옛 생각이 떠올랐는지 지그시 눈을 감았다.
- 나이도 지긋이 들었고 형편도 좋아졌으니 이제 그만 느긋하게 삶을 즐기도록 하자.
- 그 또래의 아이들이 지긋이 앉아 있기를 기대할 수는 없다.

(23) 채/체

이 단어들은 표기상 다른 모음들로 구성되면서 현실 발음에서는 거의 [ㅔ]로 통합되어 쓰이는 일종의 동음어에 해당된다. 그 가운데에서 주로 '-ㄴ 채/체'의 구분에서 혼란이 있으므로 이를 중심으로 살펴보기로 한다.

'-ㄴ 채'는 원상태를 그대로 유지한다는 의미를 가지는 자리에 쓰인다. '-ㄴ 체'는 태도를 적당하게 거짓으로 꾸미거나, 아는 것처럼 행동한다는 의미를 갖는다.

- 벌써 한 시간이나 저 자세를 유지한 채 있습니다.
- 동물원에 보내기 위해서 저 호랑이를 산 채로 잡아야 한다.
- 공부는 하지도 않으면서 그래도 지기는 싫어서 아는 체는 무척 한다.
- 아침에 지하철역에서 본 남잔데 자꾸 아는 체를 해서 곤란을 겪고 있다.

이때 '체'는 '척'과는 동의어의 관계에 있다. 그러므로 '척'과 바꿔써 봤을 때 문장의 의미가 훼손되지 않으면 '체'를 쓰면 된다.

(24) 한번/한 번

똑같은 철자이지만 앞에 것은 한 단어이고 뒤의 것은 두 단어가 결합한 것이다. 이 두 가지가 차이를 보이는 것은 띄어쓰기를 하느냐의 여부에 있는데 간혹 혼란을 부르는 경우가 있다.

먼저 '한번'은 시험 삼아 시도해 보다, 실제로, 과거의 어느 때 혹은 기회, 아주 혹은 참 따위의 여러 의미로 쓰인다. 한편 '한 번'은 '두 번, 세 번'처럼 횟수를 헤아리는 단어이다.

- 결과에 상관없이 한번 시도해 볼 가치는 있다.
- 자 이제 밥 한번 먹어보자.
- 지난 번에 한번은 그 사람이 날 찾아왔더라.
- 그 사람 덩치 한번 볼 만하네.
- 언제 한번 만날 수 없을까요?
- 하루에 한 번 드시는 것이 좋습니다.
- 요새는 한 달에 한 번 보기도 어렵다.

이 둘을 가리는 가장 쉬운 방법은 '한번' 혹은 '한 번'이 들어가야 할 자리에 '두 번', '세 번'을 넣어 보고 문맥이 자연스러우면 '한 번'을 넣으면 된다. 물론 그렇지 않으면 당연히 '한번'이 들어가야 한다.

(25) 홑몸/홀몸

사실 보통 언어생활에서는 '홀몸'이라는 말은 거의 들어보기 어렵다.

그래서 실제 어문 규정과는 다르게 사용한 예들이 많다. 결론부터 말하자면 임신한 여인에게 "옆집 새댁인데 홀몸이 아니라서 저렇게 조심시키는 거야."라고 말했다면 틀린 말이다. 곧 이때의 '홀몸'은 '홑몸'으로 바꿔 써야 한다는 것이다.

'홀몸'이란 배우자가 없는 사람이란 뜻이며, 이에 반하여 '홑몸'은 딸린 사람이 없거나, 아이를 배지 아니한 몸을 일컫는 말이다.

- 우리 옆집 아주머니는 20대 초반에 남편을 여의고 홀몸이 되었다.
- 임신을 해서 홑몸이 아닐 때는 이상하게도 먹고 싶은 것도 많아지는 모양이다.

이 둘을 식별하기에 가장 좋은 방법은 반대말이 홀은 짝이고, 홑은 겹이라는 점을 염두에 두면 된다. 그러므로 '홀몸이 아니시네요.'는 짝이 있다는 말이 되므로 남편 있는 사람을 의미하는 것이 되고 달리 '홑몸이 아닌'이라고 할 때는 '겹' 즉 사람 안에 다시 사람이 있다는 의미가 되어 임신한 사람이라는 의미를 나타낸다.

(26) 어휘語彙/단어單語/용어用語

이 낱말들도 일상에서 혼란을 많이 가져 오는 것들이다. 이 둘을 모두 포괄할 수 있는 것, 즉 어휘와 단어가 들어가야 할 자리에 어색함 없이 모두 쓸 수 있는 것이 바로 '말'이다. 우선 뜻부터 헤아려 보기로 하자.

어휘vocabulary   어떤 일정한 범위 안에서 쓰이는 낱말의 수효 혹은 낱말의 전체
용어term   일정한 분야에서 주로 사용하는 말
단어word   분리하여 자립적으로 쓸 수 있는 말

이 세 가지를 보면, 우선 다음과 같은 용례들의 적합성을 살필 수 있게 된다.

- 오늘은 '사랑'이라는 어휘를 중심으로 이야기를 전개해 보겠습니다. (어휘→단어, 말)
- 그 또래 아이들이 구사하는 어휘는 1만 개 정도이다.
- 토론에서는 언제나 정확한 어휘를 선택해야 오해가 없다.(어휘→ 용어, 말)

위에서 보이듯 일정한 범위에 속하는 단어들의 수와 관련된 것이 아니라면 원래 '어휘'라는 말을 함부로 사용해서는 안 된다.

한편, 과학어휘라는 말은 어색하지만 과학용어라는 말은 자연스럽다. 즉 해당 분야에서 주로 전문성 등을 갖추고 사용하는 말이 '용어'라는 것을 보이는 예라고 할 수 있다.

2. 좋은 문장 구성
─두 번 읽게 하지 마라

"두 번 읽게 하지 마라."

이 말은 물론 난해함으로 인해 읽어도 읽어도 무슨 뜻인지 모를 문장은 만들지 않아야 한다는 의미로 국한되는 것이다. 글에서는 쉽다는 것이 바로 첫째로 손꼽히는 미덕이다. 그러므로 글쓰기에서 가장 중시되는 것은 역시 독자에게 쉬운 글이 되도록 해야 한다는 점이다.

얼마 전에 자전거를 구입하기 위해 인터넷 쇼핑몰을 살핀 적이 있었다. 차에 싣고 다닐 수 있도록 접이식 자전거를 찾던 중, 마음에 드는 모델이 몇 개 눈에 띄었다. 그런데 사용 후 감상을 올려놓은 글이 있었는데 그 중에 한 마디가 아주 인상적이었다.

나도 기계치는 아닌데, 사용설명서의 설명대로 조립을 해 보려고 해도 무슨 말인지 이해하기가 너무 어려웠다. 하긴, 컴퓨터부터 전자 제품 등 설명서가 만만하게 쓰인 예가 있었던가? 그냥 내 감각에 의존해 어릴 때, 모형 자동차 조립하던 심정으로 조립을 마친 후……

언젠가는 모든 상품들이 성능 면에서 거의 차이가 없을 때, 쉽게 사용할 수 있도록 설명해 둔 제품들이 더 많이 팔릴 수 있으리라는 예측은 너무 성급한 것일까? 어쨌든 실용적인 분야에서도 이런 불평들이 수면 위로 떠오르기 시작한다는 것을 간과해서는 안 될 문제라고 보아야 할 것이라는 생각이다.

그런데, 쉬운 글쓰기란 결국 읽기에 편안한 글을 의미하는 것이며, 문장 구성이 원활하게 이루어진 것을 말한다. 좋은 문장 구성을 위해 범해서는 안 될 오류들을 짚어 보았다.

1) 번역문에서의 오류
－지시대명사 사용, 영어식 어순

다른 언어를 우리말로 옮길 때, 항상 유의해야 할 점은 독자가 우리 나라 사람들이라는 점이다. 그런데도 처음 나온 용어가 원문에 'this'라 고 되어 있다고 해서 '이것은'이라고 번역한다거나, 관계대명사 등을 그 대로 번역하여 복잡한 수식 구조를 만드는 것은 좋지 않다. 의미를 해치 지 않는 범위 안에서 최대한 우리말에 가깝게 번역하는 것이 좋다.

〈보기〉 읽기 어려운 문장

● 플라스틱 모델Plastic Model

이것은 모든 형식적인 가설을 시각화 하는데 사용되며 사무실의 디자인 시스템을 구성한다. 이 모델은 미리 확인 하는데 도움을 주고, 건축되는 건물의 발전 과정을 수행하는데 일조한다. 이러한 방식으로, 실시간으로 모든 변화를 조절함으로써 프로젝트의 발전을 모니터하는 것이 가능하다.

아마도 어떤 외국 문헌을 번역한 문장으로 보인다. 문제는 우리나라 독자들이 이러한 문장에 익숙하지 않다는 점이 전혀 고려되지 않다는 점이다. 자연스럽게 고쳐진 문장을 제시해 보자.

〈보기〉 고친 예

● 플라스틱 모델Plastic Model

플라스틱 모델은 형식적인 가설을 시각화하여 사무실의 디자인 시스템 을 구성하는 데 유용한 방법이다. 이 모델은 건물 건축의 진전 과정을 미리 확인하고 수행하는 데 도움이 된다. 이 방식을 이용하면 모든 변화를 제어할 수 있어서 프로젝트의 전개 과정을 실시간으로 모니터하는 것이 가능하다.

또 다른 예를 한 가지 더 살펴보기로 하자.

〈보기〉 순서를 고려하지 않은 예

새로운 공간은 내부의 한 곳에서 다른 곳으로 용도에 따라서 열려있기도 하고 막혀있기도 하며, 새로운 생활 방법의 가능성을 명백하게 보여 준다.
→ 새로운 공간은 내부의 위치를 옮겨가며 생활 방식의 새로운 가능성
   을 정의하기 위해 용도에 따라 개폐된다.

그런가 하면, 아래의 경우처럼 원어의 문장 구성에 너무 집중하여 생긴 번역문에서의 오류가 있다.

〈보기〉 번역문의 오류

1992년 대학도서관을 위해 파리에서 공모전이 있었다. 가장 흥미 있는 프로젝트는 렘 쿨하스와 토요이토(Toyo Ito)에 의한 것으로 쿨하스는 64미터 높이의 평행육면체 구조에 규격화 된 기둥과 들보를 사용하였고 각층의 슬래브는 그들이 만나기까지 종이처럼 구부러져 지하에서 옥상까지 끊임없이 연결되는 공간을 창안하였다.
이 주요구조로 이루어진 구조는 건축적 역사 가운데서 가장 위대한 프로젝트의 참고사항들을 부정 할 수가 없었다. 예를 들면 라이트의 구겐하

> 임에서의 나선형은 오히려 쿨하스의 것과 동질성을 보이기보다 극명한 이
> 질성을 보여준다. 구겐하임의 기반은 나선형이다.
>
> 『하이퍼건축』

위의 문장들을 잘 살펴보면, 특히 아래 문장은 우리 국어의 어순 혹
은 우리 문장에서 흔히 쓰이는 나열 구조와는 전혀 맞지 않는다는 것을
쉽게 알 수 있다. 번역에서 일차적인 것은 직역이지만, 다음은 최대한 문
장 구조를 해당 언어의 독자들이 이해할 수 있도록 고쳐 두는 것이 좋다.

2) 만연체 문장의 오류

문장이 한 없이 길어지는 만연체 문장은 자칫 말하고자 하는 핵심이
무엇인지 놓치기 쉽다. 그런가 하면 문법적으로는 주어와 술어의 불일
치를 가져올 가능성이 높아진다. 그래서 될 수 있으면 글을 쓸 때, 만연
체 문장은 피하고 간결하게 쓰는 것이 좋다.

> 〈보기〉 만연체 문장의 예
>
> verse라 할 때는 운문과 성격을 모두 포함하는 개념이지만 운문이라고
> 하면 압운만 있는 문장이라는 개념의 착오를 일으키기 쉽고 또 한 가지,
> 일본이나 우리나라의 말은 음절수의 제한만 있을 뿐으로 운은 없기 때문
> 에 차라리 '율문'이라고 해야 옳지 않느냐 하는 견해다.
> 일단 부서 이관의 출발이 어른 중심의 사고이며 행정 편의적으로서 고민
> 의 중심에 아동이 없고, 여성부가 보육 사업을 준비를 하는 동안 아이들은
> 어떻게 되며 그동안 국민의 세금은 비효율적으로 쓰여 지게 되는 것입니다.

앞의 예문들은 당장 읽어서 무슨 말인지 뜻을 파악하기가 어렵다. 우선 여러 가지 복합적인 의미가 포함되어 있다는 것도 문제지만, 문장의 길이가 길다는 것이 무엇보다 이해를 어렵게 하는 원인이다.

3) 간결한 문장 만들기

간결한 문장을 만들기 위해서는 두 가지에 유의해야 한다. 그 첫째는 의미가 중복되는 단어를 사용하지 않는 것으로 '역전 앞'이 피해야 할 대표적인 예이다. 둘째는 되도록 단문을 사용하는 것이다. 물론, 어느 경우에는 나열이나 대조, 비교 등을 위해 문장의 구조가 복잡해 질 수도 있다. 이런 특수한 경우를 제외하고는 한 문장에서 하나의 개념만을 다루는 것이 좋다.

〈보기〉 의미 중복 단어 사용의 오류

- 간단히 요약하다 → 요약하다
- 내면 속 깊은 곳까지 → 내면
- 들리는 소문에는 → 소문에는, 들리는 말로는
- 맡아 보는 소임이다. → 맡아 보는 자리이다.
- 수입해서 들여오다 → 수입하다
- 수확을 거두다 → 수확을 하다
- 쓰이는 용도에 따라 → 용도에 따라, 쓰임에 따라
- 장치를 꾸며 → 장치하여
- 죽은 시체로 발견되다. → 시체로
- 판이하게 다르다. → 판이하다. 매우 다르다.

4) 주어와 서술어의 호응
−근거리의 원칙, 주어와 서술어 갖추어 쓰기

주어와 서술어는 가까울수록 좋다. 그래야 서로 의미 호응에서 문제도 생기지 않고, 잘못 쓰이는 경우도 적다. 문장 전체의 주어와 서술어 사이에 끼어드는 내용, 혹은 이어지는 내용들이 많으면 많을수록 주어와 서술어는 혼돈될 가능성이 높아진다.

〈보기〉 **주어와 서술어의 불일치**

① 내 가슴엔 안개처럼 번져 일던 가지가지의 사연과 슬픔 속에서도 한 가닥의 무서운 감동 때문에 몸을 떨었다.−유해수, 〈아들에게〉 중에서

② 김 과장은 아내에게 결혼기념일에 보석 반지를 선물했는데, 답례로 레저용 시계를 주었다.

　→ 김 과장은 아내에게 결혼기념일에 보석 반지를 선물했는데, 답례로 레저용 시계를 받았다.

③ 순악질 여사는 "쓰리랑 부부"에서처럼 일자눈썹, 방망이는 물론 애견 행국이까지 데리고 나타났다.

　→ 순악질 여사는 "쓰리랑 부부"에서처럼 일자눈썹을 붙이고, 방망이를 든 것은 물론 애견 행국이까지 데리고 나타났다.

---

①의 경우는 문장이 너무 길어 주어와 서술어의 관계가 호응을 맺기 어려운 문장의 예이다. 그리고 ②는 주어가 생략된 경우이며, ③는 서술어들이 생략되어 의미 호응이 어려운 예들을 제시한 것들이다.

〈확인해 보기〉 다음 문장은 무엇이 문제일까?

> 한국 사회에서 청소년이 상표(브랜드)에 눈 뜬 첫 물건은 운동화였다. 1980년대 중반에 수입된 나이키 운동화는 …(중략)… 별 것도 아닌 나이키 로고 하나가 몇 천 원짜리 운동화를 몇 만 원짜리 운동화로 둔갑시키는 자본주의의 상술은 놀라웠다.

위의 문장은 적어도 3가지 이상의 문제들을 안고 있다.

(1) 첫 문장이 주어와 서술어의 호응 관계가 어색하다.

(2) 둘째 문장에서 정보의 신뢰성에 의문이 간다. 80년대 초반에 이미 나이키 운동화는 국내에 들어와 있었다.

(3) 셋째 문장 역시 길이와 어휘 사용, 주어 사용에 문제가 있다. 밑줄 친 부분에서 나이키 로고가 주어라고 보기에는 무리가 있다. 감춰진 주어가 있다는 것이다. '둔갑하다'는 전혀 다른 모양으로의 변화하는 것을 의미하는데, 가격의 변화에 적용하기에 부적절한 단어 사용이다.

이상에서 제시된 문제들을 바탕으로 위의 문장을 바르게 고쳐 보자.

> 한국의 청소년들로 하여금 처음 상표(브랜드)에 눈 뜨게 한 품목은 운동화였다. 1980년대 초반에 비로소 수입되기 시작한 나이키 운동화는 …(중략)… 별 것도 아닌 나이키 로고 하나로 몇 천 원 짜리를 몇 만 원 짜리로 바꿀 수 있는 것이 자본주의 상술의 놀라운 점이다.

5) 단어 선택의 오류

글자 한두 자가 실수로 틀리더라도 크게 문제가 안 되는 문맥이 있는가 하면, 한 자가 잘못 되어 전체 문맥을 완전히 엉망으로 만들어 버리는 경우가 많다. 손으로 쓸 때는 드문 예지만, 컴퓨터 작성 문서에서 이런 실수들로 읽는 사람을 어리둥절하게 하는 경우가 많다.

> 물론 근대에도 공자 사상은 중국 청나라 말엽의 캉유웨이(康有爲) 같은 학자에 의하여, 기독교에 대항할 수 있는 사상으로 인정되어 주요시된 예가 <u>없다</u>. 즉, 공자 사상은 공자교로 강화되어 새로운 시대사상으로서의 기능을 다 할 수 있는 것으로 주장되기도 했던 것이다.

글을 읽다가 한참 어리둥절했었다. 우선 문맥이 이상했고, 첫 문장과 둘째 문장의 의미가 서로 통하지 않았기 때문이다. 그러다가 밑줄 친 부분을 '없다'가 아니라 '있다'로 고쳐 읽으니까 비로소 의미가 통하게 되었다. 이처럼 글자 한 자가 독서 속도와 의미 파악에 상당한 장애를 일으키는 예들이 많으므로 주의해야 한다.

6) 같은 단어의 반복 사용

한 문장에서 같은 단어가 너무 자주 나타나는 것도 그리 좋은 표현법이 아니다. 자주 등장하는 것이 쉽게 문장을 이해하도록 도움을 줄 것 같지만 오히려 그 반대의 효과를 내거나, 문장을 어색하게 만들 수도 있다.

> 창가 자리를 차지하기 위한 쟁탈전이 벌어지다 보니 웃지 못 할 풍경들이 벌어지곤 했다.

> 개념적 사유의 대상들이 항상 보편자라고 말하는 것은 이러한 보편자들이 이들 보편자들을 파악하는 인간의 마음에서 독립하여 그 자체로 실재한다고 단언하는 것은 아니다.
>
> 『열 가지 철학적 오류』 중에서

둘째 문장은 보편자라는 개념이 한 문장에 4번 이상 나오는 셈이 되는 것이고 여기에 더해서 '이러한, 이들' 등의 수식어까지 동원되었으니 더욱 복잡한 구성이 된다. 비록 원문에 충실한 번역을 위한 결과였겠지만 이러한 문장 구성은 피해야 한다.

이상에서 문장 구성에서 주의해야 할 몇 문제들에 대하여 살펴보았다. 물론 이러한 것들 외에도 여러 문제들이 세부적으로 있지만, 우선 가장 문제시 되는 것들을 중심으로 제시해 보았다.

원고지 사용법과 교정 부호

컴퓨터의 사용이 일반화되면서 상대적으로 원고지는 거의 쓸모없는 것으로 인식되고 있다. 원래 원고지가 식자植字, 인쇄 등 글의 활자화 과정에서의 편의를 위해 만들어진 양식이기 때문에 활자 인쇄가 사라진 지금 원고지에 만년필로 작품을 쓰는 작가의 모습은 더 이상 찾아볼 수 없는 실정이다.

그런데도 불구하고 원고지의 사용은 몇 가지 면에서 아직까지 효용 가치가 있다. 우선, 한 글자씩 또박또박 필기구로 글을 써야 하므로 내용에 대해 신중해질 수 있다. 또, 띄어쓰기를 비롯하여 맞춤법 등의 문법적인 면에 대한 고민들이 컴퓨터로 문서를 작성할 때보다 더욱 많아진다. 고민이 많아진다는 것은 다시 말해 의구심을 품고 그 문제들에 대한 해결 의지를 가지게 하는 동기를 부여한다는 것을 뜻한다. 이런 의미에서 되도록 원고지 사용을 적극 권장하고 싶다.

현재 <한글 2007> 등 문서 작성 프로그램에 원고지 서식이 있어서 프린터로 출력해 사용할 수 있도록 되어 있다. 이런 프로그램들을 이용하면, 필요할 때 짧은 글들을 쓸 수 있는 원고지들은 충분히 조달할 수 있을 것이다.

1. 원고지 사용법

원고지를 사용하는 데에는 일정한 규칙들이 있다. 들여쓰기 등의 단락 규정과 띄어쓰기를 비롯한 문법 규정 등이 이러한 규칙에 속하는데 이를 잘 지켜야 한다. 우선 필요한 규정들을 살펴보고 실제적인 사용의 예들을 제시해 보고자 한다.

1) 한 칸에 한 글자 쓰기

한글 및 한자漢字의 글자 하나는 원고지 한 칸에 해당한다. 덧붙여 문장 부호들 중 물음표(?), 느낌표(!), 줄표(-), 빗금(/), 따옴표, 괄호 등도 각각 한 칸에 해당한다.

다만, 아라비아 숫자와 영문 알파벳 등은 원고지 한 칸에 두 자씩을 쓴다.

❖ **원고지 사용의 예**

하	이	에	나	(	hy	en	a	)	는		식	육	목		엽	견	과	에
속	하	는		짐	승	이	다	.		몸	의		길	이	는		약		70	cm
가	량	이	며		썩	은		고	기	를		먹	는	다	는		통	념	과
는		달	리		먹	이	의		약		90	%	를		직	접		사	냥
하	는		뛰	어	난		사	냥	꾼	이	다	.
	짖	는		소	리	가		흡	사		악	마	의		웃	음	소	리	와
같	다	고		해	서		부	정	적	으	로		많	이		묘	사	된	다	.
하	지	만		우	리	의		선	입	견	과	는		달	리		이	동
물	은		넓	은		행	동		반	경	과		먹	이	의		빠	까	지
으	깰		수		있	는		턱	과		어	금	니	를		지	닌		맹

2) 제목과 이름 쓰기

시작 페이지 첫 줄을 비우고 둘째 줄의 가운데에 제목을 쓴다. 제목이 길어지거나 혹은 부제가 있을 경우, 둘째 줄과 셋째 줄에 겹쳐서 쓰면 된다.

쓰는 사람의 이름은 제목에서 다시 한 줄을 띄우고, 원고지 오른쪽 끝에서 한두 칸을 비우고 쓴다. 이때, 이름 사이를 한 칸씩 띄우는 경우가 있는데, 원칙에서는 벗어나는 것이다. 이렇게 이름을 쓴 다음 다시 한 줄을 띄우고 본문을 시작한다.

본문은 제목이 한 줄일 경우라면 보통 첫 페이지 여섯째 줄에서 시작된다. 한 가지 주의할 점은 논술 시험의 경우, '원고지에 이름과 제목을 쓰지 말 것'이라는 조건이 붙는 것이 대부분이라는 사실이다. 원래는 이렇게 쓰는 것이 정상이지만 별도 표지를 만들거나, 혹은 조건이 제시되어 있을 때에는 그것에 맞게 해야 한다는 점에 유의할 필요가 있다.

☼ 원고지 사용의 예

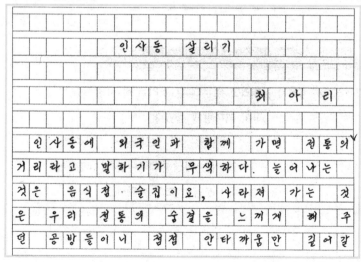

3) 들여쓰기
　　-단락 구분의 표시, 대화, 인용문

　　새로운 단락이 시작하는 첫머리는 왼쪽 한 칸을 띄우고 둘째 칸부터 쓰기를 시작한다. 이것은 단락의 경계를 표시하기 위한 것이다. 또, 한 단락이 끝나면, 그 위치가 어디든 마침표를 찍고 다음 줄로 넘어가 들여쓰기를 하고 새로운 단락을 시작한다.

　　이 경우를 제외하곤 왼쪽 첫째 칸을 비우는 일이 있어선 안 된다. 만일 앞줄 마지막에서 단어가 끝나고 띄어쓰기를 위한 빈칸이 필요할 경우에는, 단어 뒤에 띄어쓰기 부호 'V'를 사용하여 표시를 해주고 다음 줄 첫째 칸을 비우지 않고 글을 이어간다.

　　한편, 직접 대화를 나타내기 위해 겹따옴표로 이어지는 대화 역시 시작에서 들여쓰기를 해 주어야 한다.

〈보기〉 대화의 들여쓰기

　　신부에게까지 들리라고 일부러 큰 소리로 하는 말이었으니, 온 집안에 그 주고받는 수작이 커다랗게 울렸다.

　　"도둑놈이라니? 그럴 리가 있는가? 양상군자梁上君子겠지."

　　"양상군자? 그렇다며언 이는 서생원鼠生員이란 말이렷다아."

　　그러자, 방안에서는 와아 웃음이 터져 나왔다.

최명희, 『혼불』 중에서

　　비록 원고지의 예는 아니지만, 일반 저술에서도 이러한 예들은 쉽게 찾을 수 있다. 조금 넓은 의미에서 본다면 사람이 바뀌어 가며 말을 한다

는 것도 단락이 바뀌는 것으로 인정할 수 있는 것이라 생각할 수 있다.

☼ 원고지 사용의 예

"결국,	나의		천적은		나였던		것이다."		
"우슨		말이야?"							
조병화		詩人의		한	줄	짜리		시를	술
김에		내뱉었더니		주변		친구들이		갑자기	
원	소리나는		표정으로		반문했다.				
	변화해야	카는		세상,	그		세상을		조소
하여	스스로를		힘들게		했던		것은	그	
무엇도,	그		누구도		아닌		바로	나!	그
려!	스스로		족쇄를		채우고서는		억지스		
럽고	완고하게		써	것을		자부하는		사내	

4) 띄어쓰기

띄어쓰기의 원칙에 따라 띄어 쓸 자리는 빈칸으로 처리해 둔다. 다만, 쉼표(,), 마침표(.) 등 비교적 간단한 부호들은 뒤에 띄어쓰기 빈칸을 두지 않는 것이 일반적이다.

5) 부호의 사용

부호 사용에는 다음 두 가지를 주의해야 한다.

첫째, 느낌표와 물음표 등은 칸의 한 가운데에 쓴다. 반면에 괄호나 따옴표("", ' '), 그리고 마침표와 쉼표 등은 칸의 한쪽으로 치우치도록 쓴다.

둘째, 간단한 부호들이 줄의 맨 앞 칸에 놓이지 않도록 주의한다. 빈 칸처럼 보이기 쉽다. 이럴 경우에는 앞줄의 마지막 글자 뒤에 쉼표, 마침표 등은 같이 넣어 처리한다. 작은 따옴표('')나 괄호처럼 두 부호가 한 짝을 이루는 것들 역시 줄의 마지막 칸에서 시작되거나 처음 칸에서 마무리되는 것은 피해야 한다.

그 외 부호들은 줄의 첫 칸에 오는 것을 허용하기는 하지만 될 수 있는 한 피하는 것이 좋다. 피하는 방법으로는 문장의 단어를 좀 다르게 바꾸어 글자 수를 늘리거나 줄이는 수가 있을 수 있다.

2. 교정과 교정 부호

글을 완성하고 난 후에 다시 살피다 보면 언제나 부족함을 느끼는 부분들이 있다. 다시 차분하게 읽다보면 문맥이 어색한 부분이 있고, 생각지도 않은 실수가 있어서 고쳐야 할 부분들이 눈에 띄게 된다. 이처럼 자기 문장의 잘못을 바로 잡는 교정을 위해 반드시 알아야 할 것이 교정 부호들이다.

1) 띄어쓰기 관련 부호

    ① ＞＜ : 줄 사이를 띄울 것

    ② ∨ : 띄울 것

    ③ ⊭ : 띄움 취소

④  : 붙일 것

⑤ : 붙임 취소

☼ 띄어쓰기 부호

교정 부호에 따라 고친 원고를 보이면 다음과 같다.

☼ 띄어쓰기 수정 후

2) 글 혹은 문장 수정(고치기) 관련 부호

① ✐ : 글자 혹은 지정한 부분을 삭제할 것

② ∨ : 수정

③ ∖__⌣ : 지울 것(지운 자리 위에 고쳐 씀)

☼ 수정 및 삭제 부호

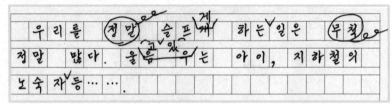

☼ 수정 및 삭제 부호 수정 후

우	리	를		슬	프	게		하	는		일	은		정	말		많	다.
울	고		있	는		아	이	,	지	하	철	의		노	숙	자		등	…
…	.																	

④ ⌒ : 문장의 빠진 부분을 보충할 때

⑤ ∨ : 빠진 글자를 보충할 때

☼ 보충 부호

☼ 보충 부호 수정 후

우	리	는		역	사		바	로		세	우	기	에		노	력	해	야
한	다	.		한		시	대	의		잘	못	을		덮	기	에		급	급	해
서	는		안		될	다	.

3) 문장 혹은 문단 위치 관련 부호

① ∽ : 앞뒤 글자의 위치를 바꿀 것

☼ 위치변경 부호

문	학	을		하	는		사	람	은		먼	저		자	신	에	게
엄	격	해	야		한	다	.

☼ 위치변경 부호 수정 후

학	문	을		하	는		사	람	은		자	신	에	게		먼	저
엄	격	해	야		한	다	.

② ⌐ : 줄을 바꿀 것

☼ 줄바꾸기 부호

필	요	가		있	다	.	새	로		시	작	하	는		모	든		것	에
는		건	강	한		믿	음	이		있	다	.

☼ 줄바꾸기 부호 수정 후

필	요	가		있	다	.								
	새	로		시	작	하	는		모	든		것	에	는		건	강	한
믿	음	이		있	어	야		한	다	.				

③ ⌐┐ : 왼쪽으로 옮길 것

④ ┌⌐ : 오른쪽으로 옮길 것

☼ 보충 부호

| 한 | 민 | 족 | 의 | | 미 | 래 | 를 | | 결 | 정 | 하 | 는 | | 것 | 은 | | 다 | 름 |
| 아 | 닌 | | 정 | 체 | 성 | 에 | | 대 | 한 | | 보 | 존 | 의 | 식 | 이 | 다 | . |

☼ 보충 부호 수정 후

| 한 | | 민 | 족 | 의 | | 미 | 래 | 를 | | 결 | 정 | 하 | 는 | | 것 | 은 | | 다 |
| 름 | 아 | 닌 | | 정 | 체 | 성 | 에 | | 대 | 한 | | 보 | 존 | 의 | 식 | 이 | 다 | . |

⑤ ⌢ : 윗줄에 이을 것

☼ 보충 부호

| 우 | 리 | 가 | | 백 | 의 | 민 | 족 | 이 | 다 | . | | | | |
| 평 | 화 | 를 | | 사 | 랑 | 하 | 는 | | 민 | 족 | 이 | 다 | . |

☼ 보충 부호 수정 후

우	리	가		백	의	민	족	이	다	.	평	화	를		사	랑	하	는	✓
민	족	이	다	.															

　이상에서 간략하게 원고지 사용법과 교정부호에 대하여 살펴보았다. 흔히 1차 교정이라고 하는 맞춤법, 띄어쓰기, 단락 등을 위주로 하였는데 여기에 쓰인 약속과 기호들은 숙지해야 한다. 이 기호와 규칙은 원고지 외에 다른 서식에서도 그대로 적용되기 때문이다.

제3부
글쓰기의 내용과 논리

해 아래 새 것은 없다. 다만, 기존에 있는 것을 새롭게 해석하려는 시도가 있는 것이다.
해 아래 새 것은 없다. 다만, 상관없이 떨어져 있던 사안들을 논리적으로 연결시켜 보려는
끈질긴 사유가 존재하는 것이다.
해 아래 새 것은 없다. 다만, 현재 있는 것을 바탕으로 보다 나은 방향으로 발전시켜 나가기
위한 젊은 투지들의 결실이 있는 것이다.
해 아래 새 것은 없다. 다만, 묻혀 있던 것이 발굴되면서 몰랐던 사실들을 새롭게 인식하는
계기가 마련될 뿐이다.

해 아래 새 것은 없다

—창의성

해 아래 새 것은 없다.There is nothing new under the sun.

이스라엘의 현자賢者로 유명한 솔로몬 왕이 남긴 말 중에 하나이다. 이 말은 다양한 해석을 가능하게 하지만, 글쓰기의 관점에서 본다면 소위 창의성과 연관지을 수 있다.

우리는 위대한 과학자로 뉴턴Newton을 기억한다. 그리고 만유인력과 사과를 기억하고 있다. 그런데 한 가지 간과해서는 안 될 사실이 있다. 뉴턴에게 만유인력을 생각하게 했던 사과는 특별한 것이 아니었다는 것이다. 뉴턴 이전에도 무수한 사과들이 때가 되면 땅으로 떨어지고 있었다. 다만, 뉴턴에게 그 사과가 특별한 이유는 다른 사람이 범상하게 보았던 것을 특별하게 보고자 했던 뉴턴의 사고에 있었던 것이다.

해 아래 새 것은 없다. 다만, 기존에 있는 것을 새롭게 해석하려는 시도가 있는 것이다.

해 아래 새 것은 없다. 다만, 상관없이 떨어져 있던 사안들을 논리적으로 연결시켜 보려는 끈질긴 사유가 존재하는 것이다.

해 아래 새 것은 없다. 다만, 현재 있는 것을 바탕으로 보다 나은 방향으로 발전시켜 나가기 위한 젊은 투지들의 결실이 있는 것이다.

해 아래 새 것은 없다. 다만, 묻혀 있던 것이 발굴되면서 몰랐던 사실들을 새롭게 인식하는 계기가 마련될 뿐이다.

최근에 글쓰기 관련 분야에서는 누구나 입버릇처럼 창의성을 무슨 필수 덕목인 양 부르짖는다. 그렇다면 과연 창의성이란 무엇인가? 열이면 열, 백이면 백이 남과 다른 사고를 가져야 한다고 강조한다. 그러다 보니 오히려 창의성이 스트레스가 되는 사람까지 생겼다.

이런 현실을 감안하고 어떤 방식으로 접근하는 것이 창의적인 사고를 계발하는 데에 도움이 될 수 있을 것인지를 몇 가지로 나누어 제시해 보고자 한다. 논리적인 글쓰기를 중심으로 하는 이 책의 성격상 문학적 상상력의 차원까지 동원하는 것은 문제가 있으므로 그 영역은 혹 예시하는 경우는 있더라도 주된 설명의 줄기에서는 제외시키도록 하겠다.

1. 낯선 것, 새로운 것
－매너리즘mannerism은 가라

현대인들 특히 남을 평가하는 위치에 있는 사람들은 크게 두 부류이다. 그냥 시키는 대로 묵묵히 자기 일에만 충실한 부하 직원을 선호하는 사람, 그리고 새롭게 무언가를 시도해서 자기까지 피곤하게 하는 부하를 오히려 선호하는 사람이다. 점차 시대는 후자를 원하고 있다. 자신이 창의적이지 못한 사람은 상대방의 창의성 역시 인정하지 못한다.

창의성의 본질에는 사고와 방법의 면에서 새로운 길을 모색하기를 요구하는 측면이 있다. 앞서 말한 뉴턴의 사과와 같은 맥락의 이야기이다. 국가 기관이나 많은 회사에서는 상당히 많은 용역비를 지급하면서 연구 과제를 종종 제시한다. 상당히 많은 팀들이 지원을 하지만 과연 어떤 팀들이 뽑힐 수 있을까? 제안서 혹은 연구 계획서를 잘 쓴 팀이 낙점되는 것이 당연하다. 잘 쓴다는 조건에는 여러 가지가 있겠지만 이 안에서 가장 중요한 것이 바로 얼마나 새로운 것인가, 곧 얼마나 창의적인 것인가 하는 점이 될 것이다.

한편, 대학 논술을 비롯하여 자기 소개서 등 여러 실용적인 글쓰기에서도 새로움이 강조된다. 한번 입장을 바꾸어 생각을 해 보자. 지원자가 아닌, 심사를 하는 사람의 입장이라면 거의 비슷한 형식, 틀에 박힌 듯한 내용들로 채워진 수많은 논술 답안이나 자기 소개서를 보다 보면 곧 지치지 않을까? 그러던 중에 무언가 남다른 형식이나 내용을 보게 된다면, 더욱 호감을 가지게 되는 것이 인지상정人之常情일 것이다.

새로움 혹은 낯선 것을 추구하기 위해서는 무엇보다도 일상적 사고에서 벗어나기 위한 시도들이 필요하다. 이러한 시도는 매우 간단하게 시작될 수도 있다.

<보기> 김소월 「진달래꽃」 새롭게 보기

① 현대 여성의 감성으로는 작중 화자를 이해할 수 없다. 갈 거면 그냥 조용히 가면 그만이지, "야, 나 너 보기가 이젠 역겹다."니. 이런 말을 듣고도 "잠시만요"하고는 가서 꽃을 한아름 안고 와 뿌려 줘? 그리곤 울음소리 새 나올까 입술을 깨물고는 턱 근육을 떨고 서 있겠다니. 참 미쳤지. 이런 모습에 인종의 미덕 운운하는 건 참을 수 없다. 「진달래꽃」은 여성의 자존심을 걸고 도무지 사랑할 수 없는 작품이다.

② 작품의 여자는 남자를 어떻게 하면 붙잡아 둘 수 있는 지를 잘 아는 것 같다. 그리고 순간의 분노를 감추고 미래를 도모하는 그녀의 치밀함에 소름이 끼친다. 남자는 울며 매달리는 여자보다 상처를 주었는데도 마지막까지 깔끔하게 보내준 여자를 오래 추억하는 것 같다. 눈물을 참으려 고개는 숙였지만, 어쩔 수 없이 떨렸을 가녀린 어깨를 남자는 오래 기억할 것이다. 그리고 어느 날 자신 앞에 흩어졌던 것과 같은 꽃잎들을 안고 돌아오겠지.

③ 이 작품은 절대 이별의 상황을 그린 것이 아니다. 사랑하는 두 남녀가, 그것도 사랑의 절정에 올라 선 상황에서 말장난 하는 것을 그려 놓은 것이다. 그래야 현실성이 있다.

"이러다가 내가 너 싫다며 떠나면 어쩔 거니? 울고불고 할 거지?"

"울기는 왜 울어. 잘 가라고 차비까지 주고 춤까지 추겠다."

한참 사귀는 연인들 사이에서 오히려 이런 대화가 오가며, 웃음을 나눌 수 있다. 하지만, 정말 헤어지는 사람들 사이에서, 더구나 여자에게 모욕감을 주는 상황에서 시에서처럼 이런 장면이 연출될 수 있다는 것은 지금 우리의 감성으로는 받아들일 수 없다. 그리고 이런 것은 절대 쿨한 이별도 아니다.

우리나라의 중년 이상 연령층에 속하는 이들에게 "아는 시가 있습니까?"라는 질문이나 "좋아하는 시가 있습니까?"라는 질문을 던지면 3명 중 1명이 답으로 이야기하는 「진달래꽃」에 대한 해석이다. 최근 들어 마음에 안 든다는 여성들도 있어서 한번 새로운 해석을 제시해 보았다.

이처럼 평소에 우리가 잘 알고, 쉽게, 범상하게 넘길 수 있는 대상들도 가만히 들여다보면 전혀 새로운 사유의 과제로 다가오는 경우들이 많다. 그것을 찾아서 지하철을 타고 다니는 순간에도 생각해 보고 하는 것이 첫 번째 과제가 될 것이다.

생각해 보기의 예

① 신문 기사는 객관적인가?

② 교과서에 실린 문학 작품들은 모두 훌륭한 작품들인가?

③ 1,000명 남짓을 대상으로 한 여론 조사가 국민 전체의 의견을 대표할 수 있나?

④ 같은 영화를 극장에서 보는 것과 비디오로 보는 것의 차이는 무엇인가?

예로써 신문기사의 객관성을 구체화시키는 질문을 던져 보자. 만일 한 사건에 대한 모든 신문들의 언급 내용이 같다면 우리나라에 그토록 많은 신문사가 필요할까? 간혹 신문의 성향을 두고 비판을 넘어 비난하는 경우도 있는데 신문들이 각각의 특성을 유지한 채, 사건들에 대하여 그 신문만의 관점과 시각을 제시한다면 그것이 과연 잘못일까? 각각의 이데올로기적 성향을 고유의 것으로 삼아 모든 사건을 판단, 보도하는 것에 언론의 기능을 도외시한 무책임한 행동이라고 비난만을 가할 수 있는 일일까?

2. 창의성과 논리성
—논증의 ABC

간혹 창의성 혹은 창의력이라고 하면, 엉뚱하게도 현실성을 외면하고 논리적인 것과는 상관없는 것이라고 생각하는 글들을 보게 된다. 이러한 관점은 철저하게 배격되어야 한다. 적어도 글쓰기와 관련한 창의성이라고 하면, 이러한 점은 인정할 수 없다.

창의적인 사고의 출발은 논리적이어야 한다는 점에 유의해야 한다. 논리적이어야 한다는 것은 곧 비약이 심하거나, 논증이 부족해서 주변 사람들이 이해할 수 없는 의견이라면 엉뚱하게 제기된 객쩍은 농으로 치부되고 만다는 것을 의미한다. 창의성을 설명하는 많은 서책에서 '새로움'을 강조하다 보니, 이를 자칫 오인해서 현실적으로 불가능한 것까지를 창의성이란 말로 다 포장하려는 시도들이 있는데 이는 잘못이다.

창의적인 글쓰기란 것은 결과적으로 창의적인 사고를 할 수 있는 사람이 쓸 수 있는 글이다. 창의적인 사고의 첫째 조건은 당연히 새로움을 추구하는 것이 되어야겠지만, 이 조건 못지않게 중요한 것이 바로 논리적으로 표현할 수 있어야 한다는 점이다. 말이든, 글이든.

흔히 전통적인 논증의 방식으로 연역과 귀납을 든다. 뒤에 다시 글쓰기 전개에서 설명이 되겠지만, 연역은 기존에 일반화되어 있는 전제를 바탕으로 하나의 사실을 더 명료하게 보여 준다는 특징이 있다. 그러므로 그릇된 증명이 아닌 다음에는 연역의 결론은 참Ture으로 판명될 수 있는 충분한 타당성을 가진다.

한편, 귀납의 경우는 새로운 정보를 여럿 제시하면서 결론을 도출해 낸다. 그러나 사례들을 통해 일반화된 결론을 도출해 냈음에도 불구하고 그 결론이 꼭 참이라고 단정하기 어렵다는 한계가 있다. 다만 타당성이 높다, 개연성이 높다는 평가를 받는 정도에 만족해야 한다. 그래서 귀납은 상당 부분은 미지의 것에 대한, 아직 시도하지 않은 것에 대한 논증의 방식이 될 수 있다.

새롭고 유용한 방식 곧 창의적인 방식을 제시하고자 할 때는 중심적인 논증의 방식은 될 수 있는 대로 귀납의 방식을 취하는 것이 좋다. 물론 사안에 따라 달라질 수 있겠지만, 최대한 객관적인 증거와 많은 자료들을 제시하고, 구체성을 확보한 다음 일반화된 결론으로 유도하는 것이 합리적이다.

그러나 우리가 사용하는 대부분의 논증의 방법들을 보면, 철저하게 연역 혹은 귀납의 경계가 결정되어진 예는 드물다. 소위 두 방법이 복합적으로 사용되는 것이 특징이다. 다만 전체 논의를 중심으로 어느 쪽에 더 비중을 두었는가에 차이가 있을 뿐이다.

3. 창의성은 심사숙고의 결과

창의성은 기발한 것, 새로운 것이긴 하다. 그러나 이러한 것이 하루 아침에 아무 지식 토대가 없는 사람에게서 불쑥 나올 수는 없다. 평소에 해당 분야에 대해 꾸준한 상식이나 지식을 습득하고, 적절하게 응용할 수 있는 사고의 방법을 터득한 사람에게서만 나올 수 있는 것이다.

앞서 '뉴턴의 사과'를 언급했지만, 아무도 뉴턴이 사과 하나에서 만유인력을 바로 유도해 냈을 것이라고는 생각지 않을 것이다. 그 일화 자체도 사실 여부가 분명치 않다고 한다. 하지만, 분명한 것은 사과가 아래로 떨어지는 현장을 보고 만유인력을 생각할 정도의 물리학적 기초와 사고가 뉴턴에게 있었기에 모든 것이 가능했다는 점이다.

이처럼 창의성에서 비롯되는 새로움, 낯섦에는 기본적인 소양을 바탕으로 한 심사숙고가 전제되어야 한다. 이러한 점들은 우선 글을 읽는 사람에게 호감을 느끼게 하고, 무언가 유용한 정보를 얻었다는 만족감을 제공할 수 있다. 쓰는 사람, 혹은 정보 제공자의 입장에서 본다면 작은 것 하나를 치밀하게 사유한 결과, 상대방 설득의 효과를 더욱 높일 수 있다.

한 예를 들어보자.

데보라 태넌Deborah Tannen이라는 미국의 저명한 언어학자이자 저술가가 있다. 그녀는 특히 남녀의 대화 방식의 차이에 대해 관심이 많은데, 저서 중 매우 유명한 것으로 『You Just Don't Understand』라는 제목의 책이 있다. 그런데 이 책이 우리나라에서 여러 차례 번역 출간되었는데 처음의 제목은 "당신은 절대 이해할 수 없어요."였다. 그대로 직역한 것이다. 그리고 얼마 전 다시 다른 역자에 의해서 번역 출간되었는데 그때의 제목은 "남자를 토라지게 하는 말, 여자를 화나게 하는 말"이었다.

똑 같은 책이었지만, 후자는 제목을 정할 때 원제와 같아야 한다는 인식을 버리고 책 전체 내용에서 전하고자 하는 메시지를 가장 간요하게 전할 수 있으면 된다는 의식이 엿보인다. 또 하나 그냥 넘기지 않아야 할 부분은 보통 "토라지는 것은 여성, 화내는 것은 남성"으로 생각하는 것이 일반적이다. 그런데 이 제목은 감성 표출의 성적性的 경계를 바꾸어 놓았다.

이 두 번역서 중 어떤 책이 더 많은 관심을 끌어냈을까? 그리고 어떤 책이 더 많이 팔렸을까?

해 아래 새 것은 없다! 그렇다고 해서 모든 것들이 다 드러나 있지는 않다. 아직도 우리를 놀라게 하고 경탄하게 할 수 있는 사실들이 깊은 곳에서 숨을 죽인 채로 기다리고 있을 뿐이다.

예상 못한 질문이란 없다

하나의 제재를 던져주고 글을 써 보라고 하면, 진지하게 구상하는 모습을 찾긴 어렵고 웅성웅성하며 불만에 찬 모습들은 쉽게 눈에 띈다. 최근 들어 소위 '뜨거운 감자' 취급을 받는 논제는 물론이고 오랫동안 우리 사회에서 쟁점화 되어 왔던 문제들 역시도 너무 어렵다, 쓸 말이 안 떠오른다는 취급을 받는다.

처음에는 글쓰기에 익숙하지 않아서 그런 것이리라 생각했다가 곧 지나치게 관대하게 평가한 것임을 알 수 있었다. 이러한 반응의 원인은 당사자들이 주변이나 자신의 일에 워낙 관심이 없음에서 비롯된다는 것임을 곧 확인할 수 있었기 때문이다.

21세기를 정보화 시대라고 한다. 이 말에는 정보 산업으로의 발달을 의미하기 이전에 정보 공급 및 수요가 확대되어 그야말로 정보의 홍수 속에 살게 된 현대인들의 삶의 행태를 단적으로 언급한 말이다. 많은 정보량을 감당하기 위해 매체 역시 다양화 되었고, 그 결과 다양성을 수용하는 태도가 중시되는 시대가 되었다.

좋은 글쓰기를 위해서는 주제에 걸맞은 여러 다양한 소재들을 발굴하여 이들을 내용 속에 융합시킬 수 있어야 한다. 소위 풍부한 쓸거리들이 평소에 저장되어 있어야 한다는 것인데 그러기 위해서는 몇 가지 절차들이 필요하다.

1. 자신에게서 소재 찾기

글쓰기 관련된 책에서 참 이상한 내용들도 많이 있다고 의구심을 가질 수 있는 제목이다. 그러나 우선적으로 글의 내용을 이어가기 위한 1차적 훈련 방법으로 이것만큼 쉬우면서도 실용적인 것은 없다고 생각한다.

면접을 보고 나온 후, 난 데 없는 질문을 받고 당황했었다는 말을 종종 듣는다. 그런데, 그 질문이라는 것이 시사 상식, 장래 희망, 회사 입사 후의 각오, 입사 후 지망 부서, 전공 관련 지식 등과 관련된 것이 아니다. 묘하게도 면접을 보러 간 사람을 당황하게 하는 질문이란 것이 바로 본인과 관련된 질문일 경우가 대부분이다.

〈보기〉 개별 면접의 예

면접관 : 식성이 까다로운 편인가요?

지원자 : 예?

면접관 : 음식을 가리는 편이냐구요?

지원자 : 아, 예. 가리지 않고 잘 먹는 편입니다.

> 면접관 : 그래요? 그럼 동남아 지역에 파견 근무를 나가도 잘 지낼 수
> 있겠습니까?
> 지원자 : 예? 아, 예.

위의 예 같은 경우는 처음 질문이 단도직입적으로 시작되었다면 충분히 당황할 소지가 있을 법도 하다. 이러한 사례들 외에도 쉽게 묻는 예들로 취미, 특기 등에 대한 질문에도 당황하는 예들을 본 적이 있다. 그런데, 이 질문들은 결코 단답형이 아니다.

> 〈보기〉 취미 관련의 질문
> 면접관 : 영화 좋아하세요?
> 지원자 : 예, 좋아합니다.
> 면접관 : 최근에 본 영화 중에 감명 깊었던 작품을 든다면요?
> 지원자 : 〈투모로우〉를 들겠습니다.
> 면접관 : 어떤 이유에서죠?
> 지원자 : …….

이런 식으로 충분히 논의를 발전시켜 나갈 수 있는 것이 바로 자신과 관련된 정보들이다. 이러한 정보들은 어떤 의미에서 꿰어지지 않은 구슬이라 할 수 있다. 주제를 스스로 정해두고 지하철 이동 시간 등을 통해서 정리를 할 수 있다는 점에서 시간도 절약할 수 있다. 물론 단답형으로 해결해서는 안 된다는 전제가 뒤따르지만 말이다.

※ 쓸거리 준비1 : 나의 장·단점 찾기

1. 내 성격의 장점은?(단점)
2. 내 화술의 장점은?(단점)
3. 내 사고 방식의 장점은?(단점)
4. 내 대인 관계의 장점은?(단점)
5. 내 생활 방식의 장점은?(단점)
6. 내 외모의 장점은?(단점)
7. 이성 관계에서 내 장점은?(단점)

※ 쓸 거리 준비2 : 내 취향 알기

풀어가는 방법은 답을 말하고, 좋아하는 이유, 좋아하게 된 계기 등을 함께 이어서 생각해 보도록 한다.

1. 나의 취미는?
2. 나의 특기는?
3. 내 기억에 가장 남는 책은?
4. 내가 가장 좋아하는 음식은?
5. 내가 가장 좋아하는 영화는?
6. 내가 가장 좋아하는 연극은?
7. 내가 가장 좋아하는 노래는?
8. 내가 가장 좋아하는 예술가는?
9. 내가 가장 좋아하는 친구는?
10. 내가 가장 가보고 싶은 곳은?

위에서 제시한 쓸거리들에 대해 생각하다 보면 여러 가지 면에서 장점이 있다.

첫째, 자신과 관련된 현재 상태를 충분히 정리하고 생각해 둘 수 있다.

둘째, 유사한 문제들에 대해 언제든 대답할 수 있는 소재들을 충분히 확보해 둘 수 있다. 셋째, 스스로에게 질문을 던지면서 모자라는 부분에 대해 보충하다 보면 교양 확보가 이루어질 수도 있다.

한편 버리기 아까운 대답들에 대해 메모해 두는 것도 좋다. 자신의 장점과 단점을 신중하게 생각하다 보면, 장점으로 양자택일하기 아쉬운 것들이 물망에 떠오르는 경우도 있을 것이다. 이럴 때에는 아쉬운 대로 하나를 택해야 하지만 다른 쪽 역시 버리지 말고 자신의 중요한 장점으로 함께 기억 속에 남겨 두는 것도 좋다는 것이다.

이런 과정들은 단순히 여기서 예시한 몇 가지로 끝날 수 있는 것이 아니다. 여러 다양한 방향으로 자기 자신의 문제와 현재를 점검해 보고, 이를 통해 글쓰기 재료를 비축해 두는 방법을 익힐 수 있다면 그야말로 일석이조의 효과를 얻을 수 있는 것이 된다.

2. 다양한 소재 발굴

"옛 것을 익혀 새 것을 안다"溫故而知新는 옛말이 새삼 절실하게 다가온다. 글을 잘 쓰려면 오직 "많이 읽고, 많이 쓰고, 많이 생각하라."多讀, 多作, 多商量는 말이 하나도 틀린 데가 없기 때문이다. 말은 조금씩 다르게 쓰고 있지만, 결국 주장하고 있는 것들을 축약해 보면 결국 이 세 가지로 모이게 되어 있다.

언제인가 논술이라는 것이 갑자기 우리 사회에서 중요한 화두가 되면서, 논리적으로 글을 쓰기 위해서는 논리적인 사고가 필요하고, 그러기 위해서는 논리적인 글을 많이 읽어야 하며, 그러한 방편으로 신문의 사설, 어떤 책 운운 하는 것들도 따지고 보면 다 범주만 축소되었을 뿐 많이 읽고, 많이 생각하고, 많이 써 보라는 것에서 벗어나지 않는다.

이유 역시 단순하다. 아무리 좋은 주제를 찾아 글을 쓰려고 해도 그것을 올바로 분석하고 비판할 능력이 없다면 소용없는 것 아닌가?

그러나 단순히 "무언가를 다양하게 많이 읽고, 많이 써 보라!"는 말을 하기 위해서라면 많은 분량을 들여가며 글을 써야 할 필요가 없다. 여기서 중시해야 할 것은 평소에 읽는 글을 어떻게 자신의 잠재의식 속에 가두었다가 적절한 시기에 활용할 수 있을까는 유용성의 측면이다.

대부분 생활 관련 문제를 다룬 신문의 사설, 기사들을 많이 읽을 것과 책을 많이 읽고 TV 토론과 같은 모범적인 토론 프로그램을 자주 볼 것 등을 예외 없이 강조하고 있다. 여기서도 이 부분들을 살피기는 하되 조금 다른 차원에서 보는 방법들을 생각해 보기로 한다.

1) 언론도 나름의 시각이 있다
−신문 읽기

최근 들어 공정한 정보 제공의 매개체가 되어야 할 언론이 서로의 공정성에 대해 문제를 제기하고 있다. 무슨 대화를 하다가도 "야, 아침 신문에서 내가 분명히 봤어!"라고 말하면, 주변을 평정할 수 있던 시대는 아무래도 과거가 된 모양이다

언론들 사이에서도 보수와 진보를 따져가며 서로 다툼을 벌이고, 심

지어 기사 하나의 내용을 놓고도 과장했다, 왜곡했다는 식의 비난을 서슴지 않는 걸 보면 독자, 시청자의 입장에서는 매우 신중해질 필요를 느끼게 된다.

이러한 시대에 무조건 논리적인 글이므로 신문의 사설을 열심히 읽으라고 권하는 것은 무리가 있다. 자칫 자신의 집에서 혹은 직장에서 주로 보는 신문이 무엇인가에 따라 그 사람의 시각은 조선일보적 시각, 중앙일보적 시각, 동아일보적 시각, 한겨레신문적 시각 등으로 고정되어 버릴 위험이 충분히 있기 때문이다.

논리나 구성으로 보면 모든 신문의 사설은 매우 잘된 글임에는 틀림이 없다. 그러나 한 걸음 더 나아가 균형 잡힌 시각을 갖추기 위해서는 서로 상반되는 입장을 보이는 글들을 최대한 많이 접해 보는 것이 좋다.

아래 예는 같은 날에 발간된 신문들의 사설들을 각각 인용한 것이다.

〈보기〉 신문 사설에서 보이는 견해 차이

(1) 신문 A 사설 제목 : 논리적 근거 없는 '사법부 위기론'

현직 법원장이 외부 세력이 법원에 입김을 미치고 있다며 '사법부 위기론'을 제기해 논란이 되고 있다. 현 서울중앙지법원장은 "개혁성과 진보를 내세운 정치권과 시민사회단체 의견이 법원에 영향력을 미치는 상황은 사법부의 심각한 위기"라며 대법관 인선 절차와 일부 법원 판결의 공정성을 비판했다. 하지만 그의 주장은 논리적 근거가 없고 시대 흐름에 역행하는 것이다. 사법관료제에 젖어 있는 법원 일각의 정서를 드러낸 것일 뿐이다.

그런데도 일부 언론이 그의 주장을 여과 없이 싣고 뻥튀기함으로써 잘못 부풀려지고 있다.

우리 대법원은 연공서열식 관료제를 벗어나지 못해 보수성향 일색이라는 비판이 사법 개혁의 요체다. 지난 해 대법관 인선 때 이런 요구가 받아들여지지 않자 소장판사들이 집단적으로 의견을 내는 사태까지 빚어졌다. 그 이후 대법원은 사법개혁위원회의 건의를 받아들여 6명이던 대법관후보 제청자문위원회에 개혁적 성향의 외부 인사 3명을 추가한 것이다. 사회 변화를 수용하고 국민의 신뢰를 높이려는 취지임은 물론이다.

발언자는 시민단체의 의견이 걸러지지 않으면 대법관 인사가 파행으로 갈 수밖에 없다고 주장했는데, 이는 사법개혁 노력을 폄하한 것이다. 김 부장판사가 대법관으로 제청된 이번 인선에서 무엇이 파행인지 묻고 싶다. 그는 또 진보적 시민단체들이 법원에 미치는 영향력이 커지는 환경에서는 법원의 공정성이 위기에 처할 수 있다고 주장했다. 법관은 어떤 법적 견해를 밝히든 신분이 보장되고 여론으로부터 독립해 재판을 한다. 우리는 재판부가 외부 단체에 휘둘려 전향적 판결을 내렸다고는 생각하지 않는다.

그의 발언에서 실체가 분명한 것은 '연공서열제의 위기'이다. 그런데도 일부 언론이 마치 사법부 전체가 외부 세력의 입김에 휘둘려 위기에 처한 것처럼 본질을 왜곡하는 것은 유감이다.(2004.7.29)

(2) 신문 B 사설 제목 : 외부 세력 영향력에 사법부가 위기

현직 법원장이 대법관 임명 제청 절차의 문제점을 제기하면서 외부 세력이 법원에 영향을 미치고 있다고 주장해 충격을 주고 있다. 최근 대법원에 사의를 밝힌 이 법관이 "개혁성과 진보를 내세운 정치권과 시민사회단체 의견이 법원에 영향력을 미치는 상황은 사법부의 심각한 위기"라고 지적한 것이다.

법원이 외부의 특정 세력으로부터 영향을 받는다면 이는 심각한 문제다. 사법부는 민주주의와 법을 수호하는 최후의 보루이자 법과 양심에 따라서만 판단을 내려야 하기 때문이다. 대법관 인선도 마찬가지다. 인선 과정에선 투명성과 객관성을 높이기 위해 자문기구를 둬 외부 의견을 청취할 수 있을 것이다. 그러나 그것이 '개혁성', '진보적 성향' 등 특정 성향의 인물로 인선을 제한하는 결과가 된다면 위험하다.

'법관의 꽃'이라고 불리는 대법관 인선에서 특정 이념 성향이 절대적인 평가 기준이 된다면 그 결과가 어떻게 될 것인가. 법관들은 묵묵히 일하기보다는 적당한 때 변호사로 개업해 경제적 안정을 누리면서 시민단체 등과 보조를 맞춰 진보적이란 평판을 얻은 뒤 법원으로 복귀하려 할 것이다. 법원에 남아있다 하더라도 시류에 영합하는 판결을 내릴 수도 있다. 지금 지적대로 진보 혹은 보수적 소신이 재판에 영향을 미쳐 승소할 사람이 패소하고 징역 살 사람이 풀려난다면 그 사법부를 누가 믿겠는가.

우리는 이 법관의 지적이 사법부 개혁 방식이나 목표를 둘러싼 법원 안팎의 우려와도 무관하지 않다고 본다. 대법원 구성 등과 관련해 벌써 사법부 수뇌부가 특정 성향의 인물들로 채워질 것이란 소문이 나돌고 있기 때문이다. 이런 소문은 대통령 임기 중 대법원장을 포함한 대법관 14명 가운데 13명이 교체되는 것에 근거하고 있다.

사법 개혁의 목표가 사법부 수뇌부를 코드에 맞는 인사로 교체하는 것이어선 안 된다. 사법부는 이념과 권력, 심지어 여론까지도 뛰어넘어 독자적인 영역을 가져야 한다.(2004.7.29)

위에 제시된 것처럼 하나의 문제를 놓고 두 신문이 보인 입장은 정반대이다. 이러한 대립의 예들은 특히 정치와 관련된 사안일수록 더욱 첨예하게 나타나는데, 어느 하나만을 일방적으로 옳다고 평가하기도 어렵다. 그런 면에서 이런 글들을 하루에 한두 편씩만 읽어도 토론에 대한 방식이나, 논증 및 논술의 일반적 방식에 대하여 많은 도움을 얻을 수 있다. 그리고 아울러 자기 자신의 지식 습득에도 도움이 될 수 있다.

아래의 보기를 통하여 신문 읽기의 효율성을 높이는 과제를 구성해 보았다. 신문 읽기를 통하여 글쓰기의 소재들을 구하고, 동시에 상반된 입장들을 확인해 보기 위한 방편으로 다음과 같은 예들을 제시해 보았다.

〈보기〉 신문 읽기

① 같은 날에 발간된 여러 신문의 만평들을 비교해 보고, 동일한 사안에 대해서 어떤 판단들이 숨겨져 있는지 확인해 본다. 이러한 비교들의 결과들이 과연 우리가 일반적으로 알고 있는 상식과 항상 일치하는지 동시에 확인해 본다.

② 모든 신문의 1면 기사 제목이 조금씩 차이를 보이거나, 심지어는 아예 다른 날도 있다. 신문을 다 보지 않더라도 1면 기사 구성 방식에 따라 그 신문의 성향도 짐작할 수 있다고 한다. 가판에 진열된 신문들을 유심히 보면서 신문들을 살펴보고, 각 신문의 특징을 분석해 보자.

2) TV 토론 프로그램 시청
─타산지석他山之石과 아전인수我田引水 가리기

논리적으로 말하고 사고하는 방법을 배우기 위한 방법으로 많이 권하고 있는 것이 TV 토론 프로그램의 시청이다. 하지만 단순히 보는 것만으로 우리가 목적하는 것을 이룰 수 있을 것인지에 대해서는 의문이 생긴다. 아직 한번도 본 경험이 없는 사람이라면 모르겠지만, 그래도 관심이 있어서 한두 번 정도 본 사람들이라면 다음 문제들에 대해 생각을 해 보았을 것이다.

> TV 토론 프로그램을 어떻게 정의할 수 있을까?
> 그 날 토론의 성향에 가장 많은 영향을 미치는 요인은 무엇일까?
> 그날의 주제, 사회자, 패널들, 기타 등등……

그냥 보는 토론 프로는 아무 의미가 없다고 생각한다. 실제로 제대로 논의가 진행되어야 될 시점인데도 같은 말이 반복되는가 하면, 빈번하게 논점 일탈의 오류가 일어나고 심지어는 절대 피해야 할 인신공격까지 벌어지곤 하는 현장이니 말이다. 같은 예라도 누가 쓰느냐에 따라 타산지석의 교훈이 될 수도 있고, 아전인수의 궤변이 될 수도 있다.

> 만일 토론자로 참석한 사람들의 면면을 본다면 그 날의 토론이 어떠할 것인가를 예견할 수 있을까?

만일 서로 입장을 달리 하는 정당에서 국회의원이 각각 한 명씩 나와서 찬반의 입장으로 갈라져 앉아 있는 논제를 생각해 보자. 그리고 거기에 학자들 한 명씩, 여기에 정부 입장을 대변하는 공무원 한 명과 시민단체에서 역시 한 명이 서로 나와 앉아 있는 시간을 생각해 보자. 이 토론에서 우리가 생각하는 합의가 도출될 가능성은 얼마나 될까? 그리고 이 중에서 단체의 의견이 아닌 자신의 의견을 확실하게 말할 수 있는 사람은 누구일까?

국회의원들은 아무리 자신이 하고 싶은 말, 혹은 자기 내부에서 꿈틀거리는 말이 있더라도 마지막에서는 삼켜야 한다는 한계가 있다. 왜냐하면 일단 대중 앞에 노출되면 자신만의 문제가 아니라 소속된 정당의 입장까지 고려해서 발언해야 한다는 한계를 가지고 있기 때문이다. 간혹, "이것은 제 개인의 견해임을 전제로 말씀을 드립니다만……."하고는 말을 꺼내는 경우도 있는데 전체 논의 전개에 크게 영향을 미치는 예는 거의 없다.

일부 학자들의 경우는 지나친 일반화를 시도하거나, 연역적 결론 도출을 시도하려는 것들로 인해 간혹 결론을 왜곡하는 경우가 있음을 잊어서는 안 된다. 흔히들 '무지와 권위에 호소하는 오류'라 일컫는 논리의 왜곡 방식들이 간혹 눈에 띈다. 즉, 현실 문제의 인과 관계 분석을 우선하는 것이 아니라 저명한 학자의 이론이나 외국의 사례 등을 장황하게 늘어놓고 이를 바탕으로 자신의 관점을 정당화하려고 한다.

고위 공무원들이 나오면 대체로 성실하게 소속 부처의 입장을 전달한다. 그렇지만 자신만의 의견을 말할 수 없다는 한계가 있다. 토론자가 대체로 결정권이 없기 때문에, 다른 토론자들과 함께 논제와 관련하여 방향 개선에 대한 자신의 입장을 밝히기는 어렵다. 오직 현재 정해져 있는 부처의 입장, 계획 등의 정당성과 합리성 등을 알리기에 최선을 다하는 수밖에 없어서 대국민 홍보 및 반발 세력 잠재우기식 논리 펴기에 급급한 편이다.

한편 시민단체에서의 참석자는 시민단체의 성향이 어느 쪽이냐에 따라 많이 달라지는 편이지만 대체로 자신이 하고 싶은 말을 다 하는 편이다. 특히 비판적인 시각을 많이 가지고 있으며 해당 문제에 대한 자료 준비도 가장 충실하며 의견 제시도 가장 활발한 축에 든다.

이런 특징들을 가진 참석자들이라면 상당히 말꼬리를 잡으며 혼선을 가중시킬 가능성이 높다. 공격을 받을 가능성이 높은 사람은 참석한 사람들 가운데 공무원으로 나선 사람이며, 이 사람이 발표한 전체 계획 중 일부 내용을 중심으로 극히 미시적인 관점에서 논의가 전개될 가능성이 높다.

한 예로 한 동안 문제가 되었던 수도 이전 관련 토론에서, 핵심 쟁점은 다른 것이었는데 토론 시간의 대부분은 예상 이전 비용이 얼마나 되느냐를 가지고 다투는 것이었다. 상식적으로 생각해 보아도 이 문제는 토론을 한다고 해서 정확한 답이 나올 수 있는 것도 아니고 절충이 될 수 있는 것이 아니다. 차라리 이 시간에 수도 이전의 당위성과 관련된 논의가 좀더 진행되었으면 하는 아쉬움이 있었는데, 참석자마다 이런저런 자료들을 꺼내 놓으면서 카메라를 비춰달라고 요구하고 시간을 허비했다.

이런 토론을 보면서, 또 자칫 논쟁과 토론을 동일한 것으로 볼까 두렵다. 토론도 말로 하는 논술이다. 그래서 되도록 상대방과 타협점을 찾을 수 있도록 해야 하는데 그러기 위해 지켜야 할 몇 가지 수칙들이 있다.

☼ 원활한 토론을 위한 수칙

- 사회자의 진행에 잘 따른다.
- 자신의 발언 차례와 시간을 준수한다.
- 상대방의 발언을 주의 깊게 듣는다.
  - 상대방의 발언 시에 코웃음, 비웃음, 딴청피우기, 머리 흔들기 등을 하지 않는다.
- 상대방 발언 중 질문이나 필요한 사항은 꼭 메모해 둔다.
- 발언 중간에 끼어들지 않는다.
- "잘못 알아들으셨군요."식의 말로 감정을 건드리지 않는다.
- 필요 이상으로 언성을 높이지 않는다.
- 이미 지나간 이야기는 하지 않는다.
- 주제와 상관없는 이야기는 하지 않는다.

이런 것들을 주로 원활한 진행과 상대방에 대한 예의와 관련된 수칙들이다. 이 점들을 잘 기억하고 있다가 했던 말을 조금 확대해서 반복하는 사람은 없는지, 상대방이 했던 말을 꼬투리 삼아 논제와 관련 없는 다른 이야기를 끄집어내는 사람은 없는지를 관찰해 보는 것도 필요하다.

토론 프로그램을 볼 때는 상대 패널이 한 말이 무엇이었는지를 기억했다가 자신의 차례에 그 말에 합당한 발언을 하는 사람이 그 토론에 충실하다는 점을 명심해야 한다. 그리고 사회자가 지정해 준 토론의 과제에 대해 충실하게 발언하는 사람을 우선 인정해 주어야 한다. 그런 다음에 그 사람이 제시한 주장과 이를 뒷받침하는 근거들이 얼마나 합리적이고 논리적인지를 생각해 보아야 한다.

이상에서 지적한 내용들을 생각하지 않고 무조건 토론을 보고 그 토론의 장점을 취하겠다고 하는 것에는 언제나 무리가 따를 수밖에 없다.

☼ 토론 시청의 좋은 방법

1. 토론 주제에 대해 미리 조사한다.
2. 토론 주제에 대한 자신의 입장을 정한다.(찬반)
3. 토론 참석자들의 문제점들을 지적해 본다.
4. 토론 중 제시된 각 주장의 중요한 논증들을 확인해 둔다.
5. 최종적으로 상대적인 입장에 있는 패널을 설득할 만한 논거를 스스로 제시해 본다.
6. 토론이 일정 부분에서 지지부진했다면 이유가 어디에 있었는지 확인해 본다.
7. 각 패널의 주장 중 오류들을 지적해 본다.

3) 책 읽기

책 읽기는 여전히 기본적인 교양 취득의 방법이 될 수밖에 없다.

가장 꾸준하고 가장 오래 남을 수 있는 것이 서적이라는 점에서 더욱 그러하다. 신문은 오늘 보고나면 바로 내일 버리게 되는 것이 보통이지만, 책은 오늘 다 보았더라도 버리게 되는 예는 거의 없다. 책꽂이에 잘 꽂아두고 그 책을 다 읽은 자신에 대해 뿌듯해 하며 바라보는 경우가 더 많을 것이다.

책을 볼 때, 깨끗하게 봐야 한다는 것은 더 이상 의미가 없다. 책에서 자신이 필요한 부분에는 최대한 밑줄, 메모, 의문 부호 등이 남겨져 있는 것이 좋다. 그리고 이러한 것들을 바탕으로 앞에서 보인 감상문 노트에 몇 가지 기록들을 남겨 두면 차후에 여러 모로 도움이 될 수 있다.

〈보기〉 독서 방법의 한 예

1. 읽는 날짜를 곳곳에 남겨 둔다.
2. 중요한 부분은 밑줄을 긋는다.
3. 책의 가장자리에 나름의 느낌, 혹은 의문 등을 적어둔다.
4. 발췌, 인용이 가능한 축약된 어구는 따로 표시해 둔다.
5. 모르는 단어가 나오면 지체 없이 사전을 찾아본다. 특히, 영문 약자로 된 것들은 반드시 그 원형을 알아내어 외워 둔다.
6. 다 읽고 난 다음에는 책과 관련된 전체 느낌, 다 읽은 후의 소감 등을 적어둔다.

특히 위의 보기에서 유의해야 할 사항은 모르는 단어 혹은 영문 약자로 된 것이 나왔을 때이다. 이 경우 많이 들었거나 문맥상으로 익혀서 실제 정확한 뜻을 모르고 사용하는 사람들을 종종 볼 수 있다. 그러다가 질문을 당해 낭패를 겪는 예들도 더러 있다는 점을 고려해서 각별히 이런 점들에 주의를 기울여야 할 것이다.

한편, 많은 사람들에게서 언급되는 책들은 한번쯤 읽어보는 것도 좋을 것이라는 생각이다. 예를 들면, 에리히 프롬의 『소유냐, 존재냐』, E. H. 카의 『역사란 무엇인가』, 루스 베네딕트의 『국화와 칼』, 앨빈 토플러의 『제3의 물결』 등이다.

만일, 『역사란 무엇인가』를 읽었을 경우, 단순히 그 책을 읽은 것으로 끝난다면 아무 의미가 없다. 최근에도 역사 문제로 한참 국내외로 문제가 제기되고 있는 와중에 역사 서술의 방법론을 중시한 비판적 역사 철학을 접할 수 있는 이 책의 내용들이 계속 인용되고 있다. 역사는 과연 역사가와 사실 사이의 끝없는 상호작용이면서 동시에 과거와 현재의 부단한 대화인지에 대한 문제를 이 책을 통해 확인할 수 있는 지가 관건이 되어야 한다.

다음으로 권하고 싶은 방법은 책의 내용을 보고 칭찬하는 습관을 가져 보는 것이다. 곧 긍정적인 방향에서 글을 평가해 보라는 것이다. 이 방법은 일차적인 내용 평가에서 곧잘 적용되는 것이며, 특히 독후감상문 기술의 전반부를 구성하는 내용이라 할 수 있다. 무조건 작품의 문제를 중심으로 비판하기 이전에 글 내용을 수용하는 과정을 거치는 것이 유용하다.

〈보기〉 80일간의 세계 일주 – 긍정적으로 독서하기

유소년기에 쥘 베른(Jules Verne)의 『80일간의 세계 일주』를 읽어 본 기억이 있을 것이다. 현대의 시각으로 본다면 특별히 흥미를 끌 만한 부분이 없는 작품일 수도 있다. 하지만 작가가 이미 한 세기 전의 인물인 것을 고려해 본다면 작품 내에서 보여준 상상력과 논리적 근거들은 경이롭고 감탄스러운 지경이다.

무엇이 이 작품의 매력일까? 주인공 필리어스 포그의 냉철하면서 치밀한 성격, 여행 과정에서 보이는 다양한 문화의 수용과 서술 방식, 선박이나 기차 등의 교통편 시각을 맞추기 위한 등장인물들의 노력, 포그를 은행 강도로 오인한 형사의 추적 등 작품 전체에서 다채로운 자극들이 독자들에게 다가온다. 그리고 이를 바탕으로 전개되는 여행 일정 속의 다양한 문화필력筆力은 흡사 작가가 실제로 여행을 다녀온 것이 아니었을까 하고 의심해 보고 싶을 정도로 수준이 높다.

그러나 이러한 보고와 치밀함으로만 구성되었다면 과연 이 작품이 지금까지 어린이들에게 추천을 하고 싶은 작품이며 어른들에게 재미있게, 감명 깊게 읽었던 작품의 자리에 놓일 수 있을까? 정확하고 냉철한 포그의 성격에 깃든 한 여인에 대한 따뜻한 열정, 문명의 이기인 열차가 달리는 들판에서 갑자기 말을 타고 덤벼드는 인디언들의 등장, 그리고 시차에 의한 최후의 반전 등 서로 어우러지기 어려운 요소들이 비빔밥처럼 뭉쳐진 듯한 매력이 없었다면 이 작품은 우선 재미가 없었을 것이다.

이러한 긍정적인 평가는 작품들에 대한 비현실성에 몰입하여 혹평으로 이끄는 입장보다는 작품의 시대와 인물상과 상상력 등을 수용할 수 있다는 이점이 있다.

책을 읽더라도 무엇을 위해 읽었는지를 명확히 해야 할 필요가 있다. 그러기 위해서는 책 제목과 저자만을 기억하는 독서가 아니기 위한 나름의 독서법을 개발해야 한다. 매일 억지스러운 독후감만을 쓸 것이 아니라 그 글의 특성에 맞게 정리하고 요약하는 방법도 취해 봄이 좋을 듯하다. 소위 짧은 형태의 독서노트를 개발하여 그 형식에 맞게 책 한 권, 단편소설 한 편, 시 한 편을 고루 실어 놓을 수 있다면 이후에도 도움이 되거니와 글쓰기에서도 적절한 소재 역할을 해 줄 수 있을 것이다.

논리와 오류

논리나 그 논리를 뒷받침하는 수사학은 언제, 어디에서 시작된 것일까?

많은 학자들은 고대 그리스의 시칠리아 섬이 바로 수사학의 요람이라고 말한다. 기원전 5세기에 겔론과 히에론에 의해 토지 공유화가 단행되었다. 이로 인해 많은 사람들이 억울하게 토지를 빼앗기게 되는데 다시 민주주의 봉기가 일어나 원래 상태대로 복원되는 계기가 생기면서 많은 소송이 일어나게 되었다. 이 소송에는 많은 배심원들이 동원되었는데 이들을 설득하기 위해서는 충분한 언변과 논리가 필요했고, 이것이 바로 수사학과 논리의 필요성이 대두된 계기가 되었다고 한다. 당연히 누가 논리적으로 말을 잘 하느냐에 따라 다시 돌려받는 토지의 양의 달라졌다고 한다.

이처럼 말을 꾸미는 수사적 논리 역시 누군가를 설득하기 위한 것에서 출발한 것이었다고 보아도 무관한 것으로 보인다.

글쓰기, 말하기 등의 표현에서 가장 중시되는 논리는 역시 인과 관계를 얼마나 정확하게 표현하는 것인가에 있다. 이를 드러내기 위하여 주로 사용하는 방법에 소위 연역법과 귀납법이 있는데, 이 두 가지에 대하여 우선적으로 살펴보기로 한다.

1. 연역과 귀납

연역은 일반적인 원리를 바탕으로 개별적이거나 특수한 사실, 원리를 이끌어 내는 논증의 방법을 말한다. 여기에 반하여 귀납은 특수한 사실들이나 개별적인 현상들을 여럿 모아서 일반적인 원리를 추출해 내는 논증의 방법이다. 그냥 서로 뒤집어 놓으면 될 것 같으면서도 자세히 들여다보면 단순히 그렇지 않다는 것을 알 수 있다.

〈보기〉 연역과 귀납의 비교

(1) 연역의 결론 도출

(대)전제 : 모든 사람은 죽는다.

(소)전제 : 공주는 사람이다.

결론 : 그러므로, 공주는 죽는다.

(2) 귀납의 결론 도출(1)

전제1 : 공주는 죽는다.

전제2 : 공주는 사람이다.

결론 : 그러므로 모든 사람은 죽는다.(거짓)

(3) 귀납의 결론 도출(2)

전제1 : 사람, 곤충, 짐승, 새, 물고기 등은 다 죽는다.

전제2 : 사람, 곤충, 짐승, 새, 물고기 등은 모두 생물이다.

결론 : 그러므로, 생물은 죽는다.

위의 <보기 (1)>에서 보는 것처럼 연역은 전제가 참일 경우, 결론의 타당성이 보장된다.

이에 반하여 <보기 (2)>의 예처럼 귀납을 연역과의 단순 비교만으로 인식하여 역순으로 결론을 도출하려고 하면 논리적인 결론 도출 과정을 볼 수 없다. 이것만을 보았을 때는 언뜻 보아서도 비약이 심해 실소를 머금게 하지만 보이지 않는 이런 귀납적 비약들이 우리 주변에서 많이 행해지고 있다. 생활 속에서 한 가지 행동만으로 그 사람의 모든 것을 판단하려 드는 것 역시 따지고 보면 이런 귀납적 비약에서 비롯되는 것이라고 볼 수 있다.

이런 오류가 생기는 것을 방지하고 제대로 된 귀납적 결론을 도출해 내기 위해서는 전제에서 충분한 논거들이 제시되어야 한다. 이 논거들의 수는 많을수록 좋다.

연역은 앞서 강조한 바와 같이 전제에서 일반적으로 타당성을 검증받은 명제를 제시하고 이를 토대로 개별 명제의 타당성을 유도해 내는 방식을 의미한다. 즉 새로운 정보를 주는 대신 개별 명제를 더욱 명료하게 사실임을 확인시켜 주는 방식인 것이다. 당연히 전제가 참이면, 결론 즉 개별 명제의 사실 역시도 참을 인정받게 된다. 그래서 논증의 과정에서 매우 유용한 방법이다.

<보기> 연역적 전개 단락

　사람은 사회적 동물이다. 일찍이 아리스토텔레스가 지적한 것처럼 사람은 누구나 사회 집단을 이루어 사는 존재다. 고기가 물을 떠나서 살 수 없듯이 사람은 가정, 마을 나아가 국가라는 공동체를 떠나서는 하루도 살기 어렵다. 사람이 나날이 먹는 음식, 입는 옷가지, 그리고 사는 집 등 삶의 기본 요소는 혼자의 힘으로는 도저히 마련될 수 없기 때문이다. 우리는 모두 이런 사람에 속함은 말할 것도 없다. 남녀노소 빈부귀천을 막론하고 모두 예외 없이 사람으로 자처한다. 그러니 우리는 모두 글자 그대로 사회적 동물이다.

　귀납은 논증의 과정에서는 원칙적으로는 참을 확보하기 어렵고 '그럴듯한', 다시 말해 '개연성'의 정도만을 높일 수 있을 뿐이라는 한계가 있다. 물론, 이에 반해 '인과성causality'이 논증의 과정에서 뚜렷하게 드러날 수 있다는 장점이 있다.

<보기> 귀납의 논증 과정 – 개연성 확보의 정도

　전제 1 : 우리 반 남학생인 A는 검은 양말을 신는다.
　전제 2 : 우리 반 남학생인 B는 검은 양말을 신는다.
　전제 3 : 우리 반 남학생인 C는 검은 양말을 신는다.
　전제 4 : 우리 반 남학생인 D는 검은 양말을 신는다.
　전제 5 : 우리 반 남학생인 E는 검은 양말을 신는다.
　전제 6 : 우리 반 남학생인 F는 검은 양말을 신는다.
　전제 7 : 우리 반 남학생인 G는 검은 양말을 신는다.
　결론 : 우리 반 남학생 대부분은 검은 양말을 신는다.

앞의 <보기>가 나타내는 확률이 우리 반 전체 남학생 수의 몇 %가 될 것인지도 분명치 않은 상황이고, 만일 조사자가 7명의 남학생만을 조사했을 때 나타난 결과가 위와 같았다 하더라도 전체가 아닌 다음에는 '모두'라는 말을 쓸 수 없다. 일기예보처럼 예측하건대 가능성이 있다는 정도의 결론을 내릴 수 있을 뿐이라는 것이 귀납이 가지는 한계가 된다. 그럼에도 불구하고 다른 사람들이 결론에 도달한 타당성, 결론의 개연성을 인정할 수 있는 근거는 제공할 수 있다.

결국, 이런 결과를 통해 알 수 있는 것은 아무리 많은 예시를 들이댄다 하더라도 귀납의 한계는 개연성, 즉 일어날 수 있는 가능성의 정도만을 제시할 수 있을 뿐이라는 것을 잊어서는 안 된다는 점이다. 어디에선가 예기치 못 했던 결과가 불쑥 나타날 가능성 역시 함께 존재하는 것이 이 논증의 한계라고 할 수 있다.

> ⟨보기⟩ **귀납적 단락 전개**
>
> 한국인은 은근과 끈기라는 특성을 지닌다. 일본 사람은 성질이 급하고 잔인한 섬나라 근성이 있다. 중국인은 여유만만한 대륙성 기질을 지닌다. 프랑스 사람은 예술적 기질이 풍부하고, 독일 사람은 정확성을, 영국 사람은 보수성을 띤다. 이런 특성들이 한 민족 전체에 예외 없이 적용되는 것은 아니지만 전형적인 성격을 보여 주는 것만은 틀림없다고 본다. 이처럼 모든 민족은 저마다 독특한 민족성을 지닌다.
>
> 임건순, 「우리의 민족성」 중에서

위의 단락 전개에서 보더라도, 개개의 예외를 인정하긴 했지만 그래도 전형적인 면에서 각 민족을 구별할 수 있는 독특한 성향들이 있을 것이라는 근거들을 제시하고 있다. 물론 문제를 삼으려 들면, 같은 섬나라인데 일본과 영국을 달리 표현한 이유를 비롯하여 몇 가지 문제를 제기할 수는 있다. 이처럼 관찰의 근거를 토대로 차별성을 부각시키고 각 민족마다의 전형적 민족성이 있음을 논의하는 방식이 소위 귀납의 '개별적 사실들→일반 명제'의 유도 방식임을 드러내는 좋은 예가 된다.

그런데 잘 살펴보면 보통 사용하는 논증의 과정에서는 순수한 연역도, 순수한 귀납도 아닌 복합 논증의 방법을 사용하는 것이 일반적이다. 복합 논증이란 하나의 논증 과정 속에 연역과 귀납이 함께 포함되어 있는 것을 말한다.

2. 논리의 오류

글을 전개하다 보면 생각지도 않은 오류들을 범하게 되는 경우가 심심찮게 일어난다. 용어들도 매우 다양하게 그 오류들을 지적하고는 하는데 여기서도 간략하지만 몇 가지 문제들에 대해 간략하게 살펴보기로 한다.

1) 연애편지 쓰기
─그들만의 논리

한번쯤은 연애편지를 써 본 경험이 있을 것이다.

세상에서 가장 비논리적인 글이 있다면 바로 '연애편지'일 것이다.

가장 감성적이고, 가장 허위적이고, 다른 사람이 볼 때 가장 낯간지러운 글이지만 당사자에게만은 다시없는 글이 되어 주는 것이 바로 연애편지이다.

이 연애편지는 비록 상대가 없더라도 한 번 써 보는 것도 괜찮다. 왜냐하면 가장 비논리적인 글을 써 봄으로써 논리적인 글의 반면교사反面教師로 삼으면 되니까.

이 편지의 예전 특징 가운데 하나가 전형성이다. 이건 절대 본 받아선 안 되는 점이다. '전형성典型性'이란 규범이나 규격이 될 만한 성향이란 것으로 새로움과 낯섬을 추구할 것을 요구하는 시대와는 어울리지 않는 말이다.

참고로 한 예를 들어 보자.

〈보기〉 **연애편지**

친구들과 늦은 시간까지 함께 있으면서도 예전과 달라진 내 자신을 느낄 수 있었다. 그것은 짧은 순간이라도 널 생각하며 즐거워하는 내 모습. 그리고 돌아오는 길, 작은 것 하나에도 너와 연관짓고 싶어 하는 나 자신에 스스로도 놀라고 있었다.

문득 바라본 하늘, 눈길이 머무는 곳에 오리온자리가 잡혔다. 그 별 자리의 선명함보다도 더 뚜렷하게 떠오르는 너의 모습, 저녁 무렵에 보았던 사람을 그리워하는 일도 생기는구나.

보통 이렇게 시작되는 곳곳에는 인정할 수 없는 내용들이 있다. 알고 보면, 그 밤에는 비가 왔다든지, 감기 몸살에 걸려 일찍 잔 저녁이었다든지 등을 비롯해 오리온자리를 보기 위해서는 새벽의 하늘이어야 하고, 가로등 많은 도심에서는 별자리를 보기 어렵다는 사실 등등.

하지만, 이런 글들이라도 뚜렷한 목적을 가지고 여러 차례 쓰다 보면, 설혹 부치진 못하더라도 자기 문장 능력 향상에 나름대로 기여하는 바는 있을 것이다.

2) 논리 오류의 종류

최근 들어 국가에서 시행되는 시험에서도 논리적으로 맞는 문장을 찾는 문제가 나오기도 한다. 논리의 오류도 여러 종류로 구분되어 있다. 자칫 서두에서 저지르는 작은 실수, 사소한 오류 하나가 결과적으로는 결론 도출에 이르러서는 걷잡을 수 없는 모양새로 나타나는 것이고 결과적으로는 글 전체를 비논리적인 것으로 만들 수도 있다. 그러므로 좋은 글을 쓰기 위해선 절제가 우선적으로 필요함을 다시 상기하게 하는 내용들이다.

워낙 많은 내용들이 소개되어 있는 단계임을 고려하여 특별히 자주 언급되는 것들을 골라 제시해 보았다.

(1) 논점 일탈의 오류

논의하는 주제에서 벗어나는 것으로 글이든, 대화에서든 가장 주의해야 할 오류라고 생각된다. 앞서 언급한 관련성의 격률도 위배하는 결과를 초래한다.

〈보기〉 논점 일탈의 예

　A : 이번 법안은 몇 가지 문제가 있다고 생각합니다.

　B : 아니, A의원이 그런 말을 할 자격이 있습니까? 자기 당 문제나 먼저
　　　해결하세요.

　학생의 논문을 보면 맞춤법에서 어긋나는 낱말이 여러 곳 눈에 띕니다.
그러므로 이 논문을 졸업 논문으로 인정할 수 없습니다. → 논문 심사에서
는 내용과 논리가 중요한 심사 대상인데 맞춤법을 심사의 적격과 부적격
의 기준으로 삼고 있으므로 논점 일탈을 한 것이다.

(2) 성급한 일반화의 오류

　일부 경험, 내용을 바탕으로 전체를 판단하는 것을 말한다. 귀납에서
많이 생길 수 있는 오류인데, 논거에 해당하는 내용들을 충분히 살피지
않고 곧장 결론으로 내닫는 경우가 대부분이다.

> • 어제 자장면을 먹고 나서 배탈이 났다. 자장면은 나쁜 음식이다. 앞으
> 　로 자장면은 절대 먹지 않겠다.
> • 이 상자의 자두 하나를 먹었더니 맛이 없고 시기만 하더라. 이 상자의
> 　자두는 사지 마라.
> • 내가 지금까지 만난 백인들은 모두 잘 생기고 친절했다. 그래서 나는
> 　꼭 백인과 결혼할 생각이다.

　'어제 자장면과 나쁜 음식으로서의 자장면'에서 자장면이라는 단어
는 같지만 지칭 범위는 다르다. 자신이 먹은 자장면은 단 한 번의 경험

이고, 그 음식점만의 음식이며, 그 날 그의 컨디션에서 먹은 특정한 것이며 등 많은 개별성을 가지고 있다. 그런데도 그것만으로 전체 자장면의 특징을 예단하고 있으므로 성급하게 일반화를 시킨 오류가 생긴 것이다. 보통 우리의 선입견이라는 것과 유사한 특징을 갖는다.

(3) 대중에 호소하는 오류

다수의 사람들이 찬성한다고 해서 그 주장의 타당성과는 상관없이 그것이 옳은 것처럼 주장하는 오류이다. 흔히 여론 조작에 대한 논쟁을 불러일으키는 예들이 이러한 오류에서 비롯된다. 과연 다수가 옳다고 주장하는 것이 반드시 진리일까?

- 국민의 과반수가 찬성한다면 이것은 당연히 진실이다.
- 종업원의 70%가 이미 동의했다면, 내일부터 당장 임금은 올라야 한다.

(4) 전건 부정의 오류

이 오류는 흔히 'p→q'에서 p를 부정할 때 생기는 오류를 말한다. 흔히들 '이번에 <u>일이 잘 풀리면</u> 내가 한 턱 낼게.'라는 형식의 말을 많이 하는데 이 경우 밑줄 친 부분을 전건前件이라고 칭한다. 이 형식에서는 전제가 참일 때에도 결론의 참이 보장받지 못한다는 한계가 있다. 이유는 결과를 아직 알 수가 없으니까.

- 운동을 열심히 하면 체중이 줄어든다.

- 영희는 최근 운동을 전혀 하지 않았다.
- 그러므로 영희는 체중이 늘었음에 틀림없다.(04년 외무고시)

위에 제시된 예는 체중이 줄어들 수 있는 예의 하나로 운동을 열심히 한다는 조건을 제시한 후, 운동을 열심히 하지 않은 개별 대상은 역으로 체중이 늘어났을 것이라 주장한다. 즉 소전제小前提의 사실이 대전제大前提의 전건과 반대에 있으므로 후건後件 역시 반대의 결과가 나타났을 것이라는 결론을 내리고 있다.

사실 자체가 왜곡되었다고 볼 수 있는 것은 가능성의 하나인 조건을 흡사 체중이 줄어들 수 있는 모든 조건인 양 판단하고 결론을 유도했다는 점이다. 여기에 덧붙여 그 반대의 경우는 오히려 체중이 늘어날 것으로 판단한 것 역시 오류로 지적할 수 있다.

만일 영희가 병상病床에 누워있는 상황이라면 어떨까?

(5) 배타적 선택의 오류

두 가지 조건을 정해 두고 둘 가운데 하나만을 선택할 것을 강요하는 논리이다. 흔히 흑백 논리에 따른 오류라고도 한다. 흡사 선택의 방법이 그것만 있는 것처럼 생각하게 만든다. 하지만, 실제로는 그렇지 않다. 만일 한 남자가 사귀는 여자에게 청혼을 했다고 생각해 보자. 그런데, 여자가 아무 반응이 없자 화가 난 남자는 "결혼할래 아니면 그만 헤어질래?"하며 양자택일을 요구했다. 이때, 상대방은 "조금 생각할 시간을 줘."라며 다른 방법을 제시할 수도 있지 않은가?

> - 자유 아니면 죽음을 달라!
> - 지금 국가 정책에 반대하는 것은 국가에 대한 반역 행위이다.

미국 독립 혁명의 지도자였던 패트릭 헨리Patrick Herry가 버지니아 의회 연설에서 남긴 말인 "자유가 아니면 죽음을 달라Give me Liberty, or Give me Death"는 아직도 자유를 향한 피 끓는 열정을 호소하는 표어로 널리 인용되고 있다. 그러나 논리적인 관점에서 보자면 배타적 선택의 오류를 범하고 있다. 이 점은 명언과 격언이 항상 진리일 수만은 없다는 것을 확인시켜 주는 것이다.

(6) 발생학적 오류

이 오류는 처음 단계에서의 속성이 지금까지 이어지고 있다고 생각하는 데서 비롯되는 오류이다. 사물의 본질, 사용상의 특징 등은 시간이 흐름에 따라 변하기 마련이다. 이러한 변화를 무시한 논리, 과거의 행위와 현재의 행위를 굳이 묶어서 변화를 수용하지 않는 행위 등은 모두 발생학적 오류에 해당한다.

> - 마스카라는 원래 이집트의 창녀들이 피곤을 감추기 위해 하던 것인데, 오늘 마스카라를 한 것을 보니 너도 피곤한 모양이구나.(현대 여성들은 아름다움과 개성을 표현하기 위해 마스카라를 쓴다.)
> - 고대에 만주는 고구려의 영토 즉 한국 땅이었다. 그러므로 빨리 이 땅을 우리 영토로 되찾아야 한다.

- 그 시인은 전쟁 고아였다. 그러므로 좋은 대학을 나와 강의도 하고 있지만 교양에 문제가 있을 것이다.

(7) 순환 논증의 오류

순환논증循環論證이란 결론이 이미 전제에 포함되어 있거나, 전제와 결론이 같은 의미를 지니고 있어서 논증이 전혀 발전적으로 이루어지지 않는 경우를 의미한다.

- 저 학교의 교훈은 '진리의 전파'이다. 그러므로 저 학교는 진리를 전파하는 학교이다.
- 성경은 하나님의 말씀이다. 성경이 하나님의 말씀이라는 사실은 성경에서 확인할 수 있다. 그러므로 성경이 하나님의 말씀인 것은 분명한 사실이다.

이러한 논리의 오류는 생각보다 많이 발견되므로 주의할 필요가 있다. 일상에서도 많이 발견되는 것으로 "김 사장은 정말 돈이 많은 사람이야, 매일 돈이 많아서 걱정이래."라는 농담도 바로 이 오류를 반영하는 것이다.

(8) 무지 논증의 오류

무지논증無知論證이란 결론을 참으로 만들기 위해서 상대가 알지 못하는 점을 근거로 끌어오는 오류를 말한다. 즉, 어떤 주장에 대하여 거짓이라는 증거가 없기 때문에 참이라고 우기는 것이다.

> - 신은 존재한다. 아무도 신이 존재하지 않는다는 것을 증명하지 못했기 때문이다.
> - 외계인은 존재하지 않는다. 아무도 외계인이 존재한다는 것을 증명하지 못했기 때문이다.
> - 그가 바로 살인범이다. 왜냐하면, 그가 살인범이 아니라는 사실을 밝혀 줄 사람이 아무도 없기 때문이다.

(9) 권위와 무지에 호소하는 오류

유명한 인물을 그 사람의 전문 영역과 전혀 상관없는 분야에 등장을 시켜 순간적으로 어떤 연관이 있는 것처럼 보이게 하는 오류이다. 실제로 광고 등에서 많이 사용하는 방법으로 흡사 해당 상품을 사용하면 그 사람처럼 될 수 있을 것처럼 착각하게 하려는 의도를 엿볼 수 있다.

> - 노벨상 수상자 ○○○도 이곳에서 휴양을 즐겼습니다. 여러분도 올 여름 휴가를 이곳에서 보내신다면 최고의 만족을 얻으실 겁니다.
> - 몸짱 ○○○를 아십니까? 그녀의 아침 식사는 바로 88식품, ***입니다. 여러분의 아침 식사도 이제부터 ***입니다.

노벨상 수상자와 휴양지가 무슨 상관관계가 있을까? 휴양지는 그저 풍광이 좋고 거기에 가격 조건까지 경제적이라면 되는 것 아닌가?

(10) 근거 없는 원인 제시의 오류

전혀 인과 관계가 성립되지 않는 것, 우연을 필연으로 둔갑시켜 논거로 삼는 경우에 발생하는 오류이다. 징크스라고 하는 것들도 어떤 의미에서 여기에 해당한다.

> • 까마귀 날자 배 떨어진다.
> • 오늘 아침에 전철을 기다리는데 수원행 열차가 먼저 왔다. 그러더니 역시 하루 종일 일이 잘 풀리더라.

위에서 언급한 것들 외에도 글쓰기를 비롯한 자기표현에서는 언제나 논리적인 오류들이 생기지 않는지에 대해 신경을 써야 한다. 다음 글을 보자.

다음 <보기>는 흔히 동일시의 오류를 보이는 예로 많이 제시되는 것들이다. 동일시同一視의 오류란 일반적으로 서로 차별성을 보이는 개념들을 일부 내용의 공통점만을 부각시켜 같은 범주로 묶는 것을 말한다. 이들에서 보이는 논리적 오류를 어떻게 설명할 수 있을 것인지 풀이 내용들을 참고로 생각해 보자.

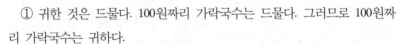

<보기> 동일시의 오류 확인하기

① 귀한 것은 드물다. 100원짜리 가락국수는 드물다. 그러므로 100원짜리 가락국수는 귀하다.

(오류 찾기) 동일시의 오류 : 귀하다는 단어는 간혹 드물다는 의미로도 쓰인다. 예를 들면 '이 연필은 구하기가 어려운데, 이렇게 귀한 걸 어떻게

구했지?'의 경우 드물게 보인다는 의미를 나타낸다. 그러나 가치가 높다는 의미로 쓰인 것은 아니다. 이처럼 개념상 의미 영역이 일부 겹쳐지는 것만으로 두 개념을 동일시同一視하는 것은 오류다. 이 논증에서는 희소성稀少性을 바탕으로 가격의 높고 낮음까지 묶는 오류를 범하고 있다.

100원짜리 가락국수는 거의 찾을 수 없어서 드물기는 하지만 100원 정도의 값이 귀한 가치를 드러내진 않는다. 그러므로 이를 귀하다고 할 수 없는 것이다.

② 공산주의자들은 막스-레닌주의를 신조로 삼는다. 그들은 그것을 믿고 또 실천한다. 그러므로 공산주의 국가에도 종교의 자유가 있다고 할 수 있다.

(오류 찾기) 신조와 종교 사이에는 믿고 실천한다는 상호 공통점이 있다. 그렇다고 해서 일부의 의미자질에서 보이는 부분적인 공통점을 바탕으로 전체 단어의 의미를 동일시할 수는 없다. 즉 종교는 기본적으로 내세에 대한 가치를 안고 초월적 존재를 믿는다는 것을 의미하는데 이런 대상에 대한 전제를 고려하지 않고 있다. 단지 믿고 실천한다는 측면만을 동일시하여 생기는 오류다.

위에서 언급한 것들 외에도 글쓰기를 비롯한 자기표현에서는 언제나 논리적인 오류들이 생기지 않는지에 대해 신경을 써야 한다. 다음 글을 보자.

〈보기〉 논리적 오류의 실제 예

현재 우리나라의 경제는 상승점을 벗어나 하강 곡선을 그리기 시작하고 있다. ①많은 경제학자들과 정치인들이 이미 우리 경제의 앞날을 과거 일본의 침체와 브라질, 아르헨티나의 상황과 견주어 걱정하고 있는 것을 보더라도 이 사실은 의심의 여지가 없다. ②경기에 대한 것을 가장 먼저 느끼다는 택시 기사들은 요즘 모두 손님이 없어 죽을 지경이라며 한숨을 내뱉는다. 그런가 하면 거리에서 만나는 시민들도 절대 다수가 경기 침체에 대한 걱정으로 얼굴에 그늘을 드리운다.

위의 글은 귀납적 논증을 두괄식으로 전개한 것이다. 그러나 이 글은 전체적으로 논리적 오류에 빠져 있다. 이 글에서는 구체적이고 객관적인 논거는 전혀 제시되지 않았다. 다만, 일부의 의견일 수 있는데도 ①에서처럼 소위 권위와 무지에 호소하는 오류를 범하여, 일반인들이 반박하기 어려운 상대들의 권위를 빌어 걱정하고 있다는 사실만을 제시하고 있다. 그리고 ②에서는 소위 대중에 호소하는 오류를 범하여 그 문제의 타당성과는 상관없이 많은 사람들이 그렇게 생각하고, 말하고 있다는 사실만을 들어서 첫 문장의 결론을 유도해 내고 있다.

이러한 경우에는 실제로 우리 경제가 왜 침체 국면으로 접어들고 있는지에 대한 객관적이고 구체적인 통계와 수치 등을 제시하고, 국제 경기와의 관련 등 여러 가지 요인들을 제시했을 때 비로소 논리적이라는 평가를 얻을 수 있으며 개연성과 타당성을 확보할 수 있다. 그렇지 않고 <보기>에서처럼 막연하게 어떤 사람들이 말하더라는 식의 논거로는 설득력 있는 논증을 펼칠 수 없다.

이상에서 살핀 것처럼 논리적인 글을 쓰기 위해서는 우선적으로 논리의 오류를 범하지 않도록 노력해야 한다. 아무리 근거 확보에 노력하면서 글을 썼다 하더라도, 하나의 오류가 전체 글의 논리를 망쳐 놓을 수 있기 때문이다.

이상에서 살핀 것처럼 논리적인 글을 쓰기 위해서는 우선적으로 논리의 오류를 범하지 않도록 노력해야 한다. 아무리 근거 확보에 노력해서 글을 썼다 하더라도, 하나의 오류가 전체 글의 논리를 망쳐 놓을 수 있기 때문이다.

제4부
글쓰기의 과정

주제는 읽는 사람이 한 눈에 알아 볼 수 있어야 한다. 그러기 위해서는 간결성과 명확성을 갖추어야 한다. 간결성과 명확성은 서로 모순되는 성향을 지니고 있다. 간결하게 주제를 만들려다 보면, 명확하게 의미 전달을 하기가 어려워 질 수가 있다. 반면에 명확하게 주제를 전달하려다 보면 간결성을 해치는 경우가 종종 있기 때문이다.

글쓰기에서 가장 먼저 시행되는 작업은 당연히 주제를 정하는 것이다. 사전적 의미로 주제theme는 '대화나 연구 등에서 중심이 되는 문제'라는 의미이다. 마찬가지로 글에서 말하는 주제는 '글 전체를 통하여 글쓴이가 드러내고자 하는 중심 내용'이다.

주제는 이미 정해져 있는 것을 받아서 쓰는 경우가 있고, 스스로가 정해서 써야 하는 경우도 있다. 어느 경우를 막론하고 주제에 대한 명확한 입장이 정해지지 않은 상태에서는 글이 시작될 수 없다. 그러므로 모든 글의 출발점은 주제를 정하는 것에서 시작되어야 한다.

1. 주제의 조건

주제를 정할 때에도 몇 가지 조건이 있다. 졸업 논문이나 기말 리포트의 주제를 정해서 누군가에게 보이면 대뜸 '너무 막연하다, 어렵다'는 식으로 말을 해 고민한 사람의 맥을 빠지게 하는 경우가 많다.

막상 자신이 정해 보려고 하면 생각처럼 쉽게 정해지지 않는 것이 또한 주제이다. 그런가 하면 주제를 제재나 소재와 구분하지 못해서 고전하는 사람도 많다.

1) 간결성과 명확성

주제는 읽는 사람이 한 눈에 알아 볼 수 있어야 한다. 그러기 위해서는 간결성과 명확성을 갖추어야 한다. 간결성과 명확성은 서로 모순되는 성향을 지니고 있다. 간결하게 주제를 만들려다 보면, 명확하게 의미 전달을 하기가 어려워 질 수가 있다. 반면에 명확하게 주제를 전달하려다 보면 간결성을 해치는 경우가 종종 있기 때문이다.

주제는 중심 생각이라는 의미를 담고 있다. 그래서 주제가 결정되고 나면 이것을 하나의 문장으로 만들어 볼 필요가 있는데 이렇게 만들어진 문장을 주제문이라고 한다. 그런데, 이 주제문에 많은 내용을 담으려다 보니 수식어들이 난무하는 복잡한 문장들이 생기게 된다.

〈보기〉 간결성을 위배한 주제(문)
- 도시 공기 오염의 현황과 이로 인한 도시 거주자들의 건강 저하 및 도시 환경 파괴의 정도 조사 및 대책에 관한 연구
- 이 책의 주된 목적은 근대 철학자들에 의해 발생된 철학적 오류의 구조와 그것이 근대와 현대 사상에 끼친 영향을 밝혀내고 이와 더불어 그들이 빠졌던 오류의 늪에서 빠져나올 수 있는 방법을 제시하는 데 있다.

앞의 두 가지 주제와 주제문은 각각 하고 싶은 말들은 충분히 내세운 것이 되었지만 안타깝게도 읽는 사람에게 긍정적이고 간결하게 수용하게 하는 데는 실패한 사례가 된다. 충분히 부연 설명을 할 수 있는 기회가 있으므로 가장 중요한 부분만을 내세우면 될 것을 연구 방법이나 주제를 구체화시키기 위해 차후에 서술되어야 할 내용들까지 주제나 주제문에 모두 포함시킨 듯한 인상을 버리기 어렵다. 이러한 문제점들을 극복하기 위해서는 우선 주제를 간결하게 하는 바꾸는 것이 좋다.

〈보기〉 간결하게 바꾸기
- 도시 공기 오염의 현황 및 대책
- 이 책에서는 근대 철학에서 발생한 오류의 구조를 밝히는 것에 주안점을 둔다. 이러한 오류가 근대와 현대 사상에 미친 영향을 밝혀냄으로써 오류를 극복할 수 있는 방법도 함께 제시하고자 한다.

물론, 주제를 정할 때는 전체 글의 분량도 충분히 고려하여 정해야한다. 분량과 상관없이 정해진 주제는 언제나 서술에 곤란을 겪기 마련이다.

명확성은 간결성과 떼려야 뗄 수 없는 관계이다. 주제가 명확하다는 것은 구체적인 사실이나 내용을 선정해야 한다는 것이다.

만일, 영화를 한 편 보고 나서 깊은 감동을 받았다고 하자. 그래서 이를 실례로 들어 영화가 우리 생활에 미치는 좋은 영향에 대해 글을 쓰고자 한다. 이 경우, 주제는 어떻게 정하는 것이 좋을까?

<보기> 주제의 명확성
- 예술과 삶의 여유/예술이 주는 감동
- 영화 한 편으로 얻는 것

<보기>에서 보듯 예술 등으로 용어를 애매하게 사용하게 되면 주제의 범위가 지나치게 확대되어서 내용 전개에서 어려움을 겪게 된다. 범주 설정부터 시작하고 글을 전개해 나가야 하기 때문이다. 쓰고자 하는 내용이 될 수 있으면 그대로 주제에 반영될 수 있도록 명확하게 정해야 하는 이유가 여기에 있다.

2) 주제의 단일성
　－하시고자 하는 말씀이 뭡니까?

하나의 글에 주제가 복합적으로 섞여서는 안 된다. 이것은 단락 구성의 원칙에서도 이미 언급한 적이 있다. 주제 역시도 단일 개념으로 정해져야 한다. 특히 주제와 관련하여 서술하다가 자꾸 다른 개념들을 끌어오는 실수를 범해서는 안 된다. 이렇게 되면 언급해야 될 내용들이 늘어나는 결과를 초래하게 되고, 결국은 주제가 늘어나는 것이다.

주제의 단일성은 글쓰기에서 주제와 관련 없는 내용들을 자꾸 늘어놓는 경향이 있는 사람들의 경우에 특히 유의해야 할 사항이다. 차후에 논의하겠지만 글 전개에서 중시되는 통일성과 특히 관련이 있다.

<보기> 단일 주제(1)

 통일은 남북한 사이의 화해를 통해 이루어져야 한다. 우리에게 비록 분단의 아픔과 동족상잔의 전쟁이라는 비극이 있었다고는 하지만 그것이 빚어낸 적대감만으로는 살 수 없다. 주변 강대국의 간섭 속에서 서로에 대한 불신을 키워 갈 것이 아니라 오히려 그들을 통일의 조력자로 만들어 가야 한다. 그럴 만한 외교적 능력이 절실한 때다. 우리는 한민족이란 사실이 중요하다. 이 동족 의식이 통일의 원동력이 될 것이다.

 이 글에서는 첫머리에 주제를 제시하고 뒤이어 나오는 문장들이 이를 뒷받침하는 것이 아니라 제각각 새로운 견해들을 계속 제시하고 있다. 결과적으로 단락이 마무리가 될 즈음에는 주장이 세 가지가 제 각각 나온 셈이 되었다. 이런 식의 논의 전개라면 "그러니까 통일을 위한 가장 좋은 방법은 뭡니까?"라는 질문을 받을 수밖에 없다.

<보기> 단일 주제(2)

 통일은 남북한 사이의 화해를 통해 이루어져야 한다. 거의 반세기 동안 민간 교류가 지나치게 없었고, 또한 서로를 적대시해 온 관계 속에서는 통일을 기대하기 어렵다. 작은 성과들이지만 남북 정상이 만나고, 이산가족들이 적십자사를 통해 만나는 일들이 이루어지는 것들을 보며 이러한 노력들이 바로 화해를 통한 자주 통일의 초석이라는 생각이 들었다. 우선 이런 작은 것들에서 이질감들을 없애고, 적대감을 중화시켜 나갈 때 평화 통일은 더욱 가까운 날에 이루어질 것이다.

앞의 글에서 보인 것과는 반대로 (2)의 글에서는 첫 문장의 주제를 중심으로 모든 단락의 문장들이 부연 설명을 해 가고 다른 주장을 덧붙이지 않음으로 주제의 단일성을 유지하고 있다.

이처럼 주제를 단일 개념으로 전개해 가면 자신이 주장하고자 하는 내용을 정확하게 전달할 수 있다는 장점이 있으며, 일관된 논리로 글을 전개해 갈 수 있다.

2. 소재 찾기

주제가 정해지고 나면 그 주제를 충분히 뒷받침할 수 있는 재료들이 있어야 한다. 짧은 글이라면 평소에 자신이 갖추어둔 지식으로 충분히 감당이 되는 경우도 있겠지만, 분량이 많은 논문이라든지 기타 리포트 같은 경우는 미리 주제와 관련된 자료들을 충분히 수집하는 과정들이 필요하다.

일반적으로 주제보다는 소주제가 소주제보다는 뒷받침 문장에서 언급되는 내용들 즉 소재들이 더욱 구체적인 것이 보통이다. 그래야 상위 개념들을 더욱 잘 설명하고, 논리적으로 증명할 수 있기 때문이다.

1) 연상과 소재 발굴

요즘 글쓰기에서 많이 활용되는 방식으로 연상이라는 것이 있다. 연상이란 '하나의 개념이 다른 개념을 불러일으키는 현상'을 말한다. 예를 들어, 한국 사람들에게 '제주도'라는 단어를 주면, '해녀, 바람, 유채꽃,

돌, 한라산' 등을 자연스럽게 떠올리는 것이 연상에 해당한다.

개인마다 특정 사물, 사실에 독특한 기억들이 있어서 저마다의 다른 연상의 고리들을 가질 가능성도 충분히 있다. 그런 독특한 연상의 고리들도 나름대로 의미를 발휘하는 글이 있을 수 있고, 또 비슷한 연배의 한국 사람이라면 대체로 공통적으로 가질 법한 연상의 고리는 또 그 나름대로의 의미를 가지게 된다.

갑작스레 주어진 주제로 글쓰기를 하게 되었을 때, 개략적인 글의 모양새도 짜지 않고 글을 쓰게 되는 가장 큰 이유는 관련 소재들이 생각나지 않아서일 경우가 대부분이다. 그냥 시작하다가 그때그때 생각나는 것들이 있으면 그걸로 때워 가면 되지 않겠느냐는 안이한 생각이다. 이런 시작으로는 절대 좋은 글이 나올 수 없다. 일단 재료들이 어느 정도 정해져야 글의 윤곽도 잡히고 전체의 흐름을 논리적으로 정돈할 수 있다.

연상은 일반적으로 대상과 관련하여 인접성과 유사성, 반대성을 바탕으로 진행된다. 이때 대상이라고 하면 글쓰기의 주제와 대등한 것으로 보면 된다.

인접성을 바탕으로 하는 연상이란 가장 연상의 개념에 가까운 것으로 해당하는 사물과 의미상으로 가깝거나, 평소에 이웃하여 있는 개념이나 사물을 떠올리는 것이다.

〈보기〉 인접 연상

- 바다—배, 어부, 항구, 해수욕장, 태풍, 생선, 일출, 조개, 모래성, 수평선, 파도
- 학교—공부, 친구, 점심시간, 교사, 방학, 숙제, 매점, 급식, 시험, 운동, 보충 수업

이처럼 인접 연상의 경우는 하나의 개념을 중심으로 떠올릴 수 있는 개념의 단어들로 채워 가는 연습을 통해 소재 확장의 방식을 익히는 것이다.

한편, 유사성을 바탕으로 한 연상은 속성상 어떤 비슷한 점이 있는 것들을 떠올리는 것을 말한다.

〈보기〉 유사 연상

- 동전—달, 호수, 얼굴, 쟁반, 원반, 가락지, 호떡, 구슬, 접시, 훌라후프
- 불—태양, 정열, 여름, 젊음, 질투

유사 연상은 인접 연상과는 사뭇 다르다. 하나의 어휘가 가지고 있는 이미지를 중심으로 함께 연결될 수 있는 단어들이 만나는 것이다.

끝으로 반대성을 바탕으로 한 연상은 그 어휘가 가지고 있는 이미지나 개념과 상반되는 어휘들을 이끌어 내는 방식이다. 이 연상은 현재 서술 대상으로 삼고 있는 문제나 주제에 대해 상이한 주장들에 대해 반박하거나 혹은 상대적인 입장을 가정해 봄으로써 현 상황을 좀더 잘 이해

할 수 있는 근거들을 제시해 줄 수 있다.

〈보기〉 반대 연상

- 중국─섬나라, 단일 민족, 자본주의, 출산 장려 정책, 자유무역주의, 몽골과의 평화
- 남성─여우, 출산, 가사 노동, 모성애, 나약함, 청순함, 순결함, 웨딩드레스

이 반대 연상의 경우는 대상에 대해 반론을 제기하거나 할 때를 생각해 보면, 의외로 효용성이 높은 것을 알 수 있다. 남성의 경우를 예를 들어 기술해 보자.

〈보기〉 미련한 남성들에게

남성들은 1차적 성징만을 내세워 우월함을 강조하는 미련함을 치워 달라. 여성들이 <u>출산</u>을 하는 것은 의무가 아니고 우리만이 할 수 있도록 만들어진 생리적 구조 때문이며, 그런 당신들과 우리 공동의 아이들을 잘 낳아 키우게 하기 위해 신체 구조가 <u>나약</u>하고, 좀 부족하게 진화해 왔을 뿐이다. 농경 사회도 아니고 출산 휴가 보낸 후면, 다시 직장으로 복귀할 수 있는데 굳이 집에서 <u>가사</u>나 돌보라는 식으로 말하는 그대들은 누구의 아들이며, 누구의 남편인가. 심심찮게 '여자가─'를 내뱉는 입으로 어머니에 대한 회한을 술 한 잔에 섞는 당신들을 보며, 그 어머니의 소위 <u>모성애</u>란 것이 당신들에게 의미 없는 추억으로 남는 것 같아 안타깝기만 하다.(후략)

이 글은 남성이라는 이미지에서 떠오르는 반대성의 어휘들을 바탕으로 문장들의 중심 개념들을 이끌어 가고 있다. 이처럼 주제를 정하고 난 후, 적당한 소재들이나 뒷받침을 위한 개념들이 필요할 때 연상은 매우 유용하다.

한 가지 주의할 점은 '꼬리에 꼬리를 무는 연상'이다. 이 연상 기법은 바로 앞 개념의 인접성이나 유사성을 바탕으로 계속 이어져 나가는 방식이다. 그래서 조금 지나고 나서 보면 처음에 시작했을 때의 개념과는 전혀 상관없는 논의가 이어져 가고 있음을 알 수 있다.

〈보기〉 꼬리에 꼬리를 무는 연상

귀국한 이후 처음으로 국립극장을 찾았다. 마침 판소리 공연이 있다고 해서였다. 판소리는 참 내 심금을 울리는 우리 음악이다. 우리 음악은 꼭 국수주의적 시각에서가 아니라 들으면 들을수록 정이 간다. 그리고 한국 사람이 한국 음악을 일부러라도 좀 좋아하겠다는데 그걸 국수주의니 운운하는 것은 문제가 있다. 정말 문제는 우리 것도 제대로 모르면서 남의 것 흉내에 바쁜 것이지. 요즘 젊은이들 정신은 왜색 문화까지도 수용할 정도라니 참 큰일이다. 거기다 공부는 뒷전이고, ……

이 글을 쓴 사람은 언제 국립극장의 판소리 공연으로 돌아갈 것인지, 또 어떻게 돌아갈 것인지 걱정스럽기만 하다. 좀 과장된 글이긴 하지만 이런 유형으로 쓰여진 글들이 없지 않아 있다.

모든 글쓰기에서 소재 취재와 관련된 연상은 언제나 중심 개념에 주제가 있어야 한다. 그리고 소재들이 글쓰기에서 채택되어 사용되었을 때에도 언제나 주제와의 연관을 우선적으로 염두에 두어야 한다.

2) 소재의 구체성

주제를 선명하게, 그리고 논리적으로 뒷받침하기 위해서는 그와 관련된 소재들을 구체적이고 실질적인 것으로 선택해야 한다. 물론, 서술 과정에서 주제의 성향에 따라 비교, 대조, 분석 등의 설명의 기법 가운데 무엇을 선정할 것인가가 달라질 수 있기 때문에 이 또한 소재 선택의 변수로 작용하게 된다. 그런데도 불구하고 여전히 변하지 않는 것은 서술이 구체적이고 명확해야 한다는 것이고 그러기 위해서는 소재의 개념이 먼저 구체적이어야 한다.

☼ 소재의 구체성 관련 실례

분 야	영화 산업(A)	학교 교육(B)
주 제	한국 영화산업의 경쟁력 향상	대안 학교의 필요성과 현황
관 련 소 재 발 굴	대중문화의 문제점 한국 영화의 상업성 추구 지나친 오락성과 관객 외면 스크린 쿼터제 폐지 필요 할리우드 영화의 특징 투자 없는 제작의 문제점 부족한 극장	대안 학교의 개념 일반학교 부적응 학생의 수 현재 대안 학교의 수 현재 대안 학교 운영 상태 대안 학교 운영의 당위성 외국 사례의 확인 및 비교 대안 학교 운영자들의 바람

보기에서 (A)의 예는 누가 보더라도 주제와 소재 사이에 어떤 관련성을 찾기도 어렵고, 또 구체성 실현 면에서도 실패했음을 알 수 있다. 우선, '한국 영화 산업'보다 '대중문화'가 더 상위의 개념이라는 사실을

지적할 수 있다. 또, 주제가 경쟁력 향상이므로 현재의 문제점을 한두 가지 정도는 지적할 수도 있겠지만 여기서는 거의 문제점만을 지적하고 있다. 오히려 주제를 '한국 영화의 문제점'이라고 바꾸는 것이 더 타당하다는 생각이 들 정도이다. 평소에 한국 영화에 대해 자기 나름대로 가지고 있던 문제의식들이 있더라도 주제와 무관하게 쏟아내는 것은 바람직하지 않다. 소위 '논점일탈의 오류'를 범하게 되는 것이고, 동시에 주제와 소재의 관련성을 해치며 구체성 실현에도 실패하게 된다.

한편, 대안 학교의 필요성과 현황을 주제로 내건 (B)의 경우는 소재 발굴에서 성공한 예가 된다. 언뜻 '대안 학교의 개념'이라는 항목이 거슬릴 수 있으나 아직 이 학교를 잘 모르는 사람들이 많으므로 설립 목적, 피교육생, 교육 방식 등을 설명하고 논의를 전개하는 것도 나쁘지 않다. 기타 항목들 역시 현재 이 학교의 운영 상태와 필요성 등 주제의 범위를 벗어나지 않으면서 주제를 잘 설명해 줄 수 있는 내용들로 구성되어 있다.

흔히들 전체 글을 읽고 나서 핵심어keyword를 찾으라고 한다. 이 핵심어라는 것들이 사실 주제를 드러내 주는 중심 소재들을 의미하는 것이라 할 수 있다. 특히 주장과 의견이 강한 글들에서는 특히 핵심 단어 몇 개를 잘 쓰는 것이 매우 중요하다.

주제를 정하고 글을 쓸 재료들이 준비가 되면, 어떤 구성으로 글을 전개할 것인지에 대한 개요를 만들어야 한다. 개요는 전체 글을 쓰기 전에 미리 머리 속으로 구상되어 있는 것을 밖으로 끄집어 내놓는 것이다.

1. 구성 방법

1) 구성의 종류

개요의 구성에는 일반적으로 3단 구성, 4단 구성, 5단 구성 등의 방법을 많이 사용한다. 3단 구성은 흔히 서론·본론·결론으로 글을 이루는 형식이다. 4단 구성은 기승전결起承轉結, 5단 구성은 발단·전개·위기·절정·결말로 글을 이룬다. 이 가운데 4단 구성은 한시의 구성 방법에서 유래한 것으로 잘 쓰면 상당한 효과를 거둘 수 있겠지만, 적용 방식이 쉽지가 않다. 흔히들 서양학자들이 변증의 논리가 동양에서 먼저 시작되었다고 하는 것이 이 방식과 관련이 있다. 즉 '기승'에서 이어온 논의를 '전'에서 한번 전환을 시켜서 통합적으로 '결말'을 지어야 하기 때문이다.

결과적으로 보면, 이 4단 구성과 5단 구성은 결과적으로 3단 구성으로 통합될 수 있다. 왜냐하면, 3단 구성의 본론 부분을 세분화 시킨 결과로 보면 되기 때문이다.

☼ 구성법들의 단계별 공통점

3단 구성	4단 구성	5단 구성
서론	기	발단
본론	승 전	전개 위기 절정
결론	결	결말

보통 3단 구성이라 하면 논설문, 논문 등을 떠올리게 된다. 그러나 모든 글들이 다 '도입부, 몸말, 마무리'를 갖추고 있는 셈이니 결국은 우리가 쓰는 글에 다 적용되는 형식이다. 물론, 언제나 이 형식과 순서가 그대로 지켜지는 것은 아니다. 참관기, 보고서, 감상문 등 글의 성격에 따라서는 서론과 본론, 혹은 본론과 결론의 경계가 분명치 않은 경우도 분명히 존재할 수 있다.

한편, 각 단계에서는 필수적으로 들어가야 하는 내용들이 있다. 짧은 글에서는 간혹 생략될 수도 있지만 특히 내용이나 분량이 길어질 경우에서는 더욱 준수해야 할 사항들이다.

글의 전개에서 볼 때, 서론에서는 글 전체의 주제를 명시하고, 문제 제기, 글 전개의 방향, 주제 논의의 범주 한정 등이 언급되는 것이 좋다. 일반적으로 독자들이 서론을 통해서 글에 대한 개략적인 내용들을 이해하는 것이므로 문제 제기를 통해서는 왜 이 주제를 선택했어야만 했는지를 밝혀주고, 주제에 접근하는 여러 방법 중에서 어떤 것을 중심으로 하고 있는지도 밝히는 것이 좋다. 아울러 글 전개의 방향은 본론에서 언급하게 되는 핵심어들을 제시해 주는 정도라도 언급해 주면 좋다. 또, 어떤 주제는 보는 시각에 따라 다양한 논의로 확대될 수 있는 가능성이 있으므로 그 범위를 미리 정하고 시작하는 것이 명확한 서술을 위한 초석이 된다.

본론은 당연히 내용에 대한 세밀한 논의들이 이루어지는 것으로 충분하지만 결론은, 앞선 논의의 간결한 정리와 논의를 통해 얻을 수 있는 점, 차후 자신의 의견이 반영되었을 때 생길 수 있는 긍정적인 전망 따위를 언급하는 것으로 마무리를 하면 된다.

2) 좋은 구성 연습법

짜임새가 좋은 개요를 작성하기 위해서는 평소에 연습이 필요하다. 그 연습이란 것이 앞서 책 읽기에서 언급한 것과 유사한 것인데, 평소에 책이나 다른 읽을거리들을 보면서 단락 단위별로 중심 개념을 메모로 남기는 방법이다.

좋은 문장들 혹은 교과서의 글들을 보면서 단락별 중심 개념을 나름대로 생각해서 책의 여백에 남겨 두고, 나중에 한 단원이 끝나면 이 메모들만 다시 훑어보면 얻어지는 것들이 있다. 그것은 바로 논리적 흐름에 대한 인식이고, 어떤 식으로 단락을 배열하면 더 효과적인지에 대한 나름대로의 판단과 경험도 가질 수 있게 된다.

다음의 예는 구성 연습을 보인 것이다.

내 용	중심 개념
이 연구의 목적은 구리시 방언 조사 결과를 바탕으로 구리 방언의 특징을 밝히는 것이다.	연구 목적(구리 방언 조사)
현재 많은 지역에서 도시화의 과정이 빠른 속도로 진행되면서 그에 맞물려 점차 지역 방언의 특징과 순수성을 잃어가고 있다는 점을 고려하여 본다면, 이러한 도시의 방언 조사는 사라져 가는 토박이말의 보존이라는 면에서 의미를 가질 수 있다. 또한 국어의 역사적 연구에서 문헌만으로 부족한 부분을 채울 수 있는 보완적인 자료 확보라는 측면에서도 상당한 의미가 있을 것으로 기대할 수 있다.	방언 조사, 연구의 의미(토박이말 보존 및 국어사 연구 자료 확보)
구리 방언은 경기 방언의 하위 방언에 속하는데, 서울과 바로 잇닿아 있다는 사실 하나만으로도 표준어와 크게 변별될 것이 없으리라는 것을 쉽게 예측할 수 있다. 또한 급속한 도시화의 진행으로 인하여 지역 방언의 순수성을 제대로 유지하고 있을지도 의문이다.	구리 방언의 특징(표준어와 변별성이 떨어지고, 순수성 유지에 확신이 없음)
이러한 점을 충분히 고려하여 구리 지역에서 3대 이상을 거주한 사람들을 대상으로, 자칫 사라져 버릴 위험이 있는 분야의 어휘들을 중심으로 조사를 진행하고자 한다. 또한 이를 바탕으로 음운, 형태 및 문법적인 특징들을 연구하고자 한다.	피조사 대상(3대 이상 거주자, 사라질 어휘, 언어적 특징)

내 용	중심 개념
현재 구리시의 경우는 단일 지역으로 핵방언권을 형성하기 어려운 점이 있다. 그 일차적인 원인으로 구리가 하나의 독립된 행정구역으로 자리 잡은 것이 오래 되지 않았을 뿐 아니라, 지역이 매우 협소하다는 점을 들 수 있다. 이러한 점을 고려할 때, 구리시를 단일 방언권으로 보고 연구를 진행하는 것에는 많은 어려움이 있을 것으로 예상된다. 그러나 지역의 특성상 타지방에서의 유입 인구가 점차 늘어날 가능성이 높은 구리시의 방언을 이 시기에 정리 보존하여 두는 것도 상당한 의미가 있을 것이라 여겨진다. 도시화가 활발히 이루어지고 있는 현실을 감안하면 농경문화의 흔적이 완전히 사라지기 전에 농경과 관련한 방언들을 채록해 두는 것도 이 지역 문화의 일단을 남겨 놓는 작업이 될 수 있으리라고 생각한다.	현 시점에서의 구리시 방언 연구의 의미 (지역 문화의 일부를 보존한다는 차원)
방언 조사를 하다보면 어휘 항목과 관련하여 전해 오는 설화라든지, 유래들이 자연스럽게 개입된다. 이러한 사항들은 대체로 구비문학이나 민간어원설과 관련하여 설명하는 것이 바람직하지만 이 연구에서는 어휘와 상당한 연관을 가진 것에 한해서만 간략하게 소개하고자 한다.	연구 및 조사 범위의 한정(어휘 중심으로 하고, 기타 사항도 어휘와 관련이 있을 때만)

( )의 내용은 실제의 중심 내용들을 요약 제시해 본 것이다.

이처럼 보통 책을 보면서도 필요한 내용들에 대한 요약적 메모를 여백에 해 두면 자신이 글을 쓰거나 개요를 작성할 때 도움을 얻을 수 있다.

2. 개요 작성의 실제
-개요가 더 어렵다

개요 작성 시간이 되면 차라리 그냥 글을 쓰면 안 되냐는 불만들이 여기저기서 터져 나온다. 이유는 개요 작성 하는 일이 더 어렵다는 것이다. 왜? 이유는 참 간단하다. 안 해 봤으니까. 그리고 개요 작성이라고 하면 우선 목차부터 떠올리는 사람들이 많아서 그런 것 같다. 심지어는 개요 작성을 해 보라고 했더니, 1분도 안 된 시간에 다 한 사람이 있었다. 확인해 보니 '서론－본론－결론'이라고 써 놓은 것이 전부였다.

짧게 글을 쓸 때에도 개요를 써 놓고 쓰는 것이 좋다. 개요를 작성해 두고 글을 쓰면, 여러 가지 장점이 있다.

첫째, 내용들을 조리 있게 배열할 수 있다.

자신이 비중을 두는 것들과 그렇지 않은 것들을 나름대로 구분 짓고 거기에 맞게 글을 배열할 수 있는 계획도 개요를 통해 세울 수 있다.

둘째, 모든 내용들을 누락 없이 쓸 수 있다.

개요는 계획 도면과도 같은 것이므로 글을 쓰면서 계속 옆에 두고 봐 가면서 쓰게 된다. 그러므로 빠지는 내용이 없도록 잘 챙겨 가면서 쓸 수 있게 된다. 오히려 써 가는 도중에 떠오르는 생각들을 개요에 추가로 기입하여 더욱 충실한 내용을 만들어 갈 수 있다.

셋째, 서술의 균형을 맞출 수 있다.

글을 쓸 때, 유의해야 할 사항은 논리와 분량이 적당하게 균형을 이루어야 한다는 점이다. 한 주제에 대한 세 가지 속성을 설명하면서 그 균형이 한 쪽으로만 지나치게 기울어져 있지는 않은지도 고려해야 할 점이라는 것이다. 자칫, 하나 쓰고 또 생각해서 쓰고 하다보면 뒤에 나오는 내용들은 사족처럼 되어 버리는 경우도 더러 생기게 된다.

짧은 글은 짧은 글대로, 긴 글은 긴 글대로 거기에 알맞는 개요를 작성하는 것이 좋다. 논문이나 책처럼 긴 내용의 글을 단락 단위로 개요를 작성한다는 것은 불가능한 일이다. 그러나 자기 소개서라든지 감상문 따위의 글들은 충분히 단락 단위의 개요 작성이 가능하다. 거기서 더 나아가 세밀한 내용까지 어느 정도 메모가 가능할 수 있다.

자신의 주장이나 논리가 강조되는 경우에 있어서는 처음부터 배열에 특히 신경을 써야 한다. 주로 논문이나 한 권의 책을 쓸 때에도 미리 개요들을 작성하게 되는데, 이럴 때 사용되는 개요들은 대체로 장절식 개요이다. 그리고 대부분의 경우에는 이 개요가 그대로 그 글의 목차로 쓰이기도 한다.

〈보기〉 주제 : 전통 문화의 보존을 위한 대책

   (1) 서론 : 문제 제기
   (2) 본론 :
      ① 전통 문화의 개념
      ② 전통 문화 쇠퇴의 원인
      ③ 전통 문화 보존책
   (3) 결론 : 대책 마련 후의 전망

1차적으로 대략적인 내용들을 만들어 두고 다음 세부 항목에 대한 것들을 보충해 간다. 이때, 주의해야 할 것들은 내용들이 서로 충실하게 연계되는지, 그리고 주제와 일관성 있게 맞물려 가는지를 살피는 것이다.

〈보기〉 주제 : 전통 문화의 보존을 위한 대책

(1) 서론 : 문제 제기

　① 전통 문화의 개념

　② 전통 문화 유실의 사례

　③ 전통 문화 보존의 필요성

(2) 본론

　① 전통 문화의 보존의 현황

　　－정부 차원의 관리 실태

　　－일반 국민들의 전통 문화에 대한 인식

　　－외국의 예와 비교했을 때의 열악한 현실 부각

　② 전통 문화 쇠퇴의 원인

　　－전통 문화 전승자들 보호 및 발굴 실패

　　－외래문화의 무분별한 수용

　　－대중에게 친근감 주기 실패

　　－전통 문화에 대한 정책적 배려 부족

　③ 전통 문화 보존책

　　－전통 문화의 대중화를 위한 프로그램 개발

　　－향유 인구 저변 확대를 위한 홍보 활동 강화

　　－전통 문화 관련 엘리트 교육의 확대

　　－현대인의 취향에 맞는 공연 분위기 조성

　　－지방 육성책 등 다원적 활동에 대한 정책적 지원 강화

(3) 결론 : 대책 마련 후의 전망

이상에서 개요 작성에 대한 것들을 살펴보았다. 개요 작성이란 결국 전체 글을 쓰기 위한 계획과 아이디어, 그리고 소재들을 미리 큰 골격으로 구상해 보는 것이다. 자연히 실제 글쓰기에 임하다 보면 자기도 모르게 미처 생각지 못했던 부분들이 부각될 수도 있고, 자신이 옳았다고 생각되었던 것들이 논리적으로 문제가 되어 글의 흐름에 문제가 되는 경우도 생긴다. 즉, 개요는 계획이기 때문에 수정될 가능성도 안고 있다는 것이다.

　시간의 여유가 있어서 우선 개요나 계획서를 내고 본격적인 글쓰기를 하게 될 때가 있다. 그렇지 않으면, 개요를 먼저 작성해 두고 계속 자료를 수집해 가면서 서술을 해 가기도 한다. 당연히 그 과정에서 새로운 사실들을 더 알게 되거나, 자신이 알았던 사실이 이젠 더 이상 새로운 정보가 아니라는 것을 알았다면 개요의 내용을 고치더라도 그 변화를 수용할 수 있는 유연함을 보여야 한다.

도입부 쓰기

도입부는 글의 시작 부분을 말한다. 글의 종류에 따라 서론, 서두 등으로 달리 불리기도 한다. 도입부는 글 전체의 방향을 제시할 뿐 아니라, 읽는 이에게는 글에 대한 흥미를 유발시키고 글 전체에 대한 개략적인 암시도 받을 수 있다는 점에서 매우 신중하게 써야할 부분이다.

1. 도입부의 내용

도입부에서는 대체로 주제 제시, 논의 범위의 한정 및 논의의 방향, 글의 목적이 필수적인 요소로 들어가야 하고 주의 환기 및 문제의 현황 등이 선택적으로 들어갈 수 있다.

☼ 도입부의 구성 요소와 내용

구성 요소	내 용
주제 제시	글에서 논의하고자 하는 중심 생각을 제시 한다.
범위의 한정 및 논의의 방향	주제의 범위를 제한하고, 논의를 어떠한 방향과 방법으로 이끌어 갈 것인지의 방법론 제시
글의 목적	글 전체 서술을 통하여 얻고자 하는 목적 제시
주의 환기	글을 읽는 사람들에게 관심을 유도, 글의 처음에 많이 놓임.
문제의 현황	현재 주제와 관련된 사항이 어떤 상황에 처해 있는지를 확인하고 그 문제점들을 제시해 준다. 이를 통해 보통 글을 쓰게 되는 당위성을 이끌어 낸다.

이러한 내용들을 도입부에 모두 넣어서 쓰는 예도 있고, 이 가운데 필수적이라고 할 수 있는 목적, 주제만을 제시하고 바로 본론으로 들어가는 글도 찾아볼 수 있다.

〈보기〉민족 문화의 전통과 계승

①우리는 대체로 머리끝에서 발끝까지를 서양식으로 꾸미고 있다. "목은 잘라도 머리털은 못 자른다."고 하던 구한말의 비분강개를 잊은 지 오래다. ②외양뿐 아니라, 우리가 신봉하는 종교, 우리가 따르는 사상, 우리가 즐기는 예술, 이 모든 것이 대체로 서양적인 것이다. 우리가 연구하는 학문 또한 예외가 아니다. 피와 뼈와 살을 조상에게서 물려받았을 뿐, 문화라고 일컬을 수 있는 거의 모든 것이 서양에서 받아들인 것들인 듯싶다. ③이러한 현실을 앞에 놓고서 민족 문화의 전통을 찾고 이를 계승하고자 한다면, 이것은 편협한 배타주의나 국수주의로 오인되기에 알맞은 이야기가 될 것 같다.

그러면, 민족 문화의 전통을 말하는 것은 반드시 보수적이라는 멍에를 메어야만 하는 것일까? ④이 문제에 대한 올바른 해답을 얻기 위해서는, ⑤전통이란 어떤 것이며, 또 그것은 어떻게 계승되어 왔는가를 살펴보아야 할 것이다.

이기백

　　이 글은 도입부에 해당한다. 매우 전형적인 도입부의 형식을 보여주고 있다.

　　특징 중에 하나는 제목과 주제가 일치하는 글이라는 것이다. 글의 전개에서 ①은 소위 주의 환기에 해당하는 것으로 독자들에게 호기심을 불러일으킨다. 대체 무슨 말을 하려고 구한말의 상황까지 끌고 들어오는 걸까? ②는 간접적인 상황들 즉 민족 문화와 반대가 되는 외래문화 침투의 예들을 보여 주면서 소위 주제와 관련한 문제의 현황을 역설적으로 보여주고 있다. ③에서는 직접적인 서술은 아니지만 간접적인 방식으로 주제를 제시하고 있다.

　　다음 단락에 이르러서는 매우 간단한 진술이기는 하지만 ④에서 논의의 정당성과 성과에 대하여 비추고 있고, ⑤에서는 전통의 개념과 계승의 방식에 대해 논의하겠음을 밝힘으로써 주제의 범주를 한정하고 있다.

　　위의 글은 주의 환기 및 현황 등 주제와 직접적인 연관이 없는 내용들이 많은 분량을 차지하고 있다는 인상을 지우기 어렵다. 그런데, 지은이는 글의 주제가 독자들에게 쉽게 흥미를 주기 어렵다는 점과 현실적으로 주제 논의의 필요성을 강조해야 했기에 이런 구성을 고려했을 것으로 여겨진다. 즉, 독자와 주제를 고려하여 도입부의 구성 요인들은 가장 효율적인 짜임새를 보여야 한다.

2. 말하기의 도입부

같은 내용의 목차와 내용을 가지고서도 말로 발표할 때와 글로 발표할 때는 차이를 보인다. 말로 발표할 때는 거의 대부분 시간 제약이 있으며, 이 시간은 발표자의 의견이나 주장을 모두 말하기에는 부족한 것이 보통이다. 그런데, 이 시간을 넘겨서 더 많은 설명을 하려고 과욕을 부리다 보면 오히려 역효과를 낸다.

효율적인 발표를 위해서 여러 가지 방법들이 있을 수 있겠지만, 도입부를 어떻게 시작하느냐가 보통 발표의 성패를 가름하는 중요한 요인 가운데 하나가 된다. 발표자의 태도, 성량 조절, 청중과의 호흡 등 여러 요인들이 있지만 역시 주제, 즉 메시지 전달을 얼마나 명료하게 하느냐 하는 것이 중요하기 때문이다.

쓰기의 도입부에 대해서는 앞에서 이미 언급했으므로 여기서는 말하기의 도입부를 위주로 예를 들어 보기로 한다. 보통 쓰기의 내용과 말하기의 내용 즉, 글쓰기의 원고가 말하기의 원고가 되는 경우가 대부분이다. 차이가 있다면 글 원고에 비해 말 원고의 양이 적다는 것이다. 그런데도 도입부의 양은 말이 더 많을 수 있다. 왜냐하면 말의 도입부에서는 전체 발표 과정에 대한 개략적인 설명이 포함되는 예가 많기 때문이다.

〈보기〉 발표 도입부의 예

(1) 주의 환기－인사말 및 발표자 소개

안녕하십니까?(잠깐 여유를 둠) 발표를 맡은 (소속)의 ○○○입니다.

(2) 주제 제시－발표 제목 및 주제 제시

금번, 저희 연구소에서는 ***을 연구 과제로 삼아 약 1년 8개월간을 연구를 시행한 결과, 그 성과를 여러분 앞에서 설명 드리는 기회를 갖게 되었습니다.

(3) 문제 제기－연구 동기 및 연구 성과의 의미

저희 연구소에서 이 물질 연구에 관심을 갖게 된 것은 에너지 위기의 확산으로 에너지의 효율성 높이기에 대한 사회적 관심이 높아지고 또 대체 에너지에 대한 필요성이 한층 높아지고 있는 학계, 경제계의 분위기와 전혀 무관하지 않았습니다. 그간 연구해 온 실적들을 바탕으로 본격 연구에 착수한 결과 얻어진 이번 성과로 천연자원의 부족으로 어려움을 겪던 우리 산업의 에너지 공급에 활로를 개척할 수 있을 것으로 봅니다.

(4) 전개의 방향－발표 목차 소개(파워 포인트 등 시청각 도구사용 이용) 및 전체 내용의 개략적인 소개

오늘 소개드릴 내용들은 먼저 말씀드리겠습니다. 우선, 연구에 사용된 방법과 연구 과정들을 간략하게 알려드리겠습니다. 그리고 연구 단계별로 얻을 수 있었던 성과들을 목차에서 보시는 바와 같이 성과물들의 특성과 그 학문적·실용적 가치를 중심으로 설명하고자 합니다. 특히, 각 단위별로 연구된 결과들을 취합하여 얻어낸 최후의 성과물인 ***은 성분과 용도 등에 대해 자세히 설명드리고자 합니다. 이 부분에 여러분의 많은 관심을 부탁드립니다.

글에서와는 달리 말에서는 주의 환기가 "이제 발표를 시작하겠습니다."라는 사실을 모인 사람들에게 인식시키는 어떤 말이나 행동이면 충분할 수도 있다. 그리고 글과는 달리 전체적인 내용들에 대해 목차를 통해 소개하는 부분이 필요하기도 하다. 실제의 경우에서는 이렇게 소개는 해 놓고 더욱 중요한 것에 많은 시간을 할애하기 위해 한두 마디 혹은 아예 설명을 생략한 채 넘어가는 경우도 있다.

이처럼 현장, 말 혹은 글의 차이, 주제의 차이 등 여러 요인에 따라서 도입부 역시 어떻게 시작하는 것이 가장 현명할 것인가를 생각해야 한다.

3. 도입부 쓰기의 방법

글의 시작을 어떻게 하느냐는 문제는 결코 쉬운 것이 아니다. 해당 독자들에게 무엇을 요구할 것인가에 따라, 혹은 글 쓰는 사람이 강조하고 싶은 것이 무엇인지에 따라 도입부를 쓰는 방식도 조금씩 차이를 보이는 것이 일반적이다.

도입부는 앞에서도 언급한 것처럼 독자에게 전체 글에 대한 호감도, 흡인력 등을 느끼게 하는 얼굴과도 같은 역할을 한다. 그리고 쓰는 사람 입장에서 본다면 글의 실마리를 풀어가는 역할을 하게 되므로 최대한 신중하면서도 흥미롭게 쓰기 위해 노력해야 한다.

일반적으로 잘 알려져 있는 도입부 쓰기의 방식을 소개하기로 한다.

1) 주제 언급형
– 주제문을 내세우며 시작하는 방법

　주로 주제가 참신하거나 최근 들어 새롭게 사람들 사이에 관심을 끌고 있는 글, 그리고 학술 연구 논문 등에서 주로 사용하는 방법이다.

　도입부 쓰기의 가장 일반적인 방법으로 글의 중심 생각, 즉 주제를 먼저 제시하면서 서두를 시작한다. 글의 목적과 방향을 제일 먼저 요약적으로 제시하는 것이므로 독자들이 시작부터 글이 추구하는 바를 명확하게 이해할 수 있다는 장점이 있다. 주의 환기 등이 없이 바로 시작되는 글이므로 주제 자체가 사람들의 주의를 끌 수 있을 만한 것이어야 한다는 점에 유의해야 한다.

〈보기〉 **남녀평등에 대하여**

　아직도 일차적 성징에 의해 남녀가 차별을 당하는 것이 당연하다고 생각하는 몰지각한 사람들이 있다는 것은 우리 사회의 전근대성을 드러내는 명백한 증거요, 치부이다. 더구나 성차별을 자행해 놓고서도 그것이 성차별이었는지도 모르고 억울하다는 표정으로 오히려 역차별 운운하는 한심한 행태들을 보고 있노라면 할 말이 잃게 된다. 아직도 이 문제에 대해서는 사회적 관심 환기와 정책적 배려, 교육의 필요성 등이 과제로 남아 있는 것으로 여겨져 이들 각각에 대한 구체적 방향들을 제시해 보고자 한다.

　위의 글은 현재 우리 사회에서 상당히 중요한 문제를 주제로 삼고 있다. 그런데도 과연 이 글을 처음 읽은 독자들이 관심을 가지고 끝까지 읽어줄 것인지는 의문이다. 도입부의 처음 시작을 보면 왠지 요즘 너무

자주 나오는 이슈이고, 또 자주 하는 이야기의 전개일 것이라는 느낌을 들게 하기 때문이다.

<보기> 남녀평등에 대하여

발해渤海도 이미 자국의 역사 속에 편입시킨 중국이 광개토대왕과 고구려의 역사마저 왜곡시켜 그들의 역사라는 주장을 펼치고 있다. 역사에 대한 해석과 이 사실의 교과서 등재가 순수한 역사학자들의 연구 성과만으로 해석될 수 없다는 점을 상기할 필요가 있다. 일본의 '임나일본부설'이 일제강점기를 합리화하기 위한 억지 해석이 되었던 것처럼, 이 또한 어떤 정치적 의도를 가지고 이용될 것인지 경계하지 않을 수 없다.

위의 예 같은 경우는 몇 가지 이유에서 주제 언급형이 가능하다. 중국의 역사 왜곡이라는 소재가 일본의 역사 왜곡과는 달리 새롭게 부각된 일이라는 점, 그 내용 속에 발해 역사에 대한 정보가 새롭게 포함되어 있다는 점 등이 독자들에게 흥미를 줄 수 있다.

2) 개념 정의형
─대상의 개념을 정의하면서 글을 시작하는 방법

일반인들이 잘 모르는 개념, 혹은 새 해석이 필요한 개념을 대상으로 글을 쓰게 될 때 많이 사용하는 방법이다. 생소한 용어를 처음부터 자꾸 쓰느니 용어에 대한 정의를 내려주고 시작하는 것이 효과적인 글의 전개가 될 것이기 때문이다.

〈보기〉 **중화사상**中華思想**과 고구려사**

　중화사상은 중국인들 스스로가 중국이 세계의 중심이며 가장 문명이 발달한 나라로 여기는 것을 의미한다. 여기에 하나를 더 보태자면 이 중화中華는 중화中和로도 해석이 될 수 있어서 모든 것들이 중국인 즉 한족漢族 중심으로 융화될 수 있다는 것이기도 하다. 한때 원과 청 등 이민족에 의해 지배당했던 역사까지 한족의 역사로 해석하는 그들의 논리는 소수 지배 세력이 뭐가 그리 중요하냐는 것이었다. 그 시대를 살아간 다수의 역사 주도 세력은 바로 한족이었으니 결국 그 시기도 자기들의 역사라는 것이다. 그 당당함을 부러워 한 적도 있었는데 갑자기 고구려 역사에 대한 억지 주장에 철퇴를 맞을 줄이야.

　중화사상은 사람들이 대체로 잘 알고 있는 개념일 수도 있다. 그러나 일반인들이 생각하는 중화사상과 조금 다른 해석이 가미되어 새롭게 정의할 필요가 있었기 때문에 정의법을 사용한 문장으로 시작하고 실례를 든 말미에 다른 제재와의 연계를 시도하였다.

3) 문제 제기형
　－'아, 여기에 이런 문제가 있었던가?'를 생각하게 한다.

　이미 다수의 사람들이 그렇게 하는 것이 당연하다고 생각하는 문제에 대해서 다시 신중하게 생각해 볼 계기를 제공하거나, 미처 생각지 못한 점을 지적해야 할 때에 주로 사용하는 방법이다. 무조건 문제를 제기한다고 좋은 것이 아님을 명심해야 한다.

<보기> 고구려사 문제 접근법

　이미 1995년부터 서서히 시작되어 온 고구려사 왜곡 문제가 이제야 시작된 것인 양, 나라 전체가 더위만큼 후끈 달아오르고 있다. 특히 네티즌들의 분노는 극에 달해 당장 극단적인 방법들을 제시하고 있지만 중국이라는 나라에 대한 이해가 우선 필요한 시점이다. 긍정적인 해결이 중요한 것이지, 지금 당장의 분노 표출이 중요한 것이 아니기 때문이다. 중국의 입장에서는 모른 척 해 버리면 그만인 문제일 수도 있기 때문에 자칫 대화의 통로마저 미리 막아 버리는 우를 범하는 과격수는 피해야 한다. 벌써 우리는 항의 한번으로 정부 수립 이전의 역사들을 완전히 말소 당하는 수모까지 덩달아 겪지 않았는가.

　중국의 역사 왜곡으로 2004년 여름이 소란스러웠지만, 실제 이것이 1995년부터 시작된 것임을 알고 흥분한 사람은 얼마나 될까? 이 문제만이 아니라 사실 역사 문제와 관련하여 일본학자의 계속되는 망언에 항거하다 정부와 국내의 무관심에 지치고 낙담한 사람들이 있음을 아는 사람은 얼마나 될까? 이런 문제들을 제기하고, 일시적으로 생기는 문제로 흥분할 것이 아니라 조직적이고 냉정하게 대처할 문제임을 지적하는 방식으로 글을 시작하는 것이 이런 문제에서는 중요하다.

　이처럼, 평범하게 "그럴 것이다."라고 생각하는 문제에서 간과하기 쉬운 것들을 지적하고 이를 통해 관심을 유도하는 효과까지 거둘 수 있다는 점에서 매우 유용한 방법이다.

4) 시사적 내용 언급형

주제가 실제로 사회에서도 얼마나 많은 관심과 호응을 얻고 있는 내용인지를 알릴 수 있다는 장점이 있다. 이 글은 최근에 사회적으로 많은 관심을 불러일으키고 있거나, 신문·방송 등의 대중 매체를 통해서 많이 알려진 내용들을 언급하며 시작하는 것으로, 사회적 파장이 큰 사건일수록 더욱 큰 효과를 얻을 수 있다.

〈보기〉 재산 공동 등록 법제화

최근 부부의 재산 공동 명의제 법제화 추진을 놓고 여성계의 움직임이 활발하다. 여성들의 권리 신장에 무엇보다 큰 힘이 될 수 있을 것이라는 주장이 있는가 하면, 오히려 이혼율을 높이는 가장 큰 원인으로 작용하는 악법이 될 것이라는 주장도 있다. 그런가 하면, 우리 여성들은 충분히 그럴 자격과 권리가 있다는 의견과 그럴 경우 그야말로 우리 사회의 계층 분리를 고착화 시키는 결과를 낳게 될 것이라는 의견이 팽팽이 맞서고 있다. 재산권과 관련한 이 법규가 여성의 평등권과 어떤 직접적인 연관을 갖는 것인지에 대한 사회적 이견들이 다양한 실정이다.

여성 운동가들의 꾸준한 노력의 일환으로 최근 법제화에 대한 논의가 일고 있는 문제이다. 이 문제의 핵심 논점은 재산을 50 : 50으로 남편과 아내가 공동 명의로 소유 등록되도록 해야 한다는 것이라서 상당한 논란을 일으키고 있다. 그러므로 시사적인 내용으로서 가치가 있고 흥미를 일으킬 수 있는 내용들이 될 수 있다.

5) 사건 또는 일화 제시형

자신이 경험한, 혹은 들은 이야기나 사건으로 글의 도입부를 시작하는 것이다. 물론, 주제와 적극적인 관련이 있어야 한다는 전제가 뒤따른다. 적절한 일화나 사건을 먼저 제시하게 되면 독자들에게 흥미를 제공하고 또 무슨 주장이나 의견을 펼친 것인가에 대한 호기심을 줌으로 해서 기대 효과를 높일 수 있다는 장점이 있다. 자칫 딱딱하게 흘러가기 쉬운 주제를 유연하게 만들 수 있다는 효과도 있다.

〈보기〉 승객은 왕이다

민항 초기에 비행기를 탈 때면 난데없이 고무신을 벗어드는 사람들이 꼭 있었다. 한 손에는 고무신, 한 손에는 핸드백을 들고 두리번두리번 기내를 살피는 모습들이 그렇게 밉지만은 않았던 것 같다. 신발을 벗어든 승객들에게 신발을 신으시라고 하면 대부분 쑥스러운 표정으로 신발을 신곤 했는데 어느 날 한 아주머니 승객은 곱지 않은 눈길로 '예전엔 벗었다는데……'하시는 거다. 순간 당황스러웠지만 웃는 얼굴로 '예, 그랬었죠. 얼마 전부터 신을 신도록 규정이 바뀌었습니다.'라고 대답하자 그 아주머니도 함박웃음을 띄우며 '그랬구나, 고마워요' 하시며 다시 신발을 신으셨다. (중략)

승무원 생활을 하다 보면, 승객들이 실수를 하는 경우를 자주 보게 된다. 그럴 때, 승무원은 승객이 무안하지 않도록 마음을 쓰는 여유와 서비스 정신을 보여야 한다. 우리에겐 그야말로 '승객이 왕A passenger is the King'이기 때문이다.

"승객 여러분, 오늘도 저희와 함께 즐겁고 편안한 여행이 되실 겁니다."
비행 시작 전에 언제나 마음속으로 되뇌이던 한 마디, 항상 이것은 나에

게 하나의 확신이었다. 그리고 지금은 내 후배들이 저 창공에서 이 확신을
이어가고 있다.

원동헌, 『3만 시간, ZZarie의 비행』 중에서

승무원들에게 승객이란 어떤 존재이고, 그들을 대하는 승무원의 마
음가짐은 어떤 것인지를 보여주는 글이다. 친절해야 하고, 어떠해야 하
고 하는 식으로 채워진 추상적인 말들보다는 오히려 경험담 하나가 훨
씬 전하고자 하는 의도를 구체화하는 효과를 거둘 수 있는 예이다.

6) 인용형
–다른 사람의 말이나 의견 따위를 끌어다 쓰면서 시작하는 방법

자신이 주장하는 바를 좀더 객관성 있는 것으로 보이게 하기 위하여
자신 외에도 다른 유명한 사람들도, 그리고 다른 저서들에서도 혹은 격
언, 속담 등에서도 주제와 관련한 언급들이 있었음을 보이는 방법이다.
인용을 하더라도 인용어구들이 참신하고 새로운 것들이어야 그 의미를
살릴 수 있다는 점에 유의해야 한다.

〈보기〉

언어와 사고의 관계를 연구한 사피어에 의하면, 흔히 생각하듯이 우리
는 객관적인 세계에 살고 있는 것이 아니다. 우리는 언어를 매개로 살고
있으며, 언어가 노출시키고 분절시켜 놓은 세계를 보고 듣고 경험한다. 워
프 역시 사피어와 같은 관점에서 언어는 우리의 행동과 사고의 양식을 결
정하고 주조한다고 말한다. 사피어와 워프의 말에 비추어 우리말의 경우를

생각해 보자. 우리말에서는 초록, 청색, 남색을 '푸르다'고 한다. '푸른 숲', '푸른 바다', '푸른 하늘' 등의 표현이 그러한 경우로, 우리는 이 다른 색들에 대해 한 가지 말을 쓰고 있다. 사피어와 워프에 따른다면 이러한 현상 때문에 우리는 숲, 바다, 하늘을 한 가지 색깔로 생각하게 된다. 언어가 사고를 결정하는 것이다.

자신의 주장하는 결론은 역시 언어가 인간의 사고를 결정한다는 것이다. 이러한 사실은 자신만의 의견이 아니라 이미 사피어나 워프와 같은 언어학자들의 이론에서도 언급이 되었던 내용임을 들어 줌으로써 결론의 객관성과 권위를 더 하고 있다. 하지만, 인용의 경계가 명확하지가 않아 어디까지가 다른 사람의 의견이고, 어디부터가 자신의 해석인지를 구분하기 어렵다는 점이 흠이다.

〈보기〉

일찍이 E.H.카는 『역사란 무엇인가』에서 역사란 역사가와 사실 사이의 끊임없는 상호작용이며 과거와 현재 사이의 끊임없는 대화임을 강조한 바가 있다. 역사적 사실이란 것이 현실과 괴리되어 단순히 붙박이로 존재하는 것이 아니라 끊임없는 해석의 손길을 기다리며 역동적인 움직임을 기대하고 있다는 것이리라. 그러나 이러한 해석이 어떤 불순한 의도에 의해 사실을 왜곡해도 좋다는 뜻은 아닐 것이다. 그런데, 지금 우리 인근 국가들이 자국 행위의 당위성을 부과하기 위해 과거사를 마음대로 해석하고, 심지어는 소중한 유적들까지 훼손하는 일마저 자행하는 것을 볼 때 역사란 무엇인가에 대한 의문이 생긴다.

위 글의 인용 방식은 저명한 역사학자인 E.H.Carr의 저서 중 한 부분을 인용하고, 그 부분을 해석한 후 그 부분에 위배된 행위를 보이는 인근 국가들의 행위에 대해 문제를 제기하는 형식으로 도입부를 시작하고 있다. 이런 식의 서술은, 주제 역시 '인근 국가의 역사 왜곡 문제'일 것임을 암시 받을 수 있으므로 효과적인 서론 기술이 될 수 있다.

이상에서 가장 많이 쓰이는 도입부 쓰기 방식들에 대하여 살펴보았다. 모든 글들이 그러하듯이 이 도입부 쓰기 역시도 글의 용도에 따라 가장 적절한 방식을 선택해야 한다. 예를 들어 학술 논문 같은 경우에는 아직 일화로 시작하는 도입부의 방식을 인정하는 분야는 없는 것으로 알고 있다. 그런가 하면, 신문들의 사설 같은 경우에는 딱딱한 글임에도 불구하고 흔히 인용으로 시작하는 경우가 많다. 그런데 이럴 때의 인용은 비평 즉 평가를 위한 인용이 대부분이고, 신문사의 입장을 옹호받기 위해 다른 사람의 말을 빌려 오는 경우는 드물다. 이처럼 기본 골격 위에서 활용의 방식은 달라질 수 있다.

4. 종결부 쓰기

종결부는 결론, 마무리 등으로 부르기도 하는 부분으로 이제까지 논의된 내용들을 정리해 주고 말 그대로 결론을 내리는 부분이다.

누군가 용두사미로 글이 끝나는 경우가 많아서 고민이라고 한 적이 있다.

이런 경우, 원인을 분석해 보면 도입부에서 지나치게 거창한 주제를 제시했거나, 혹은 범주 한정에 실패했다든지, 추상적인 개념의 단어 나열이 많았을 가능성이 높다. 그리고 본론 서술에서도 일관성 즉 통일성, 연결성, 강조성 등에 실패해서 논의의 범주가 무한대로 넓혀졌을 가능성도 있다. 그리고 마지막 남은 가능성 하나가 마무리 부분인 결론에서 글을 야무지게 맺어주지 못했을 수가 있다는 점이다.

일반적으로 종결부는 본론에서 논의된 내용들을 요약하고, 각각의 내용에서 산만하게 내려져 있던 주장 혹은 의견들을 종합한 결론을 내려주는 것이 가장 일반적인 역할이다. 분량이 짧은 글에서는 핵심 단어 몇 개로 내용을 요약하는 것으로 마무리가 되는 것이 보통이고, 그런 연후에 한두 문장으로 결론을 대신한다.

한편, 특히 현실과 관련하여 어떤 새로운 의견을 제시했거나 혹은 이공계 관련 분야에서 새로운 방법론 등을 개발했을 경우에는 성과가 차후에 미칠 영향, 주제와 관련한 전망 등에 대하여 언급을 하기도 한다. 또, 연구 논문 등에서는 미진했던 부분들이나 향후에 더 논의가 이루어져야 할 부분들에 대한 언급들이 포함되기도 하는 것이 일반적이다.

✿ 이공계 논문의 종결부

내 용	구성 성분
본 연구에서 신세대 소비자가 선호하는 주거환경에 대해 분석한 조사 결과를 바탕으로 다음과 같은 결론을 내리고 제언을 한다.	결론의 개략적 내용
대학생들이 선호하는 주택 유형은 고층아파트, 주택규모는 20~24평의 국민주택규모 이하였다.	내용요약1 (정리형 결론)

내 용	구성 성분
구입가격은 현재의 주택 시세를 감안한 가격을 생각하고 주택 구입 자금에 대한 부담은 본인의 저축을 통해서 마련하려 하였다. 대학생들은 처음 구입할 주택가격은 1억원~1억5천만 원(대한주택공사, 1997 시세 기준)이었다.	내용요약2 (정리형 결론)
대학생들이 선호하는 주거지역은 대도시나 대도시 근교로 나타나 지금까지 보여온 인구의 수도권 집중이 그대로 지속될 것으로 보인다. 따라서 현재의 추세대로 간다면 균형 있는 국토개발이 어려워지므로 도농(都農)간의 격차를 줄이고 수도권 인구 집중을 막을 수 있는 대안이 요구된다.	내용 요약3 및 관련 문제의 제시 (정리형 결론)
대학생들이 선호하는 주거환경 선택 요인을 조사한 결과 가장 중요시하는 것은 자연환경적 요인으로 최근 관심의 대상이 되고 있는 환경 친화적인 단지 계획의 필요성이 다시 한 번 강조된다.	내용 요약4 (정리형 결론)
본 연구의 결과를 바탕으로 다음과 같은 제언을 한다. 첫째, 본 연구는 미국과의 비교연구를 목적으로 하여 미국에서 1988년에 개발된 설문지를 이용하면서 양국간의 문화적 차이를 고려하여 한국의 실정에 맞게 문항을 일부 수정해서 한국 대학생의 주거선호를 파악하였다. 그러나 한국의 신세대 생활양식을 파악하기 위해서는 이를 조사할 수 있는 도구가 개발되어야겠다. 둘째, 조사대상자는 전국에서 모인 대학생이 다니는 서울과 부천의 두 학교로 한정하여 양적인 분석을 통해 설명력을 가지고는 있으나 전국 각지의 대학을 중심으로 군집화하여 더 많은 지역에서 다수의 대학생을 대상으로 연구를 하여 일반화를 시도하는 연구가 필요하다. 셋째, 미래의 주택 소유자인 신세대가 원하는 주거환경 계획을 위한 구체적인 지침 마련 연구가 필요하다.	향후 전망 및 차후 논의 필요 부분

「신세대 소비자·대학생의 주거와 주거입지환경 선호에 대한 연구」 중에서, 박남희 외

위의 보기는 이공계 논문의 결말부에서 볼 수 있는 일반적인 예이다. 이러한 논문의 경우는 조사 결과와 이를 통한 자기주장이 함께 결합된 내용들이 포함된 글의 성격이 함께 포함되어 있다는 특징이 있다. 그래

서 앞에서 제시된 내용들 가운데 여러 가지의 분석 결과 등 수치적이거나 통계적 내용들에 대한 것들이 보여주는 의의들에 대한 것들을 간략하게 요약하고 향후 남는 과제들에 대해 제시하는 것으로 결론을 대신하는 것이 일반적이다.

이처럼 종결부에는 글의 길이와 상관없이 앞에서 이미 논의 되었던 내용들을 간결하게 정리하면서 주제를 다시 부각시키고, 아울러 이러한 논의를 통해서 얻어질 수 있었던 성과 혹은 차후의 과제를 내용 속에 포함시키는 것이 기본 내용으로 포함되어야 한다.

한편, 종결부 쓰기에서 다시 주제가 언급이 되지만, 이때의 주제는 서론에서의 주제와 성격이 다르다. 왜냐하면, 서론의 주제는 이제부터 이런 것을 중심으로 논의를 전개할 것이라고 글의 중심을 세우는 역할을 하는 정도이지만, 결론에서는 충실하게 논의가 된 다음의 주제이기 때문이다. 그러므로 충실한 뒷받침으로 확고한 개념화가 이루어진 주제라고 할 수 있다.

〈보기〉 **서론과 결론의 주제 제시**

이제, 중국의 최근에 문제 삼고 있는 고구려사에 대하여 논의해 보고자 한다.(서론)

이상에서, 중국에서 제시하고 있는 역사적 근거들을 반박하는 방법들을 통해 고구려사가 절대 중국의 역사 속에 편입될 수 없음을 확인해 보았다.

이처럼 명백한 우리의 역사를 억지 논리로 강탈하려는 시도에 대해 감정적 대응을 하는 것보다는 '역사는 거짓을 말하지 않는다.'는 사실에 비춰 차분하게 대응해야 한다. 세계 각국이 고구려가 우리 선조의 역사임을 인정할 수 있는 증거들을 계속 학계에 발표하고, 우리보다 고구려에 대해 많은 자료를 가진 북한과 협력하여 이 문제에 대처하는 자세가 필요하다.(결론)

이처럼 형식을 중시하는 글에서는 내용상의 흐름을 종결하는 부분에서 결론과 요약 및 향후 전망 및 과제가 함께 들어가는 것이 일반적이다. 이렇게 마무리를 지어주는 것이 글의 마무리를 명쾌하게 하는 데 가장 유용한 방법이 될 수 있다.

반면에, 감상문이라든지 가벼운 이야기를 담은 글에서 마무리를 위에서 언급한 형식처럼 정형화하는 것은 오히려 글 전체의 분위기를 어색하게 할 뿐이다. 가벼운 감상 한 마디로 마무리를 해 주거나 하는 것이 오히려 글의 구조를 위해 더 나은 선택이 될 수 있다.

제5부
글쓰기 연습

감상문 쓰기는 서사와 묘사, 논술, 설명 등 글쓰기의 모든 방법이 어우러질 수 있는 종합형이라 할 수 있다. 일반적으로 자기 글에 독창성이 없다거나, 긴 글 요약에 허점이 있다거나 혹은 일정한 격식에서 벗어나지 못한다는 한계가 있는 사람들이 부담 없이 시도해 볼 만한 글쓰기 연습 방법이며, 매우 유용한 독학 방식이다.

감상문 쓰기
—문화 체험 후 감상 남기기

감상문 쓰기는 서사와 묘사, 논술, 설명 등 글쓰기의 모든 방법이 어우러질 수 있는 종합형이라 할 수 있다. 일반적으로 자기 글에 독창성이 없다거나, 긴 글 요약에 허점이 있다거나 혹은 일정한 격식에서 벗어나지 못한다는 한계가 있는 사람들이 부담 없이 시도해 볼 만한 글쓰기 연습 방법이며, 매우 유용한 독학 방식이다.

감상문 쓰기는 결과적으로 종합적인 글쓰기 방법의 일환이며, 생활 속의 글쓰기가 될 수 있다. 또, 앞서 글쓰기의 기초와 형식 부분의 내용을 그대로 적용해 볼 수 있으므로 몇 가지 간단한 준비를 갖추고 시행해 볼 만하다.

일차적으로 감상문 쓰기의 상위 개념으로 문화 체험 감상문 쓰기 및 문화 체험기 작성에 대하여 알아 보고, 책을 비롯 영화 감상, 공연 감상 등 여러 감상 쓰기의 실질적인 예들을 살펴 보기로 한다.

1. 문화 체험 감상 쓰기

감상문이라 하면 독후감만을 떠올리던 시대는 이미 지났다. 읽기도, 단순히 책만을 읽는다고 인식하던 시대를 지나 '문화 읽기'의 시대로 접어든 지 오래다. 범주가 넓어지면서, 형식도 다양해졌다. 이 점이 글을 쓰는 사람에게는 고통이 될 수도 있고, 희망이 될 수도 있다. 형식에서 자유롭지 못해 어떻게 쓸 것인가로 고민하는 사람에게는 고통이 될 것이고, 내용의 다양함으로 자신만의 생각을 마음껏 펼칠 수 있다고 생각하는 사람에게는 희망이 되는 조짐이 되는 것이다.

문화 체험 감상이라고 표현한 것은 다양한 문화 영역, 장르들 예를 들어 책은 물론이고 영화, 음악, 연극, 유적지 기행 등 문화와 관련된 것이면 모두 이 감상 기록의 대상이 될 수 있다는 것을 강조하기 위해서이다.

문화 체험 감상을 쓰기 전에 유의할 점이 있다. 우선적으로 '감상문은 이런 형식으로 써야 한다.'라는 선입견을 버려야 한다. 이러한 태도는 글쓰기에 아무런 도움이 되지 않는다.

1) 문화 체험 감상 쓰기가 필요한 사람

1. 언제나 소재에 목마르다.
2. 독창성이 부족하다는 평가를 받는다.
3. 긴 글 요약에 허점이 있다.
4. 다양한 문화 체험이 필요하다.
5. 글쓰기에 어려움을 느낀다.

문화 체험 감상은 문화 체험을 글로 옮기는 것이다. 최근에 초등학교에서 중고등학교에 이르기까지 각급 학교에서 수행 평가의 일환으로 이와 비슷한 개념을 도입한 과제들을 학생들에게 의무화하고 있는 것을 보았다. 매우 고무적인 현상으로 여겨진다.

글쓰기의 영역에서 본다면, 이런 문화 체험은 다양한 경험을 낳고 그 결과는 다양한 사고로 이어질 수 있는 초석이 된다. 아무리 영화를 많이 보고, 연극을 좋아하고, 음악을 좋아해서 감상을 즐겨도 그것만으로 끝나는 것은 의미가 없다. 앞서 언급한 것처럼 그냥 나뒹굴고 있는 구슬에 지나지 않는 것이다. 이러한 행위가 비판적 서술로 남아야 한다면, 그 중간에 사고 작용이 개재하게 되는 것은 필연적이다. 흩어져 있는 구슬, 즉 경험들과 감성들을 꿰어주는 실의 구실을 해 주는 것이 바로 각 개인의 사고 작용인 셈이다.

자기 경험의 정리, 그리고 사고 작용의 확대와 훈련 등도 아울러 이룰 수 있어야 가능해지는 것이 바로 문화 체험 감상문이다. 한편, 이러한 문화 체험 감상들을 모아서 기록해 두는 것을 편의상 문화 체험기라고 부르기로 한다.

2) 문화 체험 감상의 작성 단계

누구나 자유롭게 행할 수 있는 것이겠지만, 시작 단계에서 어떻게 하는 것이 좋을지 혼선을 겪을 수 있다. 아래에서 문화 체험기 작성을 준비하는 데에 필요한 과정들을 형식화해서 몇 단계로 나누어 보았다.

이 내용들은 자신의 특성이나 취향에 따라 얼마든지 변형시킬 수 있다. 그래서 내용들에 대한 구체적인 보기들을 하나하나 들지 않았다. 다만 유의해야 할 것은 단계별로 요구하는 사항들은 기본적인 것들인 만큼 꼭 시행해야 한다.

1 단계 : 문화 체험 기록을 위한 노트나 다이어리를 준비할 것
　　　→ 자기만의 제목을 꼭 붙일 것
　　　예) ○○○의 문화 체험기/알고 싶은 문화, 경험한 문화/내가 겪은 문화 이야기 등
2 단계 : 필요 형식을 정할 것
　　　→ 세부 항목은 자유롭게 하는 것을 원칙으로 하되, 서사 부분과 감상 부분은 필수적으로 구분할 것
3 단계 : 문화 체험의 범주를 정할 것
　　　→ 되도록 경험 못한 미지의 범주 확장에 관심을 가질 것 −연극, 뮤지컬, 도자기 만들기 체험 등
4 단계 : 10건 정도, 혹은 시간 단위로 2달 정도 등 일정한 단위를 정해 목차를 작성해볼 것
5 단계 : 일정 기간이 지난 후, 자신이 작성하고 기획한 감상문의 형식이 기억을 되살리는 데에 도움이 되는가를 스스로 평가해 볼 것
　　　→ 미진한 부분이 있으면 보완 및 수정의 과정을 거칠 것

3) 문화 체험기 작성의 장점

① 문화의 여러 영역에 대한 다양한 경험을 할 수 있다.
② 글쓰기의 소재들을 축적해 둘 수 있다.
③ 메모하는 습관과 요령을 자연스럽게 터득할 수 있다.
④ 글쓰기의 다양한 방식들을 경험할 수 있다.
⑤ 자신의 생활의 기록물들을 남길 수 있다.

이상에서 문화 체험기를 작성의 필요성과 요령, 그리고 몇 가지 장점들에 대하여 살펴 보았다. 이 문화 체험기는 주로 기술의 방법을 다양한 방식으로 익힐 수 있다는 것들과 동시에 글쓰기에 대한 거부감을 덜 수 있다는 점, 기록이 주는 재미를 느낄 수 있다는 점이 두드러진다고 할 수 있다.

문화 감상문의 예

　　문화 체험 감상문을 쓰는 방식들은 매우 다양하다. 어떤 경우에는 내용이 중심이 될 수 있고, 또 다른 경우에는 전체적인 경험들이 중심이 될 수도 있다. 그런가 하면, 그 날의 감정들이 위주가 될 수도 있는 것이 문화 감상문이다. 앞서 언급한 것처럼 반드시 어떤 형식에 속박을 받아야 하는 것이 아니고, 자기에게 가장 감명을 준 부분이 무엇이었는지가 중요한 것이므로 그 점을 중시해야 하는 것이다.

　　이제 몇 가지 예들을 통해 구체적으로 작성의 방법들을 확인해 보기로 한다. 주의할 것은 '예는 예일 뿐'이라는 점이다.

(1) 독후감 쓰기

　　독후감 쓰기는 워낙 잘 알려져 있는 형식이므로, 여기서는 작성에서 생길 수 있는 문제점을 제시하는 예로 삼았다. 독후감에서 가장 중시되는 것은 말 그대로 '책을 읽고 난 후의 감상'이다. 즉, 책의 내용 요약이나, 작가의 생애 소개가 글을 읽으면서 얻게 된 감상보다 중요할 수 없다는 점에 유의해야 한다.

<보기>

　이 책을 접하고 책을 권한 분의 의중을 짐작할 수 없었다. 일반적으로 좋은 책을 권하는 것이 가르치는 분의 역할이라고 생각했는데, 이 책은 도무지 그런 느낌을 주지 않았다.

　처음 얼마간은 베스트셀러까지 된 책이라는 생각에, 그리고 접하지 못한 나라의 문화를 간접적으로 대할 수 있다는 생각에 즐겁게 책장을 넘길 수 있었다. 그러나 점점 작가의 일방적인 시각을 통해 그 나라 사람들의 문화를 함부로 평가하고, 비난 일색으로 흐르는 태도에는 정말 화가 나지 않을 수 없었다.

　(중략)

　적어도 대중에게 정보를 제공하는 사람은 좀더 객관적이고 냉정한 시각을 바탕으로 대상을 평가하고 서술해야 할 의무가 있다고 생각한다. 그런 의미에서 본다면 이 책은 도무지 한 시대를 앞서 가는 지성인이 쓴 책이라고는 볼 수 없는 무가치하고, 무절제하며, 균형의 추를 잃은 시각이 담겨 있다. 오죽하면 책을 덮고 나서 읽기를 강요한(?) 분을 원망까지 했을까?

　<u>참 감명 깊은 책이었다.</u>

학생 글

　이 학생의 글은 처음에는 참 잘 썼다는 생각이 들었다. 왜냐하면 이 책을 읽고 이렇게 문제점을 잘 지적한 글이 드물었기 때문이다. 그런데 마지막에 무엇이 아쉬웠던가, 아니면 과제를 내준 사람에 대한 예의였는지 혹은 나름대로의 위트였는지 알 수는 없지만 독후감의 마지막에 으레 나오는 구절 하나가 글 전체의 흐름을 망쳐 버리고 말았다.

이러한 문제는 매우 극단적이긴 하지만 독후감은 작가와 작품 줄거리를 간략하게 소개하고, 자신의 감상을 적는 것으로 마무리한다는 규격적인 인식에서 벗어나지 못한 예에 속한다. 특히 감상은 좋은 쪽으로 그리고 교훈이 되는 쪽으로 적는 것이 되어야 한다는 뿌리 깊은 인식에서 비롯된 것이라 할 수 있다.

모든 문화 체험 감상문에 자신의 이야기를 기록할 때, 버려할 태도 중 첫 번째는 바로 이러한 틀에 박힌 사고와 형식이다. 자유로우면서 자신이 본 것을 솔직담백하게 옮기는 것이 가장 중요하다.

(2) 영화 감상문 쓰기

문화 체험 감상문을 작성하는 방법은 매우 다양하다. 특별히 어떤 규정을 따로 두는 것은 아니다. 그러나 권장할 수 있는 것은 몇 가지가 있다. 영화를 예를 들어 보자.

〈보기〉 영화 감상문 쓰기의 형식

1. 서사적 부분에 들어갈 내용
   - 제목(무엇)
   - 언제, 어디서, 누구와
   - 어떤 계기로
   - 감독(선택)
   - 주연 배우(선택)
   - 영화 티켓 붙이기(선택)
   - 줄거리 요약(서사 방식으로)

2. 감상문 쓰기

● 평가 중심으로 쓰기

이 영화는 극장에서 봐야 하는 이유를 애써 찾을 수가 없었다. 평범한 영상, 특이할 것도 없는 음향 효과, 그저 웃기려고 애쓰는 배우들의 억지 스러운 모습들이 긴장감을 유지하지 못한 채 스러지고 말았다. 영화도 한 편의 시나리오에 의해 만들어지는 대중 예술이므로 사건과 갈등이 중심이 되어 어느 정도의 완성도는 있어야 할 것인데, 이 영화는 헛웃음은 있었지 만 보고난 후에 할 얘기는 없었다.

도시 중심에 있는 절을 사이에 두고 개발하려고 하는 측과 지키려고 하 는 스님들 간의 억지스러운 대결 구도를 갈등 구도로 잡았고⋯⋯(후략)

● 느낌 중심으로 쓰기

인간에게 '악'이라는 것도 면역이 되는 걸까? 처음에는 기겁을 하다가도 다음에는 조금 나아지고 결국에는 아무렇지도 않아지는, 그런 것이 정말 악일까 싶어 두렵다는 생각이 들었다. 악이 싫었던 여인이 평범한 인간들 에게서 위안을 얻어 보려 자신의 무리들에서 빠져 나오지만, 자신에게 호 의적이던 사람마저 결국에는 다른 사람들의 적개심과 악의(惡意) 속에 물 들어 가고 결국은 모든 인간이 악당인 자신의 아버지와 다를 바 없다는 것을 느끼며 마침내는 그 악으로 다시 돌아가는 모습⋯⋯(후략)

<두사부일체>와 <바람난 가족>을 보고 두 영화에 대한 평가나 감 상이 같을 수는 없다. 니콜 키드만 주연의 <도그빌>과 브루스 윌리스 주연의 <다이 하드>의 평가와 감상이 서로 같을 수 없는 것과 마찬가 지다.

만일 평가와 감상이 서로 다르다면, 그 글의 시작도 역시 달라질 수 있어야 한다. 가슴이 저미듯이 인간 본성에 대한, 혹은 삶의 본질에 대한 것이 문제가 되었다면 철학적 의문을 던지며 글의 서두가 시작될 수도 있다면 그러나 소위 블록버스터라 불리는 SF계열이나 액션 영화 등 영화 기법이나 영상의 화려함이 돋보이는 영화들에서는 이러한 영상의 기법을 칭찬하는 것으로 서두를 장식할 수도 있는 것이다. 즉, 영화가 다양하듯이 감상을 써 가는 법도 다양할 수 있는 것이다.

한 가지 유형을 정해 놓고 그것만을 고집하는 것은 별로 바람직하지 않다.

(3) 공연 감상문 쓰기

공연 예술의 특징은 매일 같은 내용을 상연한다고 하더라도, 조금씩 다른 감동이 있다는 일회성이라 할 수 있다. 이 점이 공연 예술의 매력이기도 하다. 어떤 사람은 자신이 좋아하는 연극을 개막 공연을 보고, 그리고 중간 즈음에 가서 보고, 그리고 마지막 공연을 가서 본다고 한다. 그런데, 그때마다 다른 감동을 느끼고 온다며 연극 사랑의 열정을 보이기도 했다.

공연 예술의 다양함에 비해 우리가 평소에 즐기는 장르는 너무 한정되어 있는 것이 아닌가 싶다. 그래서 여기서는 공연 자체에 대한 평가보다는 조금 다른 면에 치중한 감상을 소개해 보았다.

〈보기〉 국립창극단 공연 〈심청전〉을 보고

1. 서사 부분

언제 : 2001년 10월 21일

누가 : 국립창극단

어디서 : 남산 국립극장 소극장

누구와 : 과 친구들(수업 팀원들)

왜 : 숙제라서 할 수 없이

2. 감상

어느 새 어둠이 내린 남산길을 오르며, 오늘 공연이 이 길을 오르는 것처럼 즐겁기를 바랬다. 친구들과 숙제라는 이유로 난생 처음 국립극장에서 우리 국악을 감상하게 되었는데, 미루고 미루다 오늘에야 이 곳을 찾았다. 생각보다 국립극장으로 향하는 길은 우리를 즐겁게 했다. 가로등 불빛, 나무들…… 산책길에 나선 것 같은 우리들의 모습이 좋았다.

공연장에 들어서서 시작을 기다리는 내내 불안했다. 왔으니 보기는 해야겠지만 텔레비전에서도 2분 이상 보기가 어렵던 이 지겨운 것을 1시간 30분 동안 봐야 한다는 사실이. 그런데 막상 공연이 시작되었을 때, 그 때의 그 경이로움과 우리 문화의 현재를 너무 몰랐다는 데에 대한 부끄러움이란……. 현란한 조명, 화려한 의상, 그리고 무대 양 끝의 대사 자막 등은 전혀 내가 생각했던 우리 국악이 아니었고, 우리들에게 친숙하게 다가올 준비와 노력을 한 흔적이 역력했다.

너무나 재미있게 공연을 감상하고 공연장을 나서면서 우리는 모두 비슷한 감정들을 느끼고 있음을 알 수 있었다. 장난스레 누군가가 내뱉은 말 한 마디, "우리 것은 좋은 것이여!"에 모두 웃음을 터뜨렸지만 우리는 남산 중턱의 불빛이 더욱 아름답게만 느껴졌다.

나는 오늘부터 국악의 팬이다.

일기처럼 단순하게 쓴 감상문이다. 어떤 낯선 경험을 위주로 내용보다는 그 날의 감성 위주로 쓰여진 글이다. <심청전>의 내용을 모르는 사람은 거의 없다. 이 사람에게는 그 극의 내용보다도 자신이 실제 공연으로는 처음 본 창극이 상상과는 달리 너무도 자신에게 친숙하게 다가왔고 흥미롭게 한 요소들이 많았다는 점이 중요했다. 그러니 당연히 그 내용과 그 느낌을 위주로 글을 쓴 것이다.

핵심은 자신의 문화 체험에서 가장 중요한 것을 표현하는 데 있기 때문이다.

(4) 연주회 감상문 쓰기

음악회를 다녀와서는 어떤 감상문을 쓰게 될까? 아름다운 현악기의 선율을 위주로 그 날의 연주와 곡에 대한 자기 감상을 적는 사람도 있겠지만, 처음 오케스트라의 연주를 처음 보고 들은 사람에게는 좀 낯선 경험으로 기록될 수도 있을 것이다. 여러 경험들 가운데 다음을 선택해 보았다.

<보기> 음악 연주회 감상

1. 서사 부분

연주회 : 서울시향 2003년 신년음악회

언제 : 2003년 1월 24일 오후 7시 30분

누구와 : 부모님과 오빠

어디서 : 예술의 전당 콘서트홀

지휘 : 성기선님

협연 : 데이비드 코헨(첼로)

연주곡 : 브람스의 대학축전서곡 외

－입장권 붙이기(선택)－

2. 감상

제목 : 음악도 보는 것이다.

오늘 음악이라는 것이 단지 듣는 것만은 아니라는 것을 알았다. 텔레비전에서나 혹은 영화의 한 장면으로 언뜻 교향악단이 연주하는 것을 보기는 했지만, 실제 경험이라는 것이 주는 감동이 이처럼 클 줄은 몰랐다. 그래서 모든 것에서 처음이 중요한 것인것에보다.

추운 저녁, 우리 가족끼리 다함께 음악회 한번 가보는 것도 의미 있는 일이라며 아빠가 준비한 이벤트에 퉁명을 부리며 따라 나설 때까지만 해도 썰렁한 객석과 간혹 듣는 베토벤, 차이코프스키, 모차르트 등 따분한 이름과 곡만을 생각했다. 그런데, 일찍 도착했음에도 불구하고 붐비고 있는 연주회장 입구가 나를 좀 의아하게 하더니 시작 전에 거의 차 버린 객석들이 낯설게 느껴졌다.

객석에 불이 꺼지고 무대가 밝혀지면서 힘차게 걸어 나온 연미복 차림의 지휘자, 그리고 그 분을 향한 아낌없는 박수. 조용히 등을 돌리고 돌아서더니 무슨 칼을 휘두르는 것처럼 절도 있게 휘저어지는 지휘봉을 따라 수많은 바이올린의 활들이 한 치의 오차도 없이 오르내리는 광경, 한 손이 서서히 아래로 내려오기 시작하자 소리는 그에 맞춰 차츰 차츰 잦아든다. 흡사 군대의 사열이 이처럼 절도 있고 통일성이 있을까?

"왜 그러니?"

갑작스레 아빠가 어깨를 툭 치며 웃으시길래 보니, 나도 모르게 두 손을 마주 잡은 채 가슴에 대고는 몸을 앞으로 내밀고 있었다. 멋쩍게 웃고는 다시 무대로 눈길을 돌렸다. 바이올린의 예리하고 슬픈 듯한 음율, 맞은 편 첼로의 낮고 차분한 음색, 비올라의 어둡고 둔중한 소리 등이 어우러지면서 어느새 내 시선은 그 음들이 흘러나오는 공간을 좇고 있었다.

힘차게 새해를 시작하라는 의미에선지 잘은 모르겠지만 경쾌한 느낌을 주는 연주의 전체적인 분위기가 좋았다. 간간이 울려 퍼지는 이름은 잘 알수 없는 금관 악기들의 소리들은 전체 교향악의 분위기를 조화 속으로 이끄는 것처럼 보였다.

음악도 보는 것이구나!

집에서 그냥 들어도 될 것을 굳이 고생해 가며 연주회장을 찾는 이유를 알았다. 이처럼 힘차고 조화로운 움직임 속에서 흘러나오는 음들의 어울림을 보면서 듣는 것은 그야말로 참여의 아름다움이었다. 이런 경험들이 많아지면, 라디오의 음악도 눈을 감고 듣게 될 것이다. 그러면 그 무대 위에서 온 몸의 힘과 열정을 뿜어내며 지휘봉을 휘젓는 분의 몸짓과 그에 따라 악기를 연주하는 사람들의 아름다운 동작들이 소리와 함께 떠오를 것이다.

밤늦게 집 근처에 도착해 포장마차에서 떡볶이와 순대를 먹었다. 지루하지 않았냐는 엄마의 물음에 아빠가 대신 대답을 해 주셨다. 우리 딸이 음악 전공하겠다고 할까 봐 걱정되는 분위기였다고. 참 좋은 저녁이었다. 좋은 음악을 접할 수 있었고, 그 음악을 함께 할 좋은 가족들이 있어서.

이 감상문 역시 그 날 연주된 곡에 대한 해설이나 그 곡의 작곡가에 대한 연보, 일대기 등은 전혀 없고 단지 그 날 자신이 느낀 것과 체험한 것이 서술의 중심이 되어 있다.

음악 감상문을 쓰라고 하면, 꼭 곡과 결부지어서 감상을 써야 한다고 생각하는 것도 일종의 강박 관념이고 또 고정 관념이다. 우리들이 전문가가 아닌 다음에는 교향곡이든지 기타 클래식 음악을 듣고 그 음악의 명칭과 작곡가를 식별해 내는 정도만 되어도 대단한 수준이라고 인정을 받는다.

그러나 곡 해석 능력이 있는 전문가의 입장에 서게 되면 당연히 내용은 달라지게 마련이다. 한 예로 이 감상문의 대상이 된 음악회의 경우도 전통 음악을 잘 모르는 입장에서는 모처럼 흡족하게 감상한 것이었다. 그런데, 일부 전문가들의 시각에서는 지휘자와 단원들 사이에 불협화음이 노출되었고 협연자에게 실례가 될 정도로 실수가 많았으며 연습이 부족하지 않았나는 의심이 들 정도로 문제가 많았던 연주였다고 한다.

그러나 이런 문화체험기와 관련해서, 감상이라든지 참관기는 어디서든 얻을 수 있는 정보는 최대한 압축하고 자신의 수준과 입장에 맞는 평가와 감상을 솔직하게 적는 것이 가장 우수한 글이 될 수 있다는 사실이다. 실제로 정보성의 글들은 인터넷이나 그 날의 연주회 팸플릿에서 충분히 얻을 수 있다. 그러므로 이런 내용들로 가득 채울 거라면 차라리 팸플릿의 일부를 카피하거나, 인터넷 홈페이지에서 다운 받은 내용을 체험 노트에 붙여 놓는 것이 좋다.

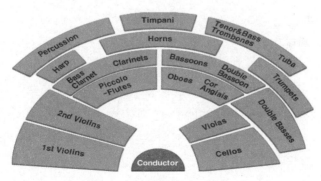

〈그림〉 서울시향 배치도

앞의 그림은 연주회를 다녀와서 악기 배치가 궁금했던 터에, 시향의 홈페이지에서 다운받은 '악단 배치도'이다. 이렇게 다운을 받아서 노트 크기에 맞게 편집해 붙여 놓으면, 오히려 괜찮은 구성이 될 수도 있을 것이다.

(5) 기행문 쓰기

여행을 다녀 온 것들도 역시 문화 체험 영역의 훌륭한 소재가 될 수 있다. 여행에서 겪는 낯선 경험들과 새로운 경관들은 우리 일생 잊고 싶지 않은 기억으로 남는 것이 대부분이기 때문이다.

〈보기〉 중국 여행기

1. 서사 부분
언제 : 2002년 2월 20일 - 28일
누구와 : 친구들
어디 : 대련, 심양, 안산, 북경 등지
사진 붙이기(선택)

2. 기행문
제목 : 닭대가리 먹기

안산에서 유명하다는 천산(千山)을 등반했다. 산봉우리가 무려 천 개에 달하는데서 유래한 이름이라고 하는데 과연 아름답기 이를 데 없는 산이었다. 세계 최대 규모의 옥불이 있는 옥불원(玉佛苑)에 들러 그 거대함에 감탄을 금치 못했다.

좋은 구경하며 시간을 보내고 안내인의 호의로 그 일대의 조선족들과 함께 식사를 하게 되었다. 금방 친숙해져서 술잔을 돌리며 중국 음식 잘 먹으니 좋다는 칭찬에 으쓱해져 있을 때였다. 중국식으로 계속 음식이 나오던 차에 닭튀김 같은 것이 나왔다. 그런데 갑자기 앞에 앉아 있던 사람이 그 접시에서 닭대가리를 맨손으로 잡더니, 내게 내미는 것이다. 웬만한 중국 음식치곤 못 먹는 것이 없었지만, 볏과 부리까지 그대로 달린 닭대가리는 차마 먹기가 그랬다. 더구나 이 사람은 자기가 먹고 싶은데 손님 대접하는 의미에서 어쩔 수 없이 준다는 표정으로 그걸 내밀고 있으니, 이것 참 진퇴양난이 이럴 때 쓰는 말이던가.

이러한 경험들 외에도 '인사동 목공예 명인과 만나고', '남대문 시장의 야간 개장 풍경' 등도 훌륭한 소재가 될 수 있을 것이다. 이런 다양한 경험을 통하여 감상문을 쓰다보면 자신의 글쓰기 능력도 점차 향상될 것이다.

자기 소개서 쓰기

　　자기 소개서는 자신의 목적 달성, 자기선전을 위해 쓴다. 그런데, 이 글은 읽어 주는 사람에 대한 배려가 무엇보다도 돋보이는 글이어야 한다. 곧, 협동의 원리가 강조된다. 지원하는 곳과 코드가 맞아야 한다. 관련성의 격률을 지켜야 하는 것이다. 그런가 하면 모든 사람이 다 그렇고 그런 식으로 쓸 만한 내용이어선 주목을 받을 수 없다. 즉, 창의성이 돋보이는 글이어야 한다.

　　최근 인터넷 사이트 곳곳에 조금은 장난스러우면서도 정곡을 찌르는 형태로 면접과 자기 소개서와 관련한 내용의 글들이 많이 올라 있다.

　　이렇게 하면 반드시 입사에 실패하실 수 있습니다.
　　면접에 실패하는 7가지 전략
　　○○○의 200번째 자기 소개서

　　제목처럼 자기 소개서의 발상도 재미있게 시도한다면 반드시 합격할 것 같은데 무엇이 문제인지 의문스러울 정도로 보고 있자면 기상천외한 이야기들도 참 많다. 어쨌든 정형화되어 있고 너무나 당연한 이야기들로 가득 채워진 자기 소개서로는 더 이상 회사 측에 깊은 인상을 심어 줄 것이라는 기대는 하지 않는 것이 좋다.

1. 자기 소개서에서 피해야 할 사항
-승부는 처음 시작 다섯 줄

기업들의 인사와 관련하여 종합적인 역할을 하는 담당자에게 자기 소개서와 관련한 질문을 했다. 그의 대답은 "처음 다섯 줄 정도에서 시선과 관심을 집중시키지 못한 자기 소개서는 이미 실패한 것이다."는 것이었다. 앞서 언급했던 것처럼 "첫인상"을 강조하는 내용이다.

(1) 가족 사항, 성장 과정 등을 길게 나열하는 것

① 저는 교육자 집안에서 자라나 일찍부터 엄격하고 성실한 가풍에 익숙해져 있었습니다. 저희 증조할아버지께서는 구한말에……

② 2남 1녀 중 장남으로 태어나 어려서부터 책임감이 강했습니다. 언제나 어린 동생들을 돌보며 그 속에서 나름대로 리더십도 기를 수 있지 않았나 생각합니다. 또, 아버님이 공무원이셨던 관계로 이곳저곳으로 이사를 자주 다닌 덕에 경기도, 충청도, 경상도 등 곳곳에서 어린 시절을 보낼 수 있어서 어느 지역에서든 적응할 수 있다는 장점이 있습니다.

이미 이력서가 있어서 이러한 내용들을 짐작할 수 있는 언급들이 있었다는 것을 고려하면 장황한 신상내력은 바람직하지 않다. 매우 특별한 내용이라면 몰라도 어차피 태어나 자란 과정이라면 그런 내용을 수없이 봐야할 면접관들의 시선도 배려하는 참신성이 있어야 하지 않을까?

(2) 지나친 자기 과시

어떤 자기 소개서는 마치 독재 군주의 자서전을 보는 듯한 느낌을 준다. 입증할 수 없는 내용들을 나열하고, 추상적인 인과관계를 보이는 것은 오히려 실소를 자아내게 한다. 생각을 잘 가다듬어 자신의 장점을 구체적으로 입증하는 것이 필요하다.

① 대학을 다니면서 많은 경험이 나중에 사회생활에 도움이 될 거라는 생각이 들었습니다. 그래서 다양한 아르바이트들을 했고 그 결과 무슨 일이든 다 경험 해 봤고 무엇이든 다 할 수 있다고 자신할 정도입니다.

② 지금까지 학교생활 등을 하면서 주변 사람들에게 언제나 필요한 사람으로서의 역할만을 담당해 왔습니다. 항상 칭찬을 받고 모범생으로서의 생활만을 해 왔습니다.

이런 서술보다는 영어연구 경험, 영어평가 점수 등을 제시하고 자신의 영어실력을 내세운다면 합리적은 자기 선전이 될 수 있다.

(3) 당연한 이야기하기

당연한 이야기라면 누구나 할 수 있는 이야기라는 해석이 가능하다. 회사와 연관했을 때 그 회사의 성격상 자신이 부합되는 면을 제시하는 것이 현명하다.

① 뽑아만 주신다면 회사에서 꼭 필요한 인재가 되어 회사 발전에 기여하겠습니다.
② 저는 누구보다도 열정과 자신감이 넘치는, 그래서 이 회사에 꼭 필요한 인재입니다.

필요한 인재, 열성적인 재원이라면 너무나 당연한 조건이다. 이러한 서술이 배척되는 이유는 구체성은 없고 보편적이며 일반적인 서술이기 때문이다.

(4) 한 이야기 또 하기
— 중언부언(重言復言)

중언부언하는 것만큼 보는 사람을 어이없게 하는 경우도 없다. 특히 자기 소개서의 경우는 얼마나 자신에 대한 소개 내용이 없었으면 비슷한 내용으로 이어 갈까 하는 오해를 받게 된다.

① 저는 학교생활을 하는 동안에도 꾸준히 영어 실력을 기르기 위해 노력했습니다. 영어는 이후 국제화 시대의 사회인으로서 꼭 필요한 것이라고 생각했기 때문에 계속 시간을 투자해서 열심히 해 왔습니다.

학과 친구들에게 영문과로 전과하라는 비아냥거림을 들을 정도였으니 제가 얼마나 영어에 몰입했는지 짐작하실 수 있을 겁니다.

② 저희 부모님께서는 제 성장기 동안 언제나 제 버팀목이 되어 주셨습니다. 제가 힘들고 어려울 때에도 언제나 좌절하지 않고 새로 힘을 충전할 수 있는 의지가 되어 주셨습니다. 지금도 다 자란 저에게 여전히 부모의 마음으로 지켜 봐 주시는 고마우신 분들입니다.

현재 결과와 회사와의 업무 관련성 등에 관심이 많은 면접관들이 독자라는 것을 감안한다면 피해야 될 방식이다. 굳이 주변의 반응까지 언급하면서 영어에 대한 자신의 열정을 보일 필요가 있었을까 하는 지적이 가능하다.

(5) 축소형 자서전 쓰기

현실적으로 자기 소개서 작성 시에 가장 유의할 사항이 자신의 신상 내역, 성장과정 등에 지나친 비중을 두는 경우이다. 역으로 짚어 본다면 누가 이 부분을 미화하지 않을까 하는 의문을 갖게 한다.

〈보기〉 자서전의 일반적 흐름

저는 1980년 10월 며칠 어디에서, 아버지와 어머니의 아들/딸로 태어났습니다. 모 초등학교, 중학교를 졸업하여, 고등학교는 어디를 다녔습니다. 고등학교 1학년 때는 무슨 일이 있었는데 그 일은 제 인생에서 매우 중요한 의미를 부여한 것이었습니다. 당시 저를 매우 아껴주셨던 선생님께서는 자주 저에게 자율적인 공부를 주문하셨고 저는 그 기대에 부응하기 위하여 학교 정규 과목 이외의 다른 영역에도 관심을 갖고 열심히 공부했습니다. 등등.

(6) 불필요한 기호(이모티콘)나 구어체, 은어 등의 사용

　─우리 언제 봤던가?

친숙함과 호감을 불러오기 위해 휴대전화 문자, 인터넷 메일 등을 쓸 때 많이 사용하는 이모티콘이나 구어, 은어 따위는 자기 소개서에 쓰지 않는 것이 좋다. 회사와 업무의 특성상 자신을 돋보이게 하는 경우라면 기발함과 상큼함을 줄 수도 있겠지만 지금껏 이런 과도한 친숙 표현이 좋은 평가를 받았다는 말은 들은 적이 없다.

(7) 분량 미달

분량에서 모자라는 글은 언제나 무성의하게 보이고 능력까지 모자라 보인다. 그야말로 '차지도 넘치지도 않게' 분량을 채우는 일은 자기 소개서를 비롯하여 모든 글에서 유의해야 할 사항이다.

최근에 회사 인사 담당자마다 분량에 대해 약간의 인식 차이가 있음을 확인할 수 있었다. 이 경우, 수시 면접의 경우이거나 회사 고유 양식 등이 없을 경우가 특히 이런 차이를 보인다. 동일한 자기 소개서와 이력서를 제출했는데 A회사에서는 '너무 장황하고 복잡하다'라는 평가를 받았는데 B회사에서는 '적절하다'는 평가를 받았다. 이럴 경우에는 상당히 난감해 질 수밖에 없는데 요약본을 도식화시켜 제시한 후 이후 본문을 배치하는 방법 등을 강구해 보는 것도 해결책이 될 수 있다.

이상이 대략적으로 자기 소개서 작성 시에 피해야 할 사항들이다. 이러한 사항들 외에도 자신의 신앙 관련 사항을 지나치게 강조하는 내용, 포부나 인생관 따위와 관련된 설명 내용 등도 역시 피해야 할 사항에 속한다. 이러한 사항들로 이루어진 대표적인 자기 소개서의 양식을 살펴보기로 한다.

〈보기〉 **취업용 자기 소개서의 양식(과거) – 개요**

1. 제목 : 완성된 사회인을 꿈꾸며
2. 성장 과정
   - 가족 관계, 가풍, 영향을 준 인물
3. 성격 및 친구 관계
   - 성실성, 근면성, 원만한 성격, 친구들과의 좋은 관계를 나타낼 예화
4. 학창 생활 및 경력
   - 전공과 지원 분야와의 연관성 부각, 자격증, 외국어 능력, 컴퓨터 사용 능력 등
   - 동아리 활동과 아르바이트를 통한 경험과 직장과의 관련성
5. 인생관 및 가치관
   - 일화 및 경험담 등을 통해 형성된 인생관과 가치관 소개
6. 지원 동기 및 입사 후 포부
   - 회사의 특성과 장점과 나 자신의 장점이 합일되는 부분을 강조
   - 입사 후 희망 부서 및 신입 사원으로서의 각오

뭔가 좀 어설프고 상투적이라는 느낌이 든다. 하여튼 몇 년 전만 해도 널리 쓰이던 내용이다. 문제는 자신의 장점을 충분히 겸손하게, 은밀히, 참신하게 강조할 수 있어야 하는 것이 현대의 자기 소개서임을 고려한다면 위의 소개서는 너무 빈약하다.

이 책에서 앞서 서술된 내용들을 한번 되짚어 보는 의미에서 구체적

으로 위의 오류들의 문제점들을 확인해 보자.

이상에서 제시한 오류들의 문제점들을 확인해 보기로 한다.

☼ 자기 소개서 작성 시 범하기 쉬운 오류 항목들

항 목	오류의 종류 및 이유
1. 가족사항, 성장 배경 등을 길게 서술	관련성의 격률과 양의 격률의 위배함. 이력서 등에서 이미 소개되어 있을 내용을 다시 길게 설명하는 우를 범하고 동시에 정보의 경중에 따라 양을 조절하지 못하는 실수를 범한 것이 됨. 아울러 창의성을 발휘하지 못한 것이 됨.
2. 자기 과시형	질의 격률 위배. 정보 자체의 정확한 전달과 평가를 위주로 작성되어야 할 것에서 과대 포장은 불가하다. 논리의 비약으로 비칠 수도 있어서 자신감을 보인다는 것이 허풍으로 보일 수도 있다.
3. 당연한 말 서술	협동의 원리를 어김. 읽는 사람은 자기 소개서에서 그 사람을 뽑아야 하는 당위성을 찾아야 하는 사람이다. 이런 내용의 글은 읽을 사람에 대한 배려가 없는 것이다.
4. 중언부언 형	양의 격률과 방법의 격률을 어긴 것이다. 정보의 양은 말할 것 없고 간결하게 표현하라는 방법의 격률을 위배했다.
5. 축소형 자서전	기본적으로 자기 소개서의 개념을 이해하지 못한 것이다. 그러므로 역시 협동의 원리, 관련성의 격률을 위배한 것이 가장 큰 오류라고 할 수 있다.
6. 이모티콘 등 사용	방법의 격률을 어긴 것이다. 아울러 글의 형식성을 이해하지 못한 것이다. 언급한 것처럼 글은 내용 못지않게 형식도 중요하다.
7. 분량 미달	양의 격률 위배. 앞서의 것들은 불필요한 정보의 양이 많았던 것인 반면, 이것은 정보의 양이 부족한 것으로 위배한 것이다. 이 경우는 무성의함으로까지 비춰질 수 있다.

위 표를 통해서 문제들이 범한 오류들을 간략하게 지적해 보았다. 이러한 문제들은 아직도 많은 자기 소개서 작성에서 행해지고 있는 오류에 해당한다. 이러한 오류들을 잘 극복하여 자신을 가장 두드러지게

표현할 수 있는 자기 소개서를 쓰는 방법을 찾도록 해야 한다.

2. 자기 소개서 작성하기

그렇다면, 자기 소개서는 어떻게 쓰는 것이 좋을까?

자기 소개서를 쓰기 위해서 우선해야 할 몇 가지 작업들이 있다. 어떤 사람은 자기 소개서를 하나 써 놓고 그것 하나로 일부분만을 수정해 가며 모든 지원 회사에 다 돌려 가며 낸다. 그런데 그래선 곤란하다. 우선 자기 소개서를 쓰기 위해선 1차적으로 그 회사의 성격에 대해 정확하게 파악해야 할 필요가 있다. 그리고 그 분석의 결과에 맞게 자기 소개서도 작성해야 한다.

입사를 위한 자기 소개서를 중심으로 단계별 접근 방식들을 살펴보기로 한다.

(1) 1단계—지원 회사의 특성을 파악한다

지원 회사의 특성을 파악하고 나면, 그 회사와 자신을 결부시켜서 가장 적합한 합일점, 즉 주제를 찾는다. 회사가 광고 회사일 경우, 광고 회사의 어느 직종에 지원할 것인지를 결정하는 것을 의미하는 것이다. 만일, 건설회사라면 또 그 회사 내에서 어느 부서에 지원할 것인지를 결정하는 것이다. 회사에서 부서에 대한 언급이 없고 그냥 신입 사원을 일괄적으로 모집한다면 회사의 일반적 특성과 자신의 전공, 특성, 특기 등을 합일시키는 과정을 가져야 한다.

(2) 2단계—회사와 자신의 합일점을 찾는다(주제 정하기)

- 카피라이터가 되고 싶다.
- 실내 디자이너가 되고 싶다.
- 자동차 판매왕을 목표로 하고 있다.

이렇게 주제를 정하고 나면, 다음 단계에서 주제와 관련된 제목을 찾는다. 왜 꼭 첫머리를 <자기 소개서>라고 해야 하는가? 회사에서 '자기 소개서 1부'라고 정해 주었어도 제출자는 그 제목을 자유롭게 정할 수 있다. 될 수 있으면 자신이 말하고자 하는 것을 선명하게 드러낼 수 있는 것으로 제목을 정하는 것이 좋다. 이것이 소위 창의성이다.

(3) 3단계—주제가 드러나는 제목 정하기

- 브랜드 가치를 높이는 카피라이터
- 만족스런 공간을 다듬는 마지막 손길이 되고 싶습니다.
- 10년 후, 다시 찾게 되는 고객을 만드는 판매 사원
- 최고의 사용설명서 작성자

이렇게 각각 주제를 정하고 나면 다음 단계에선 자기 소개서에 걸맞은 개요를 구성해 본다. 이때 자신에게 준비되어 있는 소재들도 역시 주제와의 관련성이 있는 것들을 모아 보는 과정을 갖는다. 이때 개요를 구성하는 단위들은 그대로 단락의 소주제가 될 가능성이 높다는 사실에 유의해야 한다.

(4) 4단계―개요 구성 및 각 개요에 적합한 소재 수집

〈보기〉 자기 소개서의 개요 구정

※ ( )안은 일반적인 자기 소개서의 내용

◉ 실내 공간 디자인 회사의 디자인 분야 지원

• 주제 : 실내 디자이너가 되고 싶다.
• 제목 : 만족스런 공간의 마지막 손길이 되고 싶습니다.
• 개요

1. 실용적 아름다움을 창조할 수 있는 직업의 매력(지원 동기)
   ―실내 디자인의 목적과 본인의 직업 선택 목적과의 합일점

2. 색채와 조형 관련의 소질 및 적성(성장 과정)
   ―색채 및 조형에 관심에 많았던 어린 시절,
   ―성장 과정을 통해 소질과 적성으로 인정을 받게 된 과정

3. 실내 디자이너가 되기 위한 노력
   ―전공 분야 지식 습득 노력 및 현장감 있는 실습을 위한 에피소드
   ―대학 시절 수상 경력 및 방학 등을 이용한 아르바이트 경험 소개

4. 창의성과 끈기(품성, 성격)
   ―하나를 찾아내기 위해 머릿속으로 수백 번을 생각하여 얻어진 결과, 남과 다른 아이템을 얻음.

-소심한 면이 있어서 오히려 남들만큼은 해도, 못했다는 꾸중을 듣는 것을 두려워하는 편임. 그러다 보니 이 성격이 일에 매달릴 수 있는 끈기로 작용하는 장점으로 작용하기도 함.

5. 디자이너로서의 꿈과 입사(입사 후 각오)
   -다양한 공간 디자인의 경험을 쌓기를 바람.
   -클라이언트의 요구를 가장 짧은 시간 내에 읽어 낼 수 있는 감각을 갖춘 디자이너로 성장하기 위해 가장 적합한 회사로 생각.

이렇게 내용에 대한 구체적인 개요가 작성되면 다음 단계는 당연히 집필의 단계가 되어야 하는데, 그 전에 한 가지 추가되어야 할 것이 편집의 단계가 되어야 한다.

(5) 5단계-편집에 대해 생각하기

먹기 좋은 떡이 보기도 좋은 법, 보는 사람이 쉽게 주제별로 볼 수 있도록 꾸미는 것이 좋은 편집의 한 방법이다. 예를 들어, 각 단락의 소주제문은 굵은 글씨체로 한다든지, 소주제 단위별로 한 줄씩 띄우는 방법을 사용한다든지 하는 것도 한 예가 될 것이다.

글씨 크기나 모양은 지나치게 눈에 튀는 것은 삼가는 것이 좋다. 글자 크기는 제목은 좀 달라야겠지만, 본문은 제출처에서 특별하게 지정한 사항이 없다면 10-11포인트 정도가 적당하고, 글자 모양 역시 신명조에서 크게 벗어나지 않는 것이 좋다.

(6) 6단계 – 집필하기

편집에 대한 계획까지가 다 끝나고 난 다음에 본격적인 집필이 이루어진다. 집필은 개요와 반드시 같아야 하는 것은 아니다. 더욱 내용이나 주제를 부각시킬 소재들이 떠오르게 된다면 얼마든지 소폭의 변동은 생길 수 있다. 그러나 명심해야 할 것은 주제와 일관성을 저버리고 꼬리에 꼬리를 무는 글이 되어서는 절대 안 된다는 점이다.

이상에서 자기 소개서 쓰기를 글쓰기의 방식을 종합적으로 정리하는 차원에서 예시해 보았다. 내용에 대한 요구가 정해져 있는 경우를 비롯하여 특히 자기 소개서와 같은 글에는 서론, 본론, 결론의 논리적 연결이 엄격하게 구분되지 않는 경향이 있다. 그래서 논리적 전개보다는 연결성과 통일성의 측면이 오히려 강조되어야 한다는 특성이 있다.

〈활용해 보기〉 대학의 수시 모집에 평가 방식의 일환으로 제출하게 되어 있는 자기 소개서의 경우는 개요의 일반적인 내용을 대학이 지정해 준 경우에 해당이 된다.

입시 평가용 자기 소개서의 문제

본 대학이 지원자를 선발해야 하는 이유에 대해서 1,000자 이내(띄어쓰기 포함)로 기술하여 주십시오(본인의 학업능력과 지원동기, 진로계획, 모집단위에 대한 관심이나 모집단위 관련 활동 등을 전반적으로 고려하여 작성해 주십시오)

밑줄 친 부분은 전체 글을 통해 드러내야 할 주제를 의미하는 것들이다. 괄호 안에 들어 있는 항목들은 글의 구성 요소들로 이들을 개요 작성에 활용해야 한다.

〈보기〉 **구체적 자기 소개서 개요의 예**

1. 주제 : 내 자신의 적성과 미래는 생명 과학에 있다.
2. 자연과학에 대한 관심 및 관련 활동
   - 어린 시절부터의 생명의 근원에 대한 관심이 남달랐음 : 진화와 관련, 생명의 신비에 대한 외경심 등
   - 친구들과 함께 했던 취미 생활
   - 교과에 대한 흥미도와 학교 과학반 활동의 적극성 서술
3. 학업 능력
   - 고교 시절, 모집 단위 관련 교과에서 보인 수상 경력 등 객관적 증거들을 제시
   - 해당 단위 관련 창의성 인정 사례
   - 점차 연구 영역이 확장되어 가는 점을 고려, 다양한 분야에 학습 능력을 갖춤
4. 지원 동기
   - 스스로의 적성과 미래에 가장 적합한 곳 : 이유를 제시(2, 3번과 관련)
   - 나름대로 노력의 끝에 다른 사람들을 위한 성과를 얻고 싶다. 만일 스티븐 호킹이 천체 물리학이 아닌 정신 분석학을 했더라면?
   - 최근에 세계 최초의 성과를 낸 연구팀이 있는 대학이라는 점. 연구 풍토가 조성되어 있다는 믿음을 줌.
5. 진로 계획
   - 생명 공학 관련 분야에 관심을 두고 있음.
   - 인간 생명의 존귀함을 지킬 수 있는 분야에서 일할 수 있기를 소망
   - 대학 연구소, 기타 연구 활동이 보장되는 곳에서 계속 공부하며 지내는 것

앞의 개요는 제시한 내용들을 나름대로의 계획에 따라 다시 순서에 맞게 배열한 것이다. 개인마다 다를 수 있고, 해당 모집 단위마다 차이가 있겠지만 반드시 지원 동기가 제일 먼저 놓여야 한다는 원칙은 없다. 단락 배열에서 연결성의 원칙에 따르다 보면, 모집 단위에 대한 관심이나 관련 활동들을 앞쪽에 배치하는 것이 오히려 지원 동기를 강화하는 데 더 자연스러울 수도 있기 때문이다.

개요 상의 내용들은 전체 분량(1,000자 이내)을 지켜야 한다는 제약이 있으므로 일단 다 적어 두고 내용의 경중에 따라 반드시 조정을 해야 한다.

참고문헌

구현정. 2002. 『대화의 기법 : 이론과 실제』(개정). 경진문화사.

김욱동. 2002. 『수사학이란 무엇인가』. 민음사.

남영신. 2000. 『문장비평글쓰기의 기본 이론과 서사문/기술문 쓰기』. 한마당.

미승우. 1993. 『새 맞춤법과 교정의 실제』(증보판). 어문각.

박영목. 2008. 『작문 교육론』. 도서출판 역락.

서정수. 1991. 『문장력 향상의 길잡이』. 한강문화사.

_____. 1995. 『글쓰기의 기본이론과 서사문/기술문 쓰기』. 정음문화사.

손세모돌. 1997. 『창의적인 생각, 체계적인 글』. 한국문화사.

이삼형 외. 2007. 『국어교육학과 사고』(개정판). 도서출판 역락.

이성구. 2001. 『띄어쓰기사전』(개정판). 도서출판국어닷컴.

이재승. 2002. 『글쓰기 교육의 원리와 방법』. 교육과학사.

이필영·이성영·이은희. 2005. 「쓰기 능력의 지표화 방안 연구」, 『서울대 국어교육연구소 학술대회 자료집』. 서울대학교 국어교육연구소.

임재춘. 2003. 『한국의 이공계는 글쓰기가 두렵다』. 마이넌.

전영우. 2003. 『화법개설』. 도서출판 역락.

정기철. 2009. 『논술지도방법』. 도서출판 역락.

정희모·이재성. 2005. 『글쓰기의 전략』. 들녘.

최병선. 2003. 『한글 정서법의 실제와 원리』. 경진문화사.

_____. 2004. 『말하기로 배우는 글쓰기』. 차림.

_____. 2009. 『교양의 조건, 한글맞춤법』. 도서출판 역락.

Flower, L. S. 1981. *Problem-Solving Strategies for Writing*. Harcourt Brace Jovanovich, Inc.

Hyland, K. 2002. *Teaching and Researching Writing*. Longman.

Koda, K(ed). 2007. *Reading and Language Learning*. Language Learning Research Club, University of Michigan.